CW01662287

BİR AŞK

Ahmet Ümit 1960'ta Gaziantep'te [illegible] Yönetimi Bölümü'nü bitirdi. 1985-1986 yıllarında, Moskova'da Sosyal Bilimler Akademisi'nde siyaset eğitimi gördü. İlk kitabı 1989'da yayımlanan *Sokağın Zulası* adlı şiir kitabıdır. 1992'de ilk öykü kitabı *Çıplak Ayaklıydı Gece* yayımlandı. Bunu 1994'te *Bir Ses Böler Geceyi*, 1999'da *Agatha'nın Anahtarı*, 2002'de *Şeytan Ayrıntıda Gizlidir* adlı polisiye öykü kitapları izledi. 1995'te hem çocuklara hem de büyüklere yönelik *Masal Masal İçinde* ve 2008'de yayımlanan *Olmayan Ülke* ile farklı bir tarz denedi. 1996'da yazdığı ilk roman *Sis ve Gece*, polisiye edebiyatta bir başyapıt olarak değerlendirildi. Bu romanın ardından 1998'de *Kar Kokusu*, 2000'de *Patasana*, 2002'de *Kukla* yayımlandı. Bu kitapları, *Ninatta'nın Bileziği*, *İnsan Ruhunun Haritası*, *Aşk Köpekliktir*, *Beyoğlu Rapsodisi*, *Kavim*, *Bab-ı Esrar*, *İstanbul Hatırası*, *Sultanı Öldürmek*, *Beyoğlu'nun En Güzel Abisi*, *Elveda Güzel Vatanım*, *Kırlangıç Çığlığı* ve *Aşkımız Eski Bir Roman* adlı kitapları izledi. Son romanı *Kayıp Tanrılar Ülkesi* 2021 yılında yayımlandı. Ahmet Ümit'in İsmail Gülgeç'le *Başkomser Nevzat - Çiçekçinin Ölümü* ve *Başkomser Nevzat - Tapınak Fahişeleri*, Aptülika (Abdülkadir Elçioğlu) ile *Başkomser Nevzat - Davulcu Davut'u Kim Öldürdü?* ve Bartu Bölükbaşı'yla hazırladıkları *Elveda Güzel Vatanım* adlı çizgi romanları yayımlanmıştır. Eserleri 34 farklı dilde yayımlanan yazar uluslararası bir okur kitlesine ulaşmıştır.

Sis ve Gece adlı romanı Turgut Yasalar tarafından, *Bir Ses Böler Geceyi* adlı romanı ise Ersan Arsever tarafından uzun metrajlı filme uyarlanmıştır. Senaryosunu kendisinin yazdığı *Merhaba Güzel Vatanım* adlı dökü-drama Cengiz Özkarabekir tarafından filme çekilmiştir. Öykülerinden Uğur Yücel tarafından, *Karanlıkta Koşanlar*, Cevdet Mercan tarafından *Şeytan Ayrıntıda Gizlidir* adlı iki ayrı dizi film yapılmıştır. *Aşk Köpekliktir* adlı hikâyesi oyunlaştırılarak Akla Kara Tiyatrosu tarafından sahneye konulmuştur. *Ninatta'nın Bileziği* İstanbul Devlet Opera ve Balesi tarafından *Ninatta* adıyla opera olarak sahnelenmiştir. *Masal Masal İçinde*, İstanbul Devlet Tiyatroları tarafından sahneye koyulmuştur.

Ahmet Ümit şehirlilik bilincini uyandırmak, tarihi kentlere duyarlılığı artırmak ve çokkültürlülüğü geliştirmek için "Yaşadığın Şehir" adlı bir TV programı yapmıştır.

Ahmet Ümit sosyal medya hesapları:
www.twitter.com/baskomsernevzat
www.instagram.com/baskomsernevzat
www.facebook.com/yazarahmetumit
www.youtube.com/ahmetumityazar

Ahmet Ümit'in
YKY'deki kitapları:

Aşkımız Eski Bir Roman (2019)
Kırlangıç Çığlığı (2019)
Sokağın Zulası (2019)
Masal Masal İçinde (2019)
Kavim (2019)
İstanbul Hatırası (2019)
Sis ve Gece (2019)
Patasana (2019)
Bab-ı Esrar (2019)
Olmayan Ülke (2019)
Sultanı Öldürmek (2019)
Beyoğlu Rapsodisi (2019)
Agatha'nın Anahtarı (2019)
Beyoğlu'nun En Güzel Abisi (2019)
Şeytan Ayrıntıda Gizlidir (2019)
Ninatta'nın Bileziği (2019)
Kar Kokusu (2019)
Çıplak Ayaklıydı Gece (2019)
Kukla (2019)
Bir Ses Böler Geceyi (2019)
İnsan Ruhunun Haritası (2020)
Elveda Güzel Vatanım (2020)
Aşk Köpekliktir (2020)
Kayıp Tanrılar Ülkesi (2021)
Sis ve Gece - 25 Yaşında (özel baskı, 2021)
Bir Aşk Masalı (2022)

Çizgi romanları:
Başkomser Nevzat 1 - Çiçekçinin Ölümü
Başkomser Nevzat 2 - Tapınak Fahişeleri
Başkomser Nevzat 3 - Davulcu Davut'u Kim Öldürdü?

AHMET ÜMİT

BİR AŞK MASALI

Masal

YKY
YAPI KREDİ YAYINLARI

Yapı Kredi Yayınları - 6065
Edebiyat - 1737

Bir Aşk Masalı / Ahmet Ümit

Kitap editörü: **Korkut Erdur**
Düzelti: **Filiz Özkan**

Kapak resmi: **Hemad Javadzade**
Kapak tasarımı: **Davut Yücel**
Grafik uygulama: **Akgül Yıldız**

Baskı: Mega Basım Yayın San. ve Tic. A.Ş.
Cihangir Mah. Güvercin Cad. No: 3/1 Baha İş Merkezi
A Blok Kat: 2 34310 Haramidere / İstanbul
Telefon: (0 212) 412 17 00
Sertifika No: 44452

1. baskı: İstanbul, Ekim 2022
ISBN 978-975-08-5449-1

© Yapı Kredi Kültür Sanat Yayıncılık Ticaret ve Sanayi A.Ş., 2019
Sertifika No: 44719

Bütün yayın hakları saklıdır.
Kaynak gösterilerek tanıtım için yapılacak kısa alıntılar dışında
yayıncının yazılı izni olmaksızın hiçbir yolla çoğaltılamaz.

Yapı Kredi Kültür Sanat Yayıncılık Ticaret ve Sanayi A.Ş.
İstiklal Caddesi No: 161 Beyoğlu 34433 İstanbul
Telefon: (0 212) 252 47 00 Faks: (0 212) 293 07 23
http://www.ykykultur.com.tr
e-posta: **ykykultur@ykykultur.com.tr**
facebook.com/yapikrediyayinlari
twitter.com/YKYHaber
instagram.com/yapikrediyayinlari

Yapı Kredi Kültür Sanat Yayıncılık
PEN International Publishers Circle üyesidir.

Canım kızım, güzel kedimiz Leia'ya,
hayatımıza kattığın anlam için
sonsuz teşekkürlerimle...

“Eril 3 ve dişil 2’nin bölünmez birleşimi olarak 5, saf matematiksel nedenlerle, erkek ve kadının birliğini ifade eden uygun bir sayıdır.”

Sayıların Gizemi, Annemarie Schimmel*

* çev: Mustafa Küpüşoğlu, Kabalcı Yayınları, 2000.

"Hayat bir uykudur, aşk onun rüyası."

Alfred de Musset

1
Beş prensin gördüğü o tuhaf rüya

Evvel zaman içinde kalbur saman içinde, cinler cirit oynarken eski hamam içinde, develer tellalken pireler berberken ben annemin beşiğini tıngır mıngır sallarken, insanlar az; ırmaklar, göller, denizler, ormanlar ve öteki canlılar çokmuş. Ne toprak bu kadar çorak, ne gökyüzü böyle puslu, ne denizler bu kadar kirli, ne kentler bu kadar çirkinmiş. Yeryüzünde sadece beş kıta ve bu beş kıtada sadece beş ülke varmış. Bu beş ülkenin isimleri de günümüzdekilere hiç mi hiç benzemezmiş. Her mevsim karlarla örtülü olana Buz Ülkesi; uçsuz bucaksız çöllerin ortasında yer alana Kum Ülkesi; denizlerin arasında kocaman bir ada gibi yüzene Su Ülkesi; fırtınası eksik olmayana Rüzgâr Ülkesi; hepsinden yüksekte kurulmuş olana ise Dağ Ülkesi derlermiş. Bu beş devletin beşinin de hükümdarları ülkelerini adilce yönetir, halklarına bolluk ve bereket sunarlarmış. Böyle olunca da savaşmaya gerek kalmaz, insanlar mutluluk içinde yaşarmış. Halklarının bu memnuniyeti kral ve ailesine de yansır, saraylara da derin bir huzur hâkim olurmuş, ta ki, beş ülkenin beş prensi aynı gece aynı rüyayı görene kadar.

Evet, bu beş ülkeyi yöneten kralların sadece birer oğulları varmış. Dünyanın beş hâkimi, bir yandan çocuklarının üzerlerine titrerken bir yandan da onları gelecekte başarılı birer kral olmaları için en iyi şekilde yetiştirmeye çalışırlarmış.

Beş prens, edebiyattan felsefeye, coğrafyadan matematiğe, astronomiden simyaya kadar bütün önemli konularda dünyanın en deneyimli devlet adamlarından, en seçkin bilginlerinden, en yetenekli sanatçılarından dersler alırlarmış. Muzaffer komutanlar en ince taktiklerden en sağlam stratejilere kadar savaş sanatını, usta savaşçılar ise güreşten kılıç kullanmaya, mızrak savurmaktan ok atmaya kadar dövüş sanatlarını öğretirmiş. Taht için hazırlıkla geçen günler o kadar yoğunmuş ki, genç veliahtların kendilerine ayıracak hiç zamanları yokmuş: Ne hoş bir eğlence, ne tatlı bir oyun, ne keyifli bir aylaklık ne de zevkli bir kaçamak. Ama prenslerin hiçbiri bu duruma itiraz etmez, şikâyette bulunmaz, derslerden kaytarmaz, zamanı geldiğinde babalarından boşalacak yeri gerektiği gibi doldurmak için masa başında zihinlerini yorar, arenada ter dökerlermiş. Ta ki beşinci ayın beşinci gecesi, hayatlarını tümüyle değiştirecek o tuhaf rüyayı görünceye kadar. Evet, o gece dünyanın gelecekteki beş hükümdarı birbirlerinden habersiz aynı rüyayı görmüşler.

Kadim bir kentte yürüyorlarmış. Kalesi, tapınağı, saat kulesi, sarayı, garnizonu, tiyatrosu, kütüphanesi, taş binaları, mis kokulu bahçeleri yüksek surlarla çevrili görkemli bir kentte. Surlar öyle sağlammış ki, bırakın kazma kürekle sökmeyi, top atsalar yıkılmazmış. Gecenin karanlığında bir dağ silsilesi gibi yüksek ve aşılmaz görünüyormuş bu duvarlar. Bütün kent gölgeler içindeymiş; ne bir lamba varmış ne de bir meşale; sadece gökyüzündeki dolunay aydınlatıyormuş sokakları. Beş ayrı kıtadaki beş ayrı prens, rüyalarında bu kenti görünce derin bir şaşkınlık yaşamışlar. Burası hem çok tanıdık geliyor hem de hiç bilmedikleri bir yer duygusu uyandırıyormuş onlarda.

"Ben buraya daha önce gelmiş miydim?" diye geçirmiş hepsi birden akıllarından ama hemen sonra, "Hayır, hayır, imkânsız ben buraya gelmiş olamam!" diye vazgeçmişler bu düşüncelerinden. Yine de emin olamamışlar. Hem ürkütücü hem de insanı içine çeken bu kenti tanımak için yürümeye başlamışlar.

Yosun bürümüş duvarların arasından koyu renkli bir yılan gibi uzanan sokaklardan geçmişler, ahşap balkonlu taş binalara, rengârenk vitraylarla güzelleşen ince uzun pencerelere, koyu yeşil sarmaşıklarla kaplı bahçelere bakmışlar. Her evin, her binanın, her dehlizin, her sokağın inceden inceye tasarlanarak, usta eller tarafından özene bezene yapıldığını fark etmişler. En çok da evlerin kapıları ilgilerini çekmiş. Çünkü kapı kanatlarının üzerine, çocukken dinledikleri masalların en heyecanlı, en çarpıcı, en şaşırtıcı sahneleri kazılıymış: Kötü krallara karşı mazlumların yanında yer alan şövalyelerin beş kıtaya yayılan kahramanlıkları, hiç bilinmeyen diyarları keşfe çıkan gezginlerin heyecan verici yolculukları, imkânsız aşkları için hayatlarını hiçe sayan gençlerin fedakârlıkları.

Beş prens kapıların üzerindeki resimlere bakarak adım adım ilerlemişler bu tuhaf kentin sokaklarında. Kemerlerle birbirine bağlanan, kıvrılarak küçük meydanlara ulaşan sokaklar sonunda onları kentin dışına açılan ahşap kapılara çıkarmış. Her birinin ulaştığı kapı farklıymış. Evet, beş ayrı kapısı varmış bu kentin. Alın taşlarında yazan isimleri de farklıymış: Kuzeydekinde Buz Kapısı, güneydekinde Kum Kapısı, batıdakinde Su Kapısı, kuzeybatıdakinde Rüzgâr Kapısı, doğudakinde ise Dağ Kapısı yazıyormuş. Ve her prens kendi ülkesinin adını taşıyan kapının önünde duruyormuş ama hepsinin zihninde beliren düşünce aynıymış:

"Bir an önce çekip gitmek lazım bu kentten. Belli ki büyülü bir yer burası, belli ki hiç tekin değil, belli ki başım belaya girecek. Evet, derhal çıkıp gitmeliyim buradan." Akıllarından bunlar geçmesine rağmen, merakları ağır basıyor, bir türlü çıkıp gidemiyorlarmış önlerindeki kapıdan. İçlerinden bir ses şöyle diyormuş: "Peki ya burada bulunmamın bir nedeni varsa? Ya hükümdar olduğumda ülkeyi yönetmem için gereken sır bu kentin içinde saklıysa? Ya bu sır beni dünyanın hâkimi yapacaksa?"

Sonunda bu sese kulak vermiş, kesin bir tavırla sırtlarını kapıya dönerek kentin içine yürümeye başlamışlar. Az önce geldikleri sokaklardan ayrılıp esintili köprülerden geçerek alacakaranlık dehlizlere girmişler ve küçük bir meydana ulaşmışlar. Meydanda şirin mi şirin bir çeşme varmış. Birden hepsi oldukları yerde kalakalmışlar. Çünkü çeşmede bir kadın gözlerini dikmiş onlara bakıyormuş. Hayır, herhangi bir kadın değil, o muhteşem bedeniyle, güzeller güzeli Aşk Tanrıçası suların içinden vakarla onları süzüyormuş. İlk şaşkınlıkları geçince çekingen bir tavırla tanrıçaya doğru yürümüşler. O özgürlük simgesi geniş alın, aydınlık iri gözler, isyankâr minik bir burun, iştahlı kalın dudaklar, bereketli iri memeler, doğurgan bir karın, uzun bacaklar, her kıvrımından, her oylumundan dişilik fışkıran uyumlu bir beden. Birkaç adım atınca gördüklerinin tanrıçanın kendisi değil ama usta bir yontucunun elinden çıkmış görkemli bir heykeli olduğunu anlamışlar. Tanrıçanın sağ elinin parmaklarından incecik bir su akıyormuş. Ay ışığında gümüşten bir iksire dönüşen suyu görünce beş prensin beşi birden dillerinin damaklarının kuruduğunu hissetmişler. Susuzluklarını gidermek için çeşmeye yaklaşmışlar, tanrıçanın sağ elinin ince uzun parmaklarına dudaklarını dayayarak kana kana içmişler. Suyu içtikçe bedenleri dinçleşmiş, zihinleri açılmış, gözleri ışıkla dolmuş. Ellerinin tersiyle ağızlarını silerek çeşmeden uzaklaştıklarında arkadaki beş burçtan oluşan kaleyi görmüşler. İşte tam o anda, kalenin saat kulesindeki çan, gece yarısını haber vermek için boğuk boğuk vurmaya başlamış. Devasa çanın çıkardığı ses daracık sokakları tek tek dolaşarak şehrin bütün binalarına yayılmış. Ama kentten hiç kimse bu sese bir tepki vermemiş. Prensler aynı şaşkınlık, aynı korku, aynı merakla bakmışlar çevrelerine. Ancak bırakın uykusu kaçmış bir insanı, ne yaramaz bir kedicik, ne huzursuz bir köpekçik, ne iri gözlü bir gece kuşu görmüşler.

Çan sesi kesilince, ince bir rüzgâr okşamış prenslerin genç yüzlerini, saçları usulca dalgalanmış, hoş bir serinlik yayılmış tenlerine ve enfes bir koku sarmış etraflarını. Kokunun geldiği yönü bulmaya çalışmışlar. Ama ne bir ağaç, ne bir çiçek, ne bir insan görmüşler. Meydana açılan sokağın girişi bomboşmuş. Belki de bu evlerin kalın duvarlarının arkasındaki bahçelerin birinden geliyor bu koku diyerek sokağın başına yönelmişler. İşte o anda görmüşler ışıklar içinde süzülen o muhteşem hayaleti. Hayır, hayır, bir hayalet değil, parmaklarından su içtikleri tanrıçanın suretinde bir genç kızmış bu. Kızdan yayılan ışık kısa sürede hepsini etkilemiş, akıllarını başından almış, ruhlarını altüst etmiş, bugüne kadar hiç tanımadıkları bir uyanış hissetmişler benliklerinde. Bir an nefes bile almadan, öylece kıza bakmışlar, ardından engel olamadıkları bir güç onları ay ışığının altında kutsal bir varlık gibi usulca salınan genç kıza yöneltmiş. Hiç de kötü bir amaçları yokmuş aslında; ne kızı rahatsız etmek, ne korkutmak, ne zarar vermek niyetindeymişler. Aslına bakarsanız, ne yapmak istediklerini kendileri de bilmiyorlarmış ama bedenlerinin alışık olmadığı bir tutkuyla ürperdiğini, sanki yeniden doğduklarını hissediyorlarmış. Belki de bu yüzden, sadece onları altüst eden bu duygunun ne olduğunu anlamak için genç kıza yaklaşmak, onu daha iyi tanımak, onunla konuşmak, bu gizemi çözmek istemişler.

Beş ayrı rüyada beş prens yaklaşınca genç kız önce duraksamış, karşısındakini merakla süzmeye başlamış. Derin bir uykunun koynunda mucizevi bir hayali yaşayan beş prens, ne yazık ki bu bakışı yanlış anlamış. Genç kızın kendileriyle ilgilendiğini zannedip mutlu olmuşlar, yürekleri cesaretle dolmuş. Birbirlerinden habersizce gördükleri bu rüyada beş prens gülümseyerek kıza yönelmişler. Fakat birkaç adım atınca, nedense kız çekinmiş, gerilemeye başlamış. Kızın bu davranışı karşısında prensler ne yapacaklarını bilememişler, dolunayın solgun aydınlığında hepsinin aklında aynı düşünce uğursuzca parıldamış:

"Ya kaçarsa, ya benden uzaklaşırsa, ya bir daha onu göremezsem?"

Bu endişe onları telaşlandırmış, acele etmeye başlamışlar. Ama bu davranışları karşısında kız iyice ürkmüş ve az önce geldiği sokağa girmiş. Kızın gitmekte olduğunu gören beş prens, artık nezaketi, yanlış anlaşılmayı bir yana bırakıp adımlarını açmışlar. Fakat bu hareketleri kızın tümüyle paniğe kapılmasına neden olmuş, o da hızlanmış. Prensler durur mu, hemen düşmüşler peşine. Böylece beş rüyanın beşinde de bu kadim şehrin karanlık bir labirenti andıran sokaklarında amansız bir koşturmaca başlamış.

Prensler çevikmiş, güçlüymüş, hızlıymış ama genç kız bir ceylan gibi koşuyormuş. Evet, sadece hızlı değil aynı zamanda çok da zarifmiş. Hiç zorlanmadan, hiç ses çıkarmadan, adeta rüzgârın sürüklediği ışıklı bir bulut gibi akıp gidiyormuş dar sokakların arasında. Bazen prenslerden biri yaklaşıyor, kızı saran ipekten tülü yakalayacak gibi oluyor ama rüzgâr aniden hızlanıyor ve yeryüzünün o en güzel hayaletini bir anda uzaklaştırıyormuş onlardan. Bu zorlu yarışta geri kalmış olmalarına rağmen, elbette prensler bırakmıyormuş kızın peşini. Çünkü kararlı olmayanların asla amaçlarına ulaşamayacaklarını çok iyi biliyorlarmış. O hevesle, canlarını dişlerine takarak koşturuyorlarmış rüyalarındaki ahunun peşinden. Evet, tahmin edileceği gibi, genç kız beş farklı yöne koşuyormuş: Buz Prensi'nin rüyasında Buz Kapısı'na, Kum Prensi'nin rüyasında Kum Kapısı'na, Su Prensi'nin rüyasında Su Kapısı'na, Rüzgâr Prensi'nin rüyasında Rüzgâr Kapısı'na, Dağ Prensi'nin rüyasında ise Dağ Kapısı'na. Biraz da o yüzden umutlarını yitirmiyorlarmış delikanlılar.

"Ne kadar koşarsa koşsun sonunda kapıda yakalarım onu" diye geçiriyorlarmış akıllarından. "Hem kapıdan çıksa bile benim alışık olduğum iklimde daha fazla koşamaz, gücü kesilir, yavaşlar, ben de ona ulaşır, kendimi tanıtır, korkmamasını, ona zarar vermeyeceğimi söylerim. Oturur güzelce konuşuruz."

Ama hepsinin hayalleri boş çıkmış, ne kıza ulaşabilmişler, ne kendilerini tanıtabilmişler ne de ona zarar vermeyeceklerini açıklayabilmişler. Çünkü kız birdenbire yok oluvermiş. Evet, kız beş ayrı kapıdan geçip bu kadim kentin surlarının dışına çıkınca birden kayboluvermiş. Beş prensin beşinin de gözlerinin önünde olmuş bu olay. Tam da iyice umutlanmışken, tam da iyice yaklaşmışken, tam da ona ulaşmak üzereyken. Evet, Buz Prensi Buz Kapısı'nda, Kum Prensi Kum Kapısı'nda, Su Prensi Su Kapısı'nda, Rüzgâr Prensi Rüzgâr Kapısı'nda, Dağ Prensi, Dağ Kapısı'nda kaybetmiş kızı. Kız birdenbire kaybolunca beş prensin beşi de aniden açmışlar gözlerini. Gözlerini açar açmaz da kendilerini saraylarındaki odalarında bulmuşlar. Hemen anlamışlar gördüklerinin rüya olduğunu. Ama bu hakikat, rüyanın etkisini azaltmak şöyle dursun, benliklerini iyice sarsmış; yüreklerini heyecanla doldurmuş, meraklarını artırmış, tutkularını kamçılamış. Artık ne muhteşem sarayları umurlarındaymış, ne gelecekte oturacakları altın tahtları ne de yönetecekleri ülkeleri. Beşi birden yeniden kapamışlar gözlerini, yeniden aynı rüyayı görmek, yeniden o büyülü kente gitmek, yeniden o mucizevi kıza ulaşmak istemişler. Fakat ne yazık ki bir işe yaramamış bu çabaları. Filozofun söylediği gibi, nasıl ki "Bir kez yıkandığın ırmakta bir daha yıkanamazsan", gördüğün rüyanın aynısını da yeniden göremezsin. Prensler de ne kadar uğraşırlarsa uğraşsınlar ne yeniden derin bir uykuya dalabilmişler ne de o muhteşem rüyaya geri dönebilmişler. Ama aşk inatçıdır derler, hemen vazgeçmemişler; sabaha kadar uyumayı deneyerek, ellerinden uçup giden o büyülü ânı yeniden yakalamak istemişler. Gelin görün ki, uykunun kırıntısı bile düşmemiş gözlerine, saatlerce yataklarında öylece kıpırdanıp durmuşlar. Güneşin ilk ışıkları pencerelerinden süzülürken sonunda teslim olmuşlar, bir daha o rüyayı göremeyeceklerini anlamışlar. Fakat nedense karamsarlık yokmuş gönüllerinde, sevinçli, umutlu, üstelik istekliymişler. Artık bambaşka gözlerle bakıyorlarmış dünyaya, bambaşka düşüncelerle doluymuş zihinleri, bambaşka duygular taşıyorlarmış gencecik yüreklerinde. İşte o heyecanla kalkmışlar yataklarından, o hevesle giyinmiş, kimseye görünmeden çıkmışlar saraylarından.

2
Beş ülkede beş hüzün

Prensler kimseye haber vermeden sokağa çıkınca sabah tatlı tatlı ışıyan güneş usulca gökyüzünden kaybolmuş, sarayların üzerini kara bulutlar kaplamış. Beş kıtadaki beş hükümdarın hiç de umurlarında değilmiş bu kapalı hava, doğanın önceden kestirilemez halleri deyip geçmişler ama vaktin ilerlemesine rağmen oğulları kahvaltıya inmeyince onların da yüreklerini bir kasvet sarmış. Huzursuzca kıpırdanmışlar ipek kaftanlarının içinde, sinirli bir tavırla homurdanmışlar altın tahtlarında, derken prenslerinin sabah derslerine girmediğini de duyunca küplere binmişler. Çünkü o güne kadar veliahtların böyle bir sorumsuzluk yaptığı görülmüş iş değilmiş. Başyaverlerini derhal huzura çağırmışlar, kimseye sezdirmeden prenslerinin odasına gitmelerini, olan biteni öğrenmelerini istemişler. Başyaverler el etek öpüp, bir telaş, bir heyecanla koşuşturmuşlar prenslerin yatak odalarına. Odalarının önüne gelince usulca vurmuşlar kapıya, cevap veren olmamış, yeniden tıklatmışlar, sessizlik bozulmamış. "Prensim, kıymetli prensim!" diye seslenmişler. Kimse cevap vermemiş. Kulaklarını kapıya dayamışlar, ne ses varmış ne seda. Bakmışlar olacak gibi değil, kapıyı açıp odaya girmişler, yatakları boş bulmuşlar. Odanın her yanını didik didik aramışlar ama elbette prensleri görememişler.

İlk şaşkınlıklarını atlatan başyaverler, prensleri belki başka bir yerde buluruz umuduyla sarayın koridorlarına atmışlar kendilerini. Kimseye sezdirmeden köşe bucak dolaşmaya, veliahtların izini sürmeye koyulmuşlar. Odalara, salonlara, kütüphaneye, bahçelere, hamama, mutfağa, ahırlara, aklınıza gelebilecek her yere bakmışlar, fakat boşuna, ülkenin gözbebeği prensler sanki yer yarılmış içine girmişler. Bu tuhaf vaziyeti hükümdarlarına nasıl anlatacaklarını bilemeyen zavallı adamlar çaresizlik içinde kıvranmaya başlamışlar. Ne var ki, zaman akıp gidiyor, kralların sabrı tükeniyormuş. Bunun farkında olan başyaverlerin alı alına moru moruna karışmış. Biraz daha beklerlerse çocuklarının akıbetini öğrenmek isteyen kudretli babaların bütün gazabını üzerlerine çekeceklerini bildiklerinden mecburen dönmüşler taht odasına. Boyunları bükük, başları önlerinde, elleri suçlu gibi kenetlenmiş olarak çıkmışlar efendilerinin huzuruna, onların halini gören beş kralın beşi de kötü bir şeyler olduğunu hemen anlamış. Bir kez daha huzursuzca kıpırdanmışlar oturdukları tahtlarında ve içlerinde kabaran öfkeyi bastırarak şöyle demişler:

"Ne oldu? Neredeymiş prensimiz?"

Başyaverlerin hepsi de gözlerini kaçırmış.

"Prensimiz yok haşmetli kralım" demişler. "Nerede olduğu da belli değil."

Beş kralın beşi de aynı anda kükremiş:

"Nasıl belli değil, nereye gider bu çocuk?"

Başyaverlerin sesi iyice kısılmış.

"Bilmiyorum kudretli kralım" demişler. "Her yere baktım, herkese sordum, ne gören var ne de duyan."

Kralları bir telaştır almış.

"Ya eğitmenler, ya âlimler, ya dövüş ustaları, belki onlardan birinin yanındadır. Gittin mi onların yanına, konuştun mu onlarla?"

Umutsuzca açıklamış başyaverler:

"Konuştum saadetli hünkârım. Filozoftan şaire, coğrafyacıdan matematikçiye, astronomdan simyacıya, komutanlardan dövüş ustalarına kadar hepsinin kapısını çaldım. Hepsiyle tek tek konuştum. Ne yazık ki onlar da görmemişler."

Hiddetle ayağa kalkmış krallar.

"Nasıl görmemişler! Cinler periler mi kaçırdı, nerede bu çocuk?" Başyaverlerden akla yakın bir cevap alamayınca düşünceli bir tavırla başlarını sallamış hükümdarlar. "Anlaşıldı, bir bit yeniği var bu işin içinde! Anlaşıldı, düşmanlarımız bir tuzak kurdu bize. Belli ki onlar kaçırdı prensimizi. Zaten şüpheleniyordum komşu ülkenin kralından. Demek ki yeniden başladı fitne fesat yeryüzünde."

Oğul acısıyla tehlikeli düşüncelere kapılan krallarının bu halini gören başyaverler, işlerin sarpa sardığını, böyle giderse bu gizemli olayın savaşla sonuçlanacağını düşünerek ardı ardına yutkunmuşlar, sonra kendilerini toparlayarak uygun bir dille açıklamaya çalışmışlar.

"Aman devletlum, kimse fesat peşinde değil. Aman devletlum, kılıç savaşları bitti, ok savaşları bitti, kargı savaşları bitti. Aman devletlum, ordular beş yıldır kışlalarını hiç terk etmedi, beş kıta yıllardır barış içinde yaşıyor. Siz de biliyorsunuz, aralarında sizin de olduğunuz beş kıtadaki beş kralın ne babaları ne de kendileri huzuru bozdu, artık yeryüzünde düşmanlık yok. Durun, hemen kötüye yormayın veliahdımızın kaybını. Belli ki prensimiz bunaldı, belli ki canı sıkıldı, belli ki biraz yalnız kalmak istedi. Yakında çıkar ortaya, yakında girer o güzel gülümseyişiyle şu kapıdan içeriye. Sizden tek dileğim biraz sabır."

Sadece tek çocukları için değil ülkelerinin geleceği için de derin bir endişe duyan beş kral, başyaverlerin bu yatıştırıcı konuşmalarından hiç ama hiç etkilenmemişler, aksine iyice sinirlenmişler.

"Bana akıl mı veriyorsun!" diye gürlemişler yeniden. "Bana ülkeyi nasıl yönetmem gerektiğini mi söylüyorsun? Sakın ola haddini aşma! Senin vazifen veliahdımı bulmak. Sorulmayan sorulara cevap verme. Devlet işleri konusunda akıl yürütme! Hadi öyle durma karşımda, derhal vazifeni yerine getir. Sarayın duvarlarının dışına çık, bütün sokakları ara, gerekirse tek tek bütün evlere bak ama sakın prensimi bulmadan da yanıma gelme."

Korkuyla titreyen başyaverler tam huzurdan çekilirken beş ayrı sarayda beş taht odasının beş devasa kapısı usulca açılıvermiş. Ve beş devasa kapıda genç prenslerin incecik silueti belirmiş. Kapıda veliahtları gören başyaverler sevinçten havaya uçmuş, mutluluktan ne yapacaklarını bilememişler. Elbette babaların da neşesi anında yerine gelmiş ama hükümdar olmanın gereği sevinçlerini gizleyerek kaşlarını çatıp suratlarını asmışlar. Ve tunç kapılardan içeri giren oğullarının güzel yüzlerindeki tatlı ışığa aldırmadan hem bir kral hem de bir baba gibi otoriter bir sesle sormuşlar:

"Neredeydiniz Prensim? Sabah kahvaltıya inmediniz, daha da fenası derse katılmadınız, üstelik kimseye de nereye gittiğinizi söylemediniz. Endişelendik, meraklandık ve dahi üzüldük. Gelecekte bu ülkeyi size teslim edeceğiz, gelecekte bu devleti siz yöneteceksiniz, gelecekte bu halka siz önderlik edeceksiniz, yakışır mı böyle düşüncesizce davranmak size?"

Prenslerin genç yüzlerindeki neşeyi utangaç bir perde gölgelemiş ama yüreklerindeki sevinç öyle büyükmüş ki, çok sürmemiş bu tatsızlık ve hepsi aynı sözcüklerle yanıt vermiş babalarına:

"Kusura bakmayınız hünkârım, sabah çok erken çıktım saraydan. Tebdili kıyafet eylemiştim. Kimse anlayamadı prens olduğumu. Öyle de olması gerekiyordu, çünkü kâhine gidiyordum."

Krallar şaşkınlıkla bakmışlar prenslere ve resmiyeti bırakıp evladıyla konuşan bir baba gibi içtenlikle sormuşlar:

"Kâhine niye gittin çocuğum?"

Beş prens de aynı masum tavırla yanıtlamış:

"Dün gece bir rüya gördüm, onu yorumlaması için gittim."

Hükümdarlar durumu anlamaya başlamışlar. Çünkü beş bin yıldır tanrılar krallara rüyalar aracılığıyla mesaj veriyormuş. Salgın hastalıklar, kuraklıklar, yıkıcı fırtınalar, köyleri sürükleyip götürecek sel felaketleri, dünyayı kana boyayacak savaşlar, bütün bunlar rüyalarında haber verilmiş krallara. O yüzden ne zaman garip bir rüya görseler derhal tapınağa koşar, kâhinlerin bu konuda ne diyeceğini duymak isterlermiş. Demek ki oğulları da öyle yapmış. Mesele nazik olduğu için de kimseye haber vermemiş çocuklar. Doğru da yapmışlar, öyle ya, rüya kötü bir olayı haber veriyorsa halkın bunu öğrenmesi hiç de doğru olmazmış. Oğullarının ketumluğunu takdirle karşılarken içlerindeki merakı daha fazla tutamamışlar. Prenslerini böyle erkenden kahvaltıyı ve dersi unutturup kâhinlere koşturan rüyayı bir an önce öğrenmek istemişler.

"Gel, bakalım evladım" demişler prenslerine. "Gel, diz çök, otur şöyle sağ yanıma."

Beş veliaht da babalarının dediğini yapmış, beş tahtın sağ yanına diz kırıp oturmuşlar. Krallar sevgiyle süzmüşler oğullarını, uzanıp güvenle dokunmuşlar omuzlarına.

"Hayırlara vesile olsun diyelim, anlat bakalım şu gördüğün rüyayı."

Beş delikanlının da yüzü kızarmış, beşi de bakışlarını kaçırmış, söze nasıl başlayacaklarını bilememişler ama görmüş geçirmiş krallar cesaretlendirmiş oğullarını.

"Hadi evladım, insan babasından utanır mı?"

Bunun üzerine gördükleri rüyayı nakletmeye başlamışlar. Hiçbir ayrıntıyı atlamadan beş kapılı o tuhaf kentin bütün sokaklarını, bütün binalarını, her biri gerçek bir sanat eseri olan kapılarını, kaleyi, saat kulesini, küçük meydanı, uçuşan güvercinleri, Aşk Tanrıçası'nın heykelini, dolunayı, rüzgârı ve o gizemli genç kızı anlatmışlar. Hiç seslerini çıkarmadan, arada bir başlarını öne doğru sallayarak, bazen sakallarını usulca çekiştirerek ilgiyle dinlemiş beş kral, beş prensin tuhaf rüyasını.

"Peki kimin nesidir bu kız?" diye sormuşlar çocuklarının söyledikleri bitince. "Tanıdık biri mi? Sarayda mı yaşıyor, yoksa başka bir ülkede mi?"

Beş prens de çaresizlikle kafasını iki yana sallamış.

"Bilmiyorum babacığım, daha önce onu hiç görmedim. Ne bu sarayda, ne bu kentte ne de bu ülkede onunla karşılaştım. Ama bizim kıtamızdan biri olmalı yoksa benim rüyamda işi ne, fakat hangi kenttendir, hangi köydendir, nerelidir derseniz cevap veremem. Rüyadaki şehri de hiç görmedim."

Kralların şaşkınlıkları iyice artmış.

"Peki, neye benziyordu bu kız? Esmer mi, sarışın mı, kumral mı, kızıl mı; saçları düz mü, dalgalı mı, kıvırcık mı; gözleri yeşil mi, ela mı, gri mi, mavi mi, siyah mı, kahverengi mi; yüzü yuvarlak mı, uzun mu, oval mi?"

Tuhaf bir gülümseme belirmiş prenslerin genç yüzünde.

"Ah babacığım, fırsat olmadı ki yakından bakayım. Anlattığım gibi beni görür görmez ürkek bir ceylan gibi kaçıverdi. Belki aysız bir gece gibi esmerdi, belki güneşli bir öğlen gibi sarışın, belki ikindi gibi kumraldı, belki gün batımı gibi kızıl. Belki servi gibi uzundu, belki gül fidanı gibi kısa. Belki saçları göz alabildiğine uzanan buğday tarlası gibi dümdüz, belki gümrah bir bağ gibi dalgalı, belki dökümlü yamaçlar gibi kıvrım kıvrım. Gözleri belki derin ormanlar gibi yeşil, belki kehribar gibi ela, belki bulutlu bir gökyüzü gibi gri, belki engin denizler gibi mavi, belki görkemli dağlar gibi kahverengi, belki kömür gibi kara. Ne önemi var ki kudretli babacığım, görünümü nasıl olursa olsun, şu bir hakikat ki, büyülü bir varlıktı o kız."

Beş kralın beşi de oğullarının söylediklerini tekrarlamışlar içlerinden. "Büyülü bir varlıktı o kız." Ama hemen uzaklaştırmışlar bu düşünceyi kafalarından. "Niye büyülü bir varlık olsun ki? Alt tarafı önemsiz bir rüya. Genç bir erkeğin hülyası." Evet, krallar oğullarının bir ergenlik hayaline kapıldığına inanmak istemiş. Evlatlarının artık evlenme vaktinin geldiğini, prenslerinin bu yüzden o garip rüyayı gördüğünü düşünmüşler. Yine de karara varmadan önce sormuşlar:

"Peki kâhin ne diyor bu işe?"

Yine aynı sözcüklerle konuşmuş prensler.

"Kâhin diyor ki: Bu rüya senin kaderindir. Nasıl ki insan kaderinden kaçamazsa, sen de bu rüyadan kaçamazsın. O kız senin hayatının anlamıdır, nasıl ki insan o anlamdan ayrı var olamazsa, sen de artık o kız olmadan var olamazsın. O kent ki senin vatanındır, nasıl ki insan vatanı olmadan yaşayamazsa, sen de o şehri bulmadan yaşayamazsın."

Bunları duyan beş kralın beşinin de tepesi atmış.

"Neler saçmalamış bu kâhin? Ne kaderi, ne anlamı, ne vatanı? Senin kaderin kral olmak evladım, senin hayatının anlamı bu ülkeyi yönetmek, senin mekânın o saçma sapan rüyanda gördüğün karanlık kent değil, bu görkemli saray. Şimdi benim oturduğum, zamanı gelince de senin oturacağın işte bu altın taht."

Beş prensin beşinin de yüzleri gölgelenmiş, renkleri solmuş, başları umutsuzca öne eğilmiş, hiç ama hiç katılmıyorlarmış krallarının sözlerine ama aldıkları terbiye gereği de babalarına karşı çıkamıyorlarmış. Elbette krallar fark etmiş bu durumu, onlar da aklı selim davranmışlar, şimdilik veliahtlarının üzerine gitmeyi uygun bulmamışlar. "Oğlan bir hayale kapılmış işte" diye düşünmüşler. "Çok sürmez, bugün yarın kurtulur etkisinden. Yeniden derslerine döner, iyi bir hükümdar olmak için eskiden ne yapıyorsa, yine aynısını yapar." İşte bu sözlerle rahatlatmışlar kendilerini. Ama yine de akıllarının bir parçası, kâhinlerin sözlerinde kalmış. Prensleri yolladıktan sonra ayin günü olmamasına rağmen tapınağın yolunu tutmuşlar.

Krallar maiyetiyle birlikte tapınaklardan içeri girince, tanrı heykelinin önünde kâhinlerin kendilerini beklediğini görmüşler. Şaşkınlık içinde kalmışlar, çünkü tapınağa gideceklerini önceden haber vermemişler. Kâhinlerin oraya geleceğini bilmeleri tedirgin etmiş onları. "Demek ki tapınağın casusları var sarayda, demek ki onlar yetiştirdiler geleceğimizi buraya" diyerek kurtulmuşlar bu uğursuz düşünceden. Kararlı adımlarla tanrı heykeline yaklaşmışlar, saygıyla eğilmişler önlerinde, dualar fısıldamışlar mırıl mırıl, ardından kâhinlere yönelmişler. Kâhinler hiç istiflerini bozmadan karşılamışlar kralları ve şöyle demişler:

"Buyurun yüce hükümdar, buyurun, hoş geldiniz tanrıların makamına, hoş geldiniz kutsal mekânımıza."

Beş kral, peşleri sıra maiyetindekilerin taşıdıkları birbirlerinden değerli sunuları göstermişler.

"Tanrılara sunular getirdik."

Kâhinler yadırgamışlar bu durumu. Paha biçilmez hediyelere şöyle bir göz attıktan sonra, usulca başlarını sallamışlar.

"Çok sağ olun yüce kralım, lakin ibadet gününde değiliz. Siz de bilirsiniz ki, sunu günü dışında bu tapınağa hediye kabul edemeyiz. Beş bin yıllık geleneği bir çırpıda silemeyiz, bu büyük saygısızlık olur tanrılara."

Zaten öfkeli olan beş kralın beşi de aynı sözlerle azarlamışlar din adamlarını.

"Bu da ne demek şimdi? Bilmez misin ki tanrılardan sonra benim sözüm geçer bu ülkede. Tanrılardan sonra ben ne dersem o olur. Benim buyruğumla başlar hayat, benim buyruğumla son bulur. Yürü derim bütün halk yürür, dur derim herkes durur. İnsanlar benim sözümle ölür, benim sözümle öldürür. Bir hükmümle yüceltirim herkesi, bir hükmümle süründürürüm yerlerde. Elbette saygım sonsuz tanrılara, elbette saygım sonsuz tapınağa. Ama sen yanlış yorumluyorsun inancımızı, tıpkı bu sabah oğlumun rüyasını yanlış yorumladığın gibi. Ortalığı karıştırıyorsun, bu sabah oğlumun kafasını karıştırdığın gibi."

Beş tapınaktaki beş kâhin öylece durmuşlar hükümdarların karşısında; ne başlarını eğmişler, ne bakışlarını kaçırmışlar. Sinirleri bozulan krallar bağırmaya başlamışlar.

"Ne bakıyorsun öyle! Yanlış mı söylediklerim? Tanrıların yeryüzündeki gölgesi ben değil miyim? Neden saygısızlık yapıyorsun hükümdarına? Neden fitne fesat çıkartıyorsun, neden aklını karıştırıyorsun prensimin?"

Bu açık tehdit karşısında bile en küçük bir yılgınlığa kapılmamış kâhinler.

"Ben fitneci değilim" demiş beşi birden. "Prens rüyasını anlattı, ben de yorumladım. Tıpkı geçen defa sizin rüyanızı yorumladığım gibi. Ben tanrıların söylediğini yaparım. Ne rüyaya karışırım ne de uykuda gördüklerinin o insanın zihninde yarattığı etkiye. Sadece dinlerim, anlamaya çalışırım, anladığım kadarını yorumlarım. Ne yapması gerektiği rüyayı gören kişiye kalmıştır. Ben sadece ihtimalleri sıralarım. O sebepten sevgili prensimize de ne yapması gerektiğini söylemedim. Sadece neler olabileceğini hatırlattım."

Kâhinlerin cesareti kralları iyice zıvanadan çıkarmış. İşaret parmaklarını tapınağın bu engin gönüllü bekçilerine uzatarak nefretle sallamışlar.

"Yok öyle Kâhin Efendi, yakanı kolayca sıyıramazsın bu işten. Ülkenin kaderini teslim edeceğimiz prensin kafasını zırvalarla doldur, sonra da ne yapacağı ona kalmış de. Yok öyle boşboğazlık, eğer oğlum o anlamsız rüya yüzünden yanlış bir yola saparsa seni sorumlu tutarım."

Vakar içinde sağ ellerini göğüslerine koymuş kâhinler.

"Binlerce yıldır biz kâhinler hep bildiğimizi söyledik. Şimdi bildiğimizi söylemezsek kutsal yasayı çiğnemiş, kutsal misyonumuzu yerine getirmemiş oluruz. Eğer sözlerimizden sorumlu tutulacaksak bu bizim için bir şereftir. Eğer sözlerimiz yüzünden cezalandırılacaksak, bu bizim için en büyük ödüldür. Sözümüz sözdür, kral da olsa, prens de olsa, hakikati söylemek boynumuzun borcudur. Ki bundan sonrası size kalmıştır, işte boynumuz buradadır, işte kılıç da oradadır. Buyurun, hüküm sizindir."

Krallar kâhinlerin cüretkârlığı karşısında kendilerini iyice kaybetmişler.

"Muhafızlar, yakalayın!" diye emretmişler. "Yakalayın ve atın şu kendini bilmezi zindana."

Beş kâhinin beşi de ne kaçmış, ne direnmiş, sadece şöyle demişler acımasız krallara:

"Yanlış yoldasınız hünkârım! O rüya, aşka bir çağrıdır, bu çağrıyı engelleyemezsiniz! Aşk yeryüzünün en büyük mucizesidir, mucizeleri akılla yok edemezsiniz! Bırakın prens kendi yolundan yürüsün, bırakın hayatı kendi başına öğrensin, öz oğlunuz da olsa bir insanın kaderini belirleyemezsiniz! Yanlış yoldasınız, insanları hapsederek olacakları önleyemezsiniz!"

3
Kâhinlerin suçu ne?

Beş kâhinin zindana atıldığı haberi hızla yayılmış. Beş ülkede halk şaşkınlık içindeymiş, herkes bu tutuklamaların nedenini merak ediyormuş. Olanı biteni bilen prensler ise derin bir üzüntü duyuyorlarmış. Sadece rüya yorumladılar diye bu kutlu adamların zulme uğramasına bir anlam veremiyorlarmış, her ağzını açtığında adaletten bahseden babalarının bu zalimce tavrı karşısında utanca kapılıyor, bu acımasız karara kendilerinin neden olduklarını bildikleri için de ağır bir suçluluk duygusu hissediyorlarmış. İlk tepki gösterenler de onlar olmuş. Derhal, kralların huzuruna çıkmışlar.

"O bilge adamın bir suçu yok hünkârım" demişler cesurca. "O çağırmadı, ben gittim tapınağa. O istemedi, ben emrettim rüyamı yorumlamasını. Hatta, 'Hünkârımızın haberi var mı?' diye sordu. Ben ise 'Siz söylediğimi yapın' diye uyardım. Sadece emre uydu kâhin. Birini cezalandıracaksanız, o kişi kâhin değil benim."

Prenslerinin karşılarına geçip tanrıların hizmetkârlarını savunmaları artık herkesten, her olaydan kuşku duymaya başlayan kralları iyice şüphelendirmiş. "Yoksa öteki kıtaların hükümdarları büyük bir entrika mı çeviriyorlar?" diye düşünmeye başlamışlar. "Kendi ülkelerini yönetmek onlara yetmiyor mu, şimdi de benim kıtama mı göz koydular?" Böyle düşünmelerine rağmen sükûnetlerini korumuşlar. Çünkü karşılarındaki genç adamlar sadece onların oğulları değil aynı zamanda ülkelerinin geleceği, halklarının kaderiymiş.

"Sen ne söylediğini bilmiyorsun evladım" demişler anlayışlı bir tavırla. "Sen daha kaç bahar gördün, kaç yaz yaşadın? Çok gençsin, daha hiç tecrüben yok. Öğretmenlerin henüz hayatı ve insanları doğru anlatmamış sana. Ama merak etme, öğreneceksin. Dost görünenin nasıl düşman olabileceğini, iyi biriymiş gibi davrananın aslında dünyanın en kötü kişisine dönüşebileceğini, bilge zannettiğin o kutsal kişilerin sadece kendi çıkarı peşinde koşabileceğini, sana sadık gibi duranların bir gün en büyük ihaneti yapabileceğini öğreneceksin. Göründüğü gibi değildir dünya, görüldüğü gibi değildir insan. Bu sözlerim küpe olsun kulağına. O yüzden her koşulda, her durumda önce tahtı düşüneceksin. Taht demek ülke demektir, halk demektir, bütün bir kıta demektir. Tahtı koruyacaksın ki, halkını, ülkeni, tüm kıtayı koruyabilesin. Hep uyanık olacaksın, hep hile sezeceksin, gelmekte olan tehlikeyi önceden göreceksin. Kılı kırk yaracaksın ki, hainlerin tuzağına düşmeyesin, boşboğazların işgüzarlıklarına malzeme olmayasın.

Kâhine gelince, kötü biri olmasa bile, niyeti bize zarar vermek olmasa bile, bilge bir adamın ağzıyla konuşmamış seninle. Tahtı, ülkeyi, insanları, bu güzelim kıtayı düşünmemiş, düpedüz aklını karıştırmış senin. Sen sıradan bir genç değilsin, sen bir prenssin. Bu hakikati en iyi kâhinin bilmesi gerekirdi, ağzından çıkacak her söze dikkat etmesi, seni doğru yönlendirmesi gerekirdi. Fakat o ne yaptı? Sanki sen bu tahtın vârisi değilmişsin gibi, sanki ülkenin, halkın sana ihtiyacı yokmuş gibi, kafanı saçma sapan fikirlerle doldurdu, seni sorumluluklarından uzaklaştırmaya çalıştı."

Prensler hemen itiraz etmişler kral babalarına:

"Hayır, hayır, kudretli hünkârım, sorumluluğumdan uzaklaşmadım ben. Kâhin değil, gördüğüm rüyadır aklımı karıştıran. Boş yere itham etmeyin o kutsal adamı. Onun suçu yok, boş yere zindanda tutmayın zavallıyı, onun bu olayla hiçbir alakası yok. Zaten kâhinin sözleri çoktan uçtu gitti kulağımdan ama gördüğüm rüya hâlâ taptaze belleğimde. Öyle nakşolmuş ki zihnime o görüntüler, o sesler, o renkler, o kokular, sokakların labirent gibi birbirine geçtiği o kent, cennetten yeryüzüne düşmüş bir periyi andıran o kız, bir türlü kurtulamıyorum onlardan. Her an o görüntüler geçiyor gözlerimin önünden, o sesleri duyuyorum hep, her yerde o kokular çalınıyor burnuma, o gizemli kent bir türlü bırakmıyor yakamı, o büyülü kız bir an bile çıkmıyor aklımdan. Ve korkarım, o şehri, o kızı bulmadan da kurtulamayacağım bu tuhaf rüyadan.

O yüzden kâhini zindana atmak çözüm değil, eğer kudretiniz yetiyorsa, eğer böyle bir gücünüz varsa, o rüyanın izlerini silin zihnimden. Nasıl yaparsınız bilmiyorum ama dün geceyi yaşanmamış kılın. Ne o yatağa yatmış olayım, ne o tatlı uykuya dalmış ne de o rüyayı görmüş. Evet, ülkenin en iyi hekimlerini bulun, kudretli otları toplasınlar, gizli güçleri olan sularda kaynatsınlar, çok etkili bir iksir yapsınlar, bir yudum içeyim ve olduğu gibi silinsin o meşum gece zihnimden. Hekimler yapamıyorsa eğer, büyücüleri getirtin kıtanın her yanından, onlar göstersinler marifetlerini, güneş tozu toplasınlar, ay ışığı biriktirsinler, yıldızların külleriyle karıştırsınlar, ateşler içinde yanan alnıma sürsünler, bildiğim ne varsa o rüyaya dair hepsini unuttursunlar. Evet, kurtarsınlar oğlunuzu hem o şehrin hem de o kızın etkisinden. Yoksa kâhinleri zindana atmanız çare değil. Çünkü o rüya da, o kent de, o kız da hiç çıkmayacak aklımdan."

Oğullarının bu kadar açık, bu kadar cesur, bu kadar kararlı konuşması kralları derinden sarsmış. Evlatlarının gözlerindeki ateşi görmüşler, seslerindeki titremeyi işitmişler ve çektikleri acıyı hissetmişler. İşte o zaman anlamışlar saçma sapan bir kuşkuya kapıldıklarını. İşte o zaman fark etmişler dün gece görülen rüyanın zannettiklerinden çok daha önemli olduğunu ve işte o zaman kafalarına dank etmiş prenslerini gerçekten de kaybedebileceklerini. Derin derin iç geçirdikten sonra, sırtlarını tahtlarına yaslayıp oğullarına bakmışlar.

"Seni çok iyi anlıyorum evladım" demişler bal gibi tatlı bir sesle. "Ama unutma ki, rüyalar ne kadar garip, ne kadar şaşırtıcı, ne kadar çarpıcı olursa olsun, sonuçta bir hayaldir. Diyeceksin ki, 'Yüzyıllardır gördüğümüz rüyalardan anlamlar çıkardık, yüzyıllardır rüyalar sayesinde varlığımızı koruduk, yüzyıllardır gördüğümüz rüyalar sayesinde gelecekte olacakları bildik', doğrudur. Diyeceksin ki, 'Yüzyıllardır tanrılar bizimle rüyalar aracılığıyla konuştu, iyiyi, kötüyü, felaketi, musibeti böyle haber verdi.' Doğrudur ama gördüğümüz her rüya da tanrıdan bir mesaj değildir. Bazen saçma sapan olaylar da görürüz uykumuzda, ne bir anlamı vardır ne de bir mesaj verir. Çoğu zaman fazla kaçırılmış akşam yemeğinin midemizdeki ağırlığının zihnimizi bulandırmasından başka bir şey değildir rüyalar. Demem o ki, o kadar da aklına takma o rüyayı, belki de hiçbir önemi yoktur gördüğün o şehrin, o kızın. Bekleyelim biraz, o rüyanın alevlendirdiği tutkunun sönmesi için zaman tanıyalım kendimize. Bakalım, gelecek günler neler gösterecek bize."

Prensleri zerrece etkilememiş hükümdarların bu akıllıca konuşması. Bir an ilgiyle bakmışlar tahtta oturan adamların yüzüne, bir an gülümseyecek gibi olmuşlar ama vazgeçmişler sonra.

"Yaşça da, başça da benden büyüksünüz hünkârım" demişler en az babalarınınki kadar yumuşak bir sesle. "Tanrılar biliyor ya, sizi her zaman sevdim, her zaman saydım. Hatalarınızı gördüğümde bile bu sevgim, bu saygım hiç azalmadı. Ama sizden saklayacak değilim, dün gece gördüğüm rüyanın yarattığı tutku öyle kolayca geçecek gibi değil. Ömrümde ilk kez böyle titriyor bedenim, ilk kez böyle yüceliyor ruhum. Bu bambaşka bir şey. Bu bildiğim bütün duygulardan daha derin, bütün isteklerden daha güçlü, bütün sevinçlerden daha renkli, bütün neşelerden daha çılgın, bütün hüzünlerden daha yaralayıcı. Size yalan söyleyemem saygıdeğer kralım, korkarım gelip geçici bir heves değil bu tutku. Korkarım bu aşk bu bedende kalıcı."

Prensler konuşurken krallar ilk aşklarını hatırlamışlar. Çoktan unuttukları o katıksız masumiyeti yıllar sonra bir daha hissetmişler. Bir anlığına da olsa ilk gençliklerine dönmüşler, bir anlığına da olsa âşık oldukları kızın gözlerindeki ışıltıyı, dudaklarındaki gülümsemeyi, yüzündeki mahcubiyeti görmüşler. Bir anlığına da olsa temizlenmiş ruhları. Tam yumuşuyormuş ki yürekleri, derhal uzaklaştırmışlar bu duyguyu içlerinden. Prenslerini çok iyi anlasalar da, hatta hak verseler de, kral olmanın verdiği sorumluluk ağır basmış. Ama bu kez başka bir yol denemek istemişler. Çünkü sertlikle oğullarını yola getiremeyeceklerini artık biliyorlarmış, o yüzden siyaset yoluyla bu meseleyi çözmeyi seçmişler.

"Anlıyorum prensim" demişler beşi birden. "Ben de yaşadım bu duyguları. Haklısın, aşk dünyanın en güçlü duygusudur; haklısın, aşk insanın aklını başından alır; haklısın, aşk hayatı anlamlı kılar ama inan bana önünde sonunda geçer. Geçtiğinde ise geride bir enkaz bırakır. Sıradan biri olsaydın sadece kalbin kırılırdı, fakat sen bu ülkenin geleceğisin, bu aşk geçtiğinde yaşayacağın yıkım, bu ülke için bir felaket olur. Böyle bir felakete neden olmak ne sana ne de bana yakışır. Haklısın, aşk dünyanın en güzel tutkusudur ama çok tehlikelidir; ülkeni, halkını, hanedanlığını yok edebilir. Dolayısıyla, ne kadar güzel, ne kadar anlamlı, ne kadar yüce olursa olsun, aşk, kendini halkına adayacak bir hükümdarın hayatına yön veremez. Bizim çok daha önemli bir tutkumuz, çok daha büyük bir sevdamız var: O da ülke sevgisidir. Rüyanda gördüğün bir kız için halkını yüzüstü bırakamazsın. Halkının geleceğini tehlikeye atamazsın."

Prensler anlamış babalarının taktik değiştirdiklerini ve onlar da sergilemişler siyasetteki ustalıklarını.

"Neden halkımızı yüzüstü bırakayım ki hünkârım?" demişler sakince. "Neden benim aşkım ülke için bir yıkım olsun? Belki de o rüya aracılığıyla tanrılar gelecekteki kraliçeyi müjdeliyorlar bana. Belki de kâhinin bize anlatmaya çalıştığı buydu. Çünkü kâhin dedi ki: 'Bu rüya senin kaderindir. Nasıl ki insan kaderinden kaçamaz, sen de bu rüyadan kaçamazsın.' Bunda yanlış olan ne var? Kâhin dedi ki, 'O kız senin hayatının anlamıdır, nasıl ki insan o anlamdan ayrı var olamaz, sen de artık o kız olmadan var olamazsın.' Evet, o kız akıllı, masum, şefkâtli, her zaman yanımda olacak bir kraliçeyse şayet, kendimi adadığım idealin, yani bu ülkeyi mutlulukla, adaletle ve bilgelikle yönetme amacımın bir parçası neden olmasın? Kâhin dedi ki: 'O kent senin vatanındır, nasıl ki insan vatanı olmadan yaşayamaz, sen de o şehri bulmadan yaşayamazsın.' Bunda da kötü bir mana yok. Belki de o kent burasıdır ama farkında değilim. Siz değil miydiniz sevgili babacığım, hayat sadece öğretmenlerden öğrenilmez diyen. Siz değil miydiniz, yaşamak gerek, yanlış yapmak gerek, yanlışlardan öğrenmek gerek diyen. Evet, öğretmenlerim saygıdeğer kişiler, evet öğrettikleri çok kıymetli bilgiler ama bunları kullanmadıktan sonra bana ne faydası var? Bırakın, gidip o gizemli kenti arayayım, bırakın gidip o gizemli kızı bulayım."

Oğullarının böyle bilgece konuşması kralların akıllarını karıştırmış, babalarının yüzündeki ifadeyi doğru okuyan prensler sürdürmüş sözlerini:

"Evet, bir gün ben de evleneceğim sizin gibi. Hanedanlığımız benimle bitmeyecekse, çocuklarımın olması gerekir. Yani devletlu babacığım, bu rüyadan yıkıcı bir mana çıkarmak yerine, sakince düşünürsek hem ülke, hem halkımız hem de hanedanımız için faydalı bir netice çıkar ortaya."

Beş kralın beşinin de yüreğine bir ferahlık yayılmış, hepsi de derinden bir oh çekmiş. Ve oğullarının ferasetine hem şaşırmış hem sevinmişler. Evet, hakikat gün gibi ortadaymış işte. Nasıl olsa prenslerine bir prenses bulmayacaklar mıymış, nasıl olsa oğullarını evlendirmeyecekler miymiş, o kız neden rüyadaki kız olmasınmış. Yeryüzünün beş hükümranı bunları düşünürken yeryüzünün gelecekteki beş genç veliahdı biraz daha cesaretlenmişler.

"Kâhini zindandan çıkarmanız gerekir babacığım" demişler kararlılıkla. "Çünkü o gizemli kenti de, o büyülü kızı da bu kutsal adamın kehaneti olmadan bulamam. O kâhin ki kıtanın her yerinden insanlarla konuşur, kuş uçmaz kervan geçmez yerlerde neler oluyor neler bitiyor hepsini bilir; kim zalim, kim merhametli duyar; kim korkak, kim kahraman sezer; kim güzel, kim çirkin tanır, yani benim kudretli babacığım, o kente gideceksem, o kızı bulacaksam kâhin olmadan bu işi yapmam imkânsız."

Beş kralın beşi de gözlerini kısmış, sakallarını kaşımış, derin derin düşünmüşler. Bir gün önce zindana attırdıkları kutsal adamları bir gün sonra özgür bırakmanın halk üzerinde nasıl bir etki yaratacağını kestiremiyorlarmış. Kâhinleri serbest bırakırlarsa, halk kendilerini gelgeç akıllı, zayıf biri olarak mı görür, yoksa merhametli ve aldığı yanlış karardan dönmesini bilecek kadar cesur biri olarak mı değerlendirirler, emin olamıyorlarmış. Eğer prenslerinin özel durumu olmasa kâhinleri bir süre daha zindanda tutmak, ortalık yatışınca da sessizce salıvermek doğru olurmuş ama şu tuhaf rüya vaziyeti zorlaştırıyormuş. Kral babalarının düştüğü müşkül durumu sezen beş prensten gelmiş çözüm yolu.

"Siz de bir rüya gördüğünüzü söylersiniz. Tanrıların size kâhini bağışla mesajı verdiğini açıklarsınız. Ama bunu ancak bir şartla yapacağınızı da eklersiniz. 'Eğer kâhin, prensimin rüyasında gördüğü o gizemli kenti, o büyülü kızı bulmasına yardım ederse ben de onu affederim' dersiniz. Kâhin iyi kalpli bir adam, zaten yardımcı olacaktır bize. Böylece bir taşla iki kuş vurmuş oluruz."

Krallar hayranlıkla süzmüşler prensleri. Bir kez daha güvenleri tazelenmiş, bir kez daha moralleri düzelmiş. Evet, şu rüya meselesini de kazasız belasız hallederlerse, kendilerinden sonra oğullarının dirayetli bir kral olacağından bir kez daha emin olmuşlar.

"Tamam evladım" demişler prenslerine. "Tamam, öyle yapalım o zaman. Ama kâhini zindandan çıkarmadan önce, ülkenin her yanına haberciler, tellallar yollayalım, dün gece güya gördüğüm rüyayı anlatsınlar. Tanrıların yeni bir mesajla bizi onurlandırdığını duyursunlar. Ardından da kâhini çıkaralım zindandan. Onu huzura çağıralım, birlikte konuşalım."

Prensler mutlulukla selamlamışlar babalarını:

"Tanrılar sizden razı olsun hünkârım, doğru karar verdiniz. Hem benim için, hem hanedanlığımız için hem de ülkemiz için yapılması gerekeni yaptınız. Şimdi size çok daha büyük saygı besliyorum, şimdi sizi eskisinden daha çok seviyorum. Ve oğlunuz olmakla gurur duyuyorum."

4
Güzelliğin ışıktan bir dişiye dönüşmüş halini görüyorum

Kâhinler özgür kalmadan önce beş saraydan beş yüz posta güvercini uçurulmuş beş kıtanın her yanına, beş yüz tellal çıkarılmış beş ülkenin beş yüz meydanına. Tellallar bağırmışlar gırtlaklarını yırtarcasına, tellallar dün gece kralların gördüğü rüyayı anlatmışlar ballandıra ballandıra. Halk tellalların anlattığı rüyayı yaymış kulaktan kulağa. Ve krallar emin olunca görmedikleri rüyanın herkes tarafından duyulduğundan, açtırmışlar demir kapılarını zindanların, serbest bırakmışlar kâhinleri ve çağırmışlar huzurlarına.

Kâhinler ne alınganlık göstermişler, ne küsmüşler, ne kızmışlar, kralları nasıl karşıladılarsa tapınaklarda, aynı vakar, aynı suskunluk, aynı kendinden emin tavırla çıkmışlar saraya. Krallar sahte bir öfkeyle süzmüşler kutsal adamları.

"Eğer tanrıların en yücesi dün gece o rüyayı göstermeseydi bana, sizi bağışlamazdım" demişler sahte bir kibirle. "Yaptığınız büyük bir hataydı, hoş görülemez bir tavır, kabul edilemez bir davranış. Nerede görülmüş din adamlarının prenslerin aklını çeldiği?"

Kâhinler ne küçümseyen bir bakış atmışlar, ne alaycı bir gülümseme takınmışlar ne de öfkelenmişler, hiç karşılık vermeden öylece durmuşlar. Beş tahtın sağ yanında ayakta dikilen prenslerin yüzleri kızarmış, utanç içinde başlarını yere eğmişler. Kâhinlerin gözünden kaçmamış bu davranış, sevgiyle belli belirsiz gülümsemişler genç veliahtlara. Krallar ise muktedir olmanın verdiği hoyratlıkla sürdürmüşler sözlerini:

"Lakin tanrıların en yücesi uykumda konuştu benimle. Kocaman bir sarayın balkonundan seslendi. Sesi o kadar güçlüydü ki az kalsın sağır olacaktım. Sesi o kadar etkiliydi ki az kalsın kendimden geçecektim. Ama inancım ayakta tuttu beni. Sadakatim aklımı korudu. Saygıyla dinledim sözlerini. Tanrıların en yücesi şöyle dedi: 'Kâhini serbest bırak. Hem de derhal. Serbest bırak ki, prensin rüyasındaki kızı nerede bulacağınızı söylesin. Çünkü o kutsal kız ülkenin kraliçesi olacaktır, gelecekte prensin yanında duracaktır. Çünkü o kız senin soyunu sürdürecek çocuklar doğuracaktır. Onu bulamazsan soyun tükenir. Onu bulamazsan kargaşa ve huzursuzluk başlar. Bu, ülken için yıkım demektir. Bu, halkın için felaket demektir. Bu, yeryüzü için barışın sona ermesi demektir.' Evet, tanrıların en yücesi aynen böyle söyledi. 'Kâhini özgür bırak ve bu emirlerimi ona söyle. Derhal harekete geçsin ve yardım etsin size. Bunlar kesin ve tartışılmaz buyruklarımdır' dedi."

Kralların, gözlerinin içine baka baka yalan söylediğini bilen kâhinler bu durumdan hiç hoşnut olmamışlar, ülkenin geleceğini düşünmeseler anında çıkıp giderlermiş saraydan ama o zaman vaziyet çok daha kötü olurmuş. Üstelik prenslerin masumiyeti hoşlarına gitmiş, sevmişler bu genç âşıkları. O nedenle hükümdarların oyununa katılmakta hiçbir sakınca görmemişler. İçlerinden geçeni ağır başlı bir gülümsemenin ardına saklayıp, "Tanrıların en yücesi açık konuşmuş hünkârım" demişler saygılı bir sesle. "Mademki o böyle buyurmuş, ona karşı gelmek olmaz, mademki onun iradesi budur, bize de o iradeye uymak düşer. Üç gün verin bana, üçüncü günün sabahı veliahdımızın rüyalarındaki o kızı nerede bulabileceğinizi söyleyeyim size. Ama yarından itibaren her sabah prensin tapınağa gelmesi lazım. Onun bakışına, nefesine, sesine, dokunuşuna ihtiyacım olacak. Üç gün boyunca üç farklı fala bakacağız, üçüncü günün sonunda umuyorum ki, karanlık aydınlanacak; umuyorum ki, bilinmeyen açığa çıkacak; umuyorum ki, gidilecek yol önümüzde belirecek."

Kâhinler böyle deyince, yürekler yumuşamış, tatlı bir rüzgâr esmeye başlamış beş sarayın beş taht odasında. Krallar yaptıkları yanlıştan zararsız olarak dönmenin rahatlığını yaşıyorlarmış, prensler rüyalarındaki kıza ulaşabilmenin yolu açıldığı için seviniyorlarmış, kâhinler ise dediğim dedik hünkâra değil ama genç veliahtlara yardım edecekleri için mutluluk duyuyorlarmış.

Gün dönüp güneş kaybolunca, karanlık yeryüzüne egemen olmuş, kentlere sessizlik çökünce herkes odasına çekilmiş. Beş kıtadaki beş ülkenin halkı bedenlerini ve zihinlerini uykuya teslim etmiş. Sadece prenslerin gözleri açıkmış, sadece prenslerin kafaları ve yürekleri karışıkmış. Sabırsızlıkla pencerelerinden gökyüzüne bakıyorlarmış, gün bir an önce ağarsın, bir an önce tapınağa koşalım diye. Asırlar kadar süren o gecenin ardından güçlü bir umut gibi dokunmuş güneşin ilk ışıkları sarayın pencerelerine, seher yeli bir müjde verir gibi usulca dalgalandırmış perdeleri. Işığı fark eden beş prens daha fazla sabredemeden çıkmışlar saraydan, aceleyle tapınağın yolunu tutmuşlar.

Kâhinler tapınakların geniş terasında bekliyorlarmış onları. Prensleri sevgiyle karşılayarak bir süre hiç konuşmadan sonsuz maviliğe bakmışlar hep birlikte. Derken gökyüzünde beyaz şekiller belirmiş. Nakış nakış, sürü sürü bulutlar geçmeye başlamış gözlerinin önünden. İnce bir rüzgâr dağınık bulutları küme küme toplamış, tıpkı bir ressam gibi bu beyazlıklardan resimler oluşturmaya başlamış. Kâhinler bu resimleri göstererek şöyle demişler:

"Genç efendimiz, şu mavilikte yüzen bulutlardan birini seçiniz. Seçiniz ki o bulut kaderinizdeki kızın nerede olduğunu söylesin bize."

Beş veliahdın beşi de gökyüzüne bakmışlar ve hepsi hayvan şeklindeki bu bulutlardan birini seçmişler. Buz Ülkesi prensi işaret parmağıyla kuzeydeki bulutu göstermiş:

"İri bir köpeğe benzeyen şu bulutu seçiyorum."

Kum Ülkesi prensi güneydeki eğri büğrü bulutu göstermiş:

"Güzel bir deveye benzeyen şu bulutu seçiyorum."

Su Ülkesi prensi batıdaki bulutu göstermiş:

"Kocaman bir balinaya benzeyen şu bulutu seçiyorum."

Rüzgâr Ülkesi prensi kuzeybatıdaki bulutu göstermiş:

"Bir ata benzeyen şu kül rengi bulutu seçiyorum."

Dağ Ülkesi prensi doğudaki bulutu göstermiş:

"Devasa bir kuşa benzeyen şu bulutu seçiyorum."

Beş ayrı tapınaktaki beş kâhin, prenslerin gösterdiği bulutları takip etmişler gözleriyle. Rüzgâr beş bulutun beşini de küçücük parçalara ayırıp gökyüzünde eritinceye kadar da ayırmamışlar bakışlarını onlardan. Bulutlar tümüyle maviliğe karışınca beşi birden, "Hımmm" demişler usulca başlarını sallayarak. "Anlaşıldı."

Prensler merakla kâhinlere bakmış. Ama kâhinler ketum davranmışlar ve şöyle demişler genç veliahtlara:

"Henüz değil prensim, henüz değil. O kadar kolay değildir bilinmezi bilmek, çözülmezi çözmek, rüyanızdaki büyülü kızı bulmak. Sabretmesini bilmeniz gerek. Yarın başka bir fala daha bakacağız. Evet, sabahleyin nehrin kıyısında buluşacağız ama yine böyle erkenden..."

Bakışları sevecen, gülümsemeleri hoş, sözleri yumuşak olsa da kâhinlerin son derece kararlı olduğunu gören prensler sabretmek gerektiğini anlamışlar. Kaderlerine razı olup saraya dönmüşler. Derslerine girmişler, eğitmenlerinin söylediklerini dinlemişler ama tek kelime bile anlamamışlar işittiklerinden. Sözler bir kulaklarından girip ötekinden çıkmış, çünkü hepsinin de aklında yarınki fal varmış.

Ertesi sabah güneşin doğmasını bile beklemeden beş prens beş nehrin yolunu tutmuş. Kâhinler sanki gece orada uyumuş gibi gümüşten suların kıyısında bekliyorlarmış onları. Ve hepsinde birer yılan varmış. Buz Tapınağı kâhini elinde süt mavisi bir yılan tutuyormuş. Kum Tapınağı kâhininin avcuna kırmızı bir yılan çöreklenmiş. Su Tapınağı kâhininin sağ omuzunda cam yeşili bir yılan geziniyormuş. Rüzgâr Tapınağı kâhininin bileğine gri bir yılan sarılmış. Dağ Tapınağı Kâhini ise kara bir yılanı iki elinin arasında tutuyormuş. Kâhinler usulca selamlamışlar beş veliahdı. Ve hepsinin ağzından aynı sözcükler dökülmüş:

"Günaydın genç efendimiz."

Prensler hiç yadırgamadan yaklaşmışlar bilge adamlara.

"Günaydın yüce kâhin" diye karşılık vermişler. "Umarım güzel bir gün olur."

Az sonra veliahtların kaderleri hakkında ipuçları verecek yılanları sevgiyle okşamış kâhinler.

"Günler zaten güzeldir prensim" demişler kâhinler. "Çirkin olan bizim hislerimiz." Sonra nehre yönelmişler. "Hadi o zaman falımıza bakalım." Beş kâhin beş nehrin kıyısına gelince yılanları prenslere uzatmışlar. "Alın bu varlığı." Hazırlıksız yakalanan prensler ürkerek geri çekilmişler. Beş kâhinin beşi de üzüntüyle başını sallamış. "Korktuğun bir varlığın yardımını isteyemezsin, daha da önemlisi korktuğun bir varlık sana yardım edemez. O yüzden korkunu yenmelisin. Ona sevgiyle dokunmalısın ki sana geleceğin kapısını açsın. Ona saygı göstermelisin ki sana bilinmezi söylesin."

Prensler korkularını yenmiş, dudaklarına tatlı bir gülümseme yerleştirip istekle uzanmışlar yılanlara. Onları tıpkı şen şakrak bir serçe, ağır kanlı bir kaplumbağa, zıplayıp duran bir tavşan gibi düşünmeye başlamışlar. Veliahtların bu tavrından memnun olan kâhinler başlarıyla nehri göstermişler.

"Şimdi de yılanı suya bırakalım, bakalım ne anlatacak bize?" demişler. Prensler yılanları nehirlere bırakmışlar. Sürüngenler kısa bir şaşkınlıktan sonra suyun üzerinde yüzmeye başlamışlar. Beş kâhinin beşi de büyük bir dikkatle izliyormuş zarafetle süzülen bu sevimli hayvancıkları.

Buz Ülkesi prensinin süt mavisi yılanı saydam suların üzerinde kayarak kuzeye gitmiş. Kum Ülkesi prensinin kırmızı yılanı sarı sulara batıp çıkarak güneydeki yosunlara karışmış. Su Ülkesi prensinin cam yeşili yılanı gölgeli suları yararak batıda kaybolmuş. Rüzgâr Ülkesi prensinin gri yılanı mor nehrin kuzeybatısına yönelmiş. Dağ Ülkesi prensinin kara yılanı mavi suların doğusuna ulaşmış.

Beş ayrı nehrin kıyısındaki beş kâhin sularda kaybolan beş yılanı izlemişler. Sürüngenler tümüyle nehre karışınca beşi birden, "Hımmm" demişler başlarını sallayarak. "Anlaşıldı."

Dün olduğu gibi bugün de prensler yine merakla kâhinlere bakmışlar. Ama kâhinlerin yüzünde yine o ketum gülümseme belirmiş.

"Bir şey söylemek için erken prensim, yarın gece yarısı yıldız falına bakalım ve anlamaya çalışalım tanrılar bize ne söyleyecek? Evet, yarın gece kutsal dağın zirvesinde buluşacağız, çünkü yıldızlara en yakın yer orasıdır."

Artık sabırlarının son kertesine gelen beş prensin beşi de sıkıntıyla iç geçirmişler. Öte yandan rüyalarındaki kıza ulaşmaları için sadece bir fal kaldığını bilmek teselli ediyormuş onları. Ama zaman bir türlü geçmek bilmiyormuş, geceyi, ardından gündüzü zor etmişler ve akşamüzeri karanlık çöker çökmez beşi birden tırmanmaya başlamışlar beş kutsal dağın zirvesine. Fakat zirve o kadar yüksek, patika yol o kadar sarpmış ki güçlükle tırmanabiliyorlarmış, bir yandan da endişe ediyorlarmış, yaşlı kâhin yukarı nasıl çıkacak diye. Saatler sonra zirveye vardıklarında endişelerinin yersiz olduğunu anlamışlar: Çünkü kâhinler yıldızların ışığıyla aydınlanan ince bir kar örtüsüyle kaplı açıklıkta onları bekliyorlarmış.

"Geç kaldınız genç efendimiz" demişler gün görmüş yaşlı adamlar. "Biraz daha bekleseydik, yıldızları kaçıracaktık."

Prensler utanmışlar ama kâhinlere yaklaşmaktan da geri durmamışlar. Çünkü bir an önce falların sonuçlanmasını istiyorlarmış. Buz Ülkesi Tapınağı Kâhini ülkenin veliahdına kuzeydeki yıldız kümesini göstermiş.

"Ne görüyorsunuz sevgili prensim?" diye sormuş.

Buz Ülkesi'nin veliahdı kıymetli mücevherler gibi ışıldayan yıldızlara bakmış.

"Aşk Tanrıçası'nı görüyorum" diye mırıldanmış heyecanla. "O tuhaf şehrin küçük meydanında heykeli olan mabudeyi."

Kum Ülkesi Tapınağı Kâhini de güneyi göstererek sormuş:

"Sevgili prensim, şu yıldız sürüsünün arasında kocaman bir ateş gibi yanan ışık nedir?"

Gözlerini kısarak gökyüzünün güneyini izlemeye başlamış prens.

"Ateş değil o, kutsal bir kadın. Uğruna ölümlere gidilen, her türlü çileye göğüs gerilen tapılası bir kadın."

Su Ülkesi Tapınağı Kâhini eliyle batıdaki yıldız kümesini göstermiş.

"Şurada görkemli bir parıltı görüyorum ama yaşlı gözlerim seçemiyor, söyler misiniz veliahdım, o nedir?"

Su Ülkesi prensi bakar bakmaz tanımış.

"O benzersiz azizeyi görmek için gözlere ne gerek var bilge kâhin! Bu gece gökyüzüne bakan körler bile o yüce varlığı hisseder. O, yeryüzündeki bütün âşıkların dostu, gönüllerin yoldaşıdır."

Rüzgâr Ülkesi Tapınağı Kâhini veliahdına kuzeybatıyı işaret etmiş.

"Yıldızların çizdiği bir şekil var, o nedir prensim?" demiş.

Rüzgâr Ülkesi prensi uzun süre gözlerini gökyüzünden alamamış.

"Gelmiş geçmiş dişilerin en muhteşemini görüyorum, yeryüzünün en güzel varlığını."

Dağ Ülkesi Tapınağı Kâhini doğuya bakmış.

"Görüyor musunuz veliahdım?" demiş. "Bakın orada bir aydınlık var."

Prens doğmakta olan güneşe bakmış.

"Güzelliğin ışıktan bir dişiye dönüşmüş halini görüyorum."

Prenslerin cevaplarını alan kâhinler, "Hımmm" demişler bir kez daha başlarını sallayarak. "Anlaşıldı."

Prensler yine merakla yaşlı din adamlarına bakmışlar. Kâhinlerin yüzünde yine o ketum gülümseme belirmiş.

"Biraz daha sabır prensim, biraz daha dayanın. Bu gece Aşk Tanrıçası'nın tapınağına gideceğim, üç falın üçünü de sevdalıların korucusu olan o yüce varlığa soracağım. Mademki rüyanızda görünmüştür, mademki az önce gökyüzünde belirmiştir, mademki eli hep üzerimizdedir, eminim bizden yardımını da esirgemeyecektir. Yarın şafak vakti Aşk Tanrıçası'nın tapınağına gelin, aradığınızı nerede bulacağınızı öğrenin."

Bu güzel haberi alan prensler bütün yorgunluklarını unutup o karanlıkta güle oynaya inmişler yüce dağın zirvesinden. Rüyalarında gördükleri o büyülü kıza ulaşacak olmanın sevinciyle sarayın yolunu tutmuşlar. Ve o kadar yorulmuşlar ki, yüreklerini ele geçiren o büyük heyecana, o bir türlü dinmek bilmeyen sabırsızlığa rağmen, başlarını yastığa koyar koymaz deliksiz bir uykuya dalmışlar.

5
O zaman aşk olmaz, zulüm olur

Ertesi gün tan sökümünde beş prens ülkelerindeki beş Aşk Tanrıçası Tapınağı'na gitmişler. Ama ne kâhinleri görmüşler ne de başka din adamlarını. Tapınakta bir kendileri varmış bir de tanrıçanın heykeli. Yekpare mermerden oyulmuş Aşk Tanrıçası'nın önünde saygıyla durmuşlar. Heykel rüyalarında gördüklerinin tıpatıp aynısıymış. Aynı özgürlük simgesi geniş alın, aynı aydınlık iri gözler, aynı isyankâr minik burun, aynı iştahlı kalın dudaklar, aynı bereketli iri memeler, aynı doğurgan karın ve upuzun bacaklar; her kıvrımından, her yanından dişilik fışkıran o muhteşem beden. Ama onlara gereken yüce tanrıçayı simgeleyen bu şahane sanat eseri değil, aradıkları kızı nerede bulacaklarını söyleyecek kâhinlermiş. Prensler, bilge adamları bulmak için yan yana sıralanan mermer sütunlara yürüyecek olmuşlar, işte o anda duyulmuş ses. Güzel bir ezgi gibi hoş, koyu bir göl gibi derin ama aynı zamanda gök gürültüsü gibi kudretli bir ses. Kendinden ve söyleyececkleriden emin bir dişinin kararlı sesi.

"Nereye gidiyorsun?" Ses boş tapınakların kalın duvarlarına çarparak yankılanmış. "Nereye gidiyorsun?"

Beş prensin beşi de oldukları yerde kalakalmışlar. İlk şaşkınlıklarını atlatınca usulca geriye dönmüşler ve karşılarında bir heykel değil, etiyle, kanıyla, ışıl ışıl bakan gözleriyle Aşk Tanrıçası'nı bulmuşlar. Hepsi korkuyla titremiş.

"Korkma!" diye hepsini uyarmış tanrıça. "Rüyanda nasıl korkmadıysan benim huzurumda da korkma! Gel, yanıma gel, yaklaş."

Genç prensler akıllarını, yüreklerini, bedenlerini saran o tuhaf ürküden tümüyle kurtulamasalar da tanrıçanın dediğini yapmışlar. Onlar yaklaşırken âşıkların başkoruyucusu şöyle seslenmiş:

"Merak etme, kâhin ile buluşacaksın; merak etme, ihtiyacın olan bilgileri alacaksın ama önce beni dinlemelisin. Sözlerimi onlardan değil benden duymalısın. Çünkü bunu hak ediyorsun. Çünkü aşkı bilmiyorsun. İşte tam da bu yüzden aşka layıksın. Çünkü bedenin henüz o benzersiz ürperişin tadını tatmamış, kalbin henüz lekelenmemiş, aklın henüz hakikatin kalın duvarları arasına hapsolmamış. Alçaklık, kurnazlık, sinsilik henüz ele geçirmemiş ruhunu. Çünkü henüz bu riyakârlıkları öğrenecek kadar çok yaşamadın. Zaten bu yüzden seçildin, bu yüzden o rüyayı gördün, o gizemli kentte dolaştın, o kıza âşık oldun. Ama onu bulabilecek misin? İşte bundan hiç emin değilim. Çünkü insansın; aklın karışık, yüreğin karanlıklarla dolu, ruhun tamamlanmamış. Siz insanlar hep hayal kırıklığı yaşattınız bana. Ama öyle bir şey var ki sizden vazgeçemiyorum. Öfkeden çıldırtsanız da, kederler içinde bıraksanız da, bin kere pişman etseniz de sonunda yine umut bağlıyorum size. Bir şans daha vereyim diyorum, belki bu defa yüzümü kara çıkarmazlar, belki bu defa bozguna uğratmazlar beni, belki bu defa başarırlar diye. Hiç inanamasam da başaracağınıza, nedense böyle düşünüyorum. İşte bu aptalca iyimserliğim yüzünden karşımdasın, bu yüzden sesimi duyuyorsun, bu yüzden seninle vakit kaybediyorum. Birazdan kâhinle buluşacaksın, rüyandaki kızı nerede bulabileceğini anlatacak. Seni uzun ve zorlu bir yolculuğa gönderecek. Ama o yolculuğa çıkmadan önce, bilmen gerekenler var.

Şimdi beni dikkatle dinle, sözlerimi aklının en korunaklı yerinde sakla ve sakın ama sakın unutma! Yolculukların en çilelisi aşk için yapılandır. Ve zorluk ne kadar artarsa aşk o kadar kıymete biner, o kadar anlam kazanır, o kadar vazgeçilmez bir hal alır. İşte o benzersiz yolculukta amacına ulaşmak için benim sözlerime ihtiyaç duyacaksın, benden işiteceklerin en büyük kılavuzun olacak. Sana uyman gereken beş şarttan söz edeceğim, inanman gereken beş hikmetten, unutmaman gereken beş kelamdan. O kelamlar ki aklını diri tutar, yüreğini temizler, ruhunu tamamlar, bedenini güçlü kılar. Rüyandaki o kızı ancak bu beş hikmet sayesinde bulabilirsin.

Beş kelamın ilki kararlılıktır. Rüyandaki kıza kavuşmak elbette kolay değil. Böyle bir kızın varlığını kanıtlamak zorundasın öncelikle; hem kendine hem de sana inananlara. Çünkü bir rüyanın peşindesin. Girdiğin sokaklardan eli boş dönebilirsin, çaldığın kapılar açılmayabilir, açılsa bile aradığını bulamayabilirsin, her çaban hayal kırıklığı ile sonuçlanabilir. 'Ne yapıyorum ben?' demeyeceksin. 'Burada ne işim var' demeyeceksin. 'Bunca zamandır boşuna uğraştım' demeyeceksin. Güçlükler seni asla yıldıramayacak, aksine, karşılaştığın zorluklar hevesini artıracak, isteğini kamçılayacak, iradeni sağlamlaştıracak. Ne olursa olsun asla vazgeçmeyeceksin. Kafan karışabilir, bedenin yorulabilir, kararsız kalabilirsin. Herkesin başına gelebilir bunlar. Uzun ve çetin yolculuğunda bunların hepsiyle karşılaşabilirsin ama asla vazgeçmeyeceksin. Vazgeçmek, yenilmektir; dayanmayı bilemeyenler, inatla yürüyemeyenler, kararlı olmayanlar hiçbir zaman kazanamazlar.

İkinci kelam cesarettir. Unutma, hayat cesurları sever. Başına gelebilecek her türlü belayı göze almalısın. İster teke tek kavga olsun, ister karşına bir ordu çıksın bileğin sağlam, yüreğin pek, iraden direngen olmalı. Ama şunu da aklından çıkarma, cesaret ancak haklı olduğun zaman bir anlam kazanır. Kötülüğün emrine girmiş bir kılıç zorbalıktan başka işe yaramaz. Başkasının haklarını gasp etmek için gösterilen cesaret zulümdür. Zulmün, sevgiyle de aşkla da alakası yoktur. Zalime boyun eğmek ise ancak alçakların harcıdır. Alçaklar belki daha uzun yaşarlar ama kötülüğe boyun eğmeyen bir insanın onurlu hayatının yanında son derece yavan bir ömür sürerler. Ki onların aşkları da sevgileri de lanetlenmiştir. Dokundukları ne varsa hepsini mahvederler.

Üçüncü kelam tutkudur. Evet, tutkulu olmalısın. Her düşüncen, her duygun, her davranışın yüreğinden gelmeli, damarlarındaki kan alev alev yanmalı, bedenin bir yay gibi gerilmeli. O tertemiz, o saf, o masum istekle sımsıkı sarılmalısın idealine. Sadece o gizemli kente gitmek, o büyülü kızı bulmak değil, bizzat bu arayışın kendisi bir tutkuya dönüşmeli. Bu arayış, hayatının anlamı olmalı. Çünkü hayatın anlamı, hayatın anlamını aramaktan başka bir şey değildir. Anlam peşinde koşmayan insanlar neden, niçin, nasıl yaşadıklarını bilmezler. Akılları ve yürekleri bedenlerine ağır gelir, bir an önce kurtulmak isterler onlardan. Çünkü düşünmek yorar onları, çünkü hissetmek tedirginleştirir, çünkü sevmek ruhlarını altüst eder. Hayalini gerçekleştirmek istiyorsan onlara benzememelisin, etinle, kemiğinle, dişinle tırnağınla, yani bütün benliğinle kendini bu arayışa adamalısın. İşte o zaman neden yaşadığını, neden yeryüzünde bulunduğunu anlayacaksın.

Dördüncü kelam iyiliktir. İyilik yoksa insan da yoktur, tıpkı kötülük gibi. İnsan iyilik ile kötülüğün birleşmiş halidir. İnsan ruhu bu ikisinin sarayıdır. Biri olmadan öteki olmaz. Mesele karar anında senin hangisini seçeceğindir. Eğer kalbin temizse, hayatın onu kirletmesine izin vermediysen, eğer aklını cahillikten korumayı öğrendiysen, eğer iraden iyiliği seçebiliyorsa, işte o zaman kötülük bir köşeye siner. Ama sadece o an için, başka bir karar anında bütün cazibesiyle yeniden çıkar karşına. Ve şöyle der: 'Bak ben eğlenceliyim, seni sınırlamam, istediğin her şeyi yapmanı sağlarım. Bak, ben gücü temsil ediyorum, zayıflık gösterme, sen ötekiler gibi aptal değilsin, kendini düşün. Fırsatları kaçırma. Benim yolumdan git, mutlu olacaksın.' Evet, her zaman işte böyle der kötülük ve her aşamada aklını çelmeyi dener. Onu mutlaka yenmelisin, sadece dışarıda değil, bizzat kendi içinde yenmelisin. Kötülüğü ruhunun en dibinde, sinip kaldığı o en karanlık köşede tutmayı başarabilmelisin. Bir insanı başka bir insana bağlayan en sağlam bağ iyiliktir. Zorbalıkla, güçle, dayatmayla bir insana birçok şey yaptırabilirsin. Ama sevgisini, saygısını, hayranlığını kazanamazsın. O sebepten, kötülük ne kadar ilginç, ne kadar cazip olursa olsun iyilikten ayrılmamalısın. Seni o büyülü kıza götürecek olan yol iyiliktir. O kızı sana bağlacak olan da iyiliktir.

Beşinci kelam özgürlüktür; en önemlisi de budur. Elbette öteki dört kelam da önemlidir ama özgürlük yoksa hiçbirinin anlamı yoktur. İnsanı öteki canlılardan ayıran en önemli duygudur özgürlük. Çünkü esareti yaratan da insandan başkası değildir. Özgürlük yoksa ne yediğin yemeğin tadını alırsın, ne çiçeklerin mis kokularını duyarsın, ne doğan güneşin güzelliğini fark edersin, ne karanlıkta ışıldayan yıldızlar mutlulukla doldurur içini, ne uçsuz bucaksız denizler huzur verir, ne gümrah ormanların yeşili şenlendirir gönlünü. Özgürlük yoksa ruhun daralır, bedenin hastalanır, mutluluk küser sana. Kimileri aşkın esirlik olduğunu söyler, doğrudur ama bu gönüllü bir esirliktir. Âşık olduğun için özgürlüğünden vazgeçmek seni yüceltir ama sevdiğin birinin yaşamını sınırlamak seni alçaltır. Başkasının hayatını zindana çevirenler, farkında olmadan kendilerini de o duvarların arkasına sokarlar. Çünkü her mahkûmun bir gardiyana ihtiyacı vardır. Asla sevdiğin insanların gardiyanı olma. Ne yaparsan yap, kimsenin özgürlüğünü zorla elinden almasına izin verme; ne yaparsan yap, başkalarının özgürlüğünü elinden alma. Âşık olduğun birine bunu asla yapma!"

Tanrıça susmuş, bir anne gibi şefkatle, sevgiyle, inançla bakmış beş ayrı tapınaktaki beş prense.

"Diyeceklerim bu kadar. Sözlerimi sakın unutma. Çünkü onlar aklının kılavuzu, benliğinin dayanağı, bedeninin kudreti olacak. Kendine güven, aşkına sarıl ve ne ile karşılaşırsan karşılaş sakın ama sakın bu beş kelamın dışına çıkma. İşte o zaman rüyandaki gizemli kenti, o kentteki büyülü kızı bulacaksın. Şimdi, tapınağı taşıyan şu sütunların arasından geç, merdivenleri tırman, doğruca güneş terasına git. Kâhin seni orada bekliyor. Git ve onun söyleyeceklerini dinle, o muhteşem serüvenin işte orada başlayacak."

Beş prens akıllarındaki soruları dile getirmek istemişler ama Aşk Tanrıçası bir anda yine o mermerden heykele dönüşüvermiş. Bir süre heykelin önünde öylece kalan prensler sonunda söyleneni yapmaktan başka çareleri olmadığını anlamışlar. Tanrıça'nın buyurduğu gibi güneş terasının yolunu tutmuşlar.

6
Yani bir kadınla bir erkek birleşecekse bunun simgesi beştir

Kâhinler güneş terasında prensleri bekliyormuş. Beş veliaht saygıyla selamlamışlar beş ayrı tapınaktaki beş bilge adamı, onlar da sevgiyle karşılamışlar beş genç âşığı. Ardından doğmakta olan güneşe bakarak ellerindeki asayı tam beş kez yere vurmuşlar, tam beş kez sarsılmış beş tapınak. Ve beş kâhinin ağzından şu sözcükler dökülmüş.

"Şükürler olsun ki dün gece derin bir uykuya daldım, şükürler olsun ki uykum anlamlı bir rüya ile bölündü, şükürler olsun ki rüyamda tanrılar bana göründü. Şükürler olsun ki tanrılar hikmetli sözler fısıldadılar kulağıma. O sebepten şu anda konuşan benim dudağım olsa da ağzımdan çıkanlar tanrıların kelamıdır."

Prensler, kâhinlerin neden böyle söylediğini tam olarak anlamasalar da bilge adamları dikkatle dinlemişler, sözlerini zihinlerine kazımışlar. Ve sonra beş kâhin beş kez daha vurmuş ellerindeki beş asayla beş tapınağın ahşap zeminine.

"Şimdi gelelim sadede" demişler. "Rüyanızda gördüğünüz kent nerededir bilmem mümkün değil ama aradığınız kızın nerede olduğunu tahmin edebilirim. Bakın, tahmin edebilirim diyorum, yani söyleyeceklerim sizi rüyanızdaki kıza götürebilir de götürmeyebilir de. Ama arayışınızı kararlılıkla sürdürürseniz, en güçlü düşmanların karşısına bile cesaretle çıkarsanız, tutkunuzu hiçbir zaman yitirmezseniz, size ne kadar kötülük yaparlarsa yapsınlar iyilikten ayrılmazsanız, her zaman her yerde özgürlüğe saygı duyarsanız, önünde sonunda o şehre ulaşır, önünde sonunda o kızı bulursunuz."

Beş prensin beşi de anında onaylamışlar kâhinleri.

"Hiç merak etmeyin yüce bilge, beş kelamdan haberdarım. Asla onlardan ayrılmayacağım. Neyle karşılaşırsam karşılaşayım bu beş kelam her zaman benim kılavuzum olacak."

Kâhinler sevinmişler prenslerin uyumlu davranmasına ama söyleyecekleri henüz bitmemiş.

"Çok önemli bir mesele daha var. Kral babanız, eminim, yanınıza bir ordu vermek isteyecektir, sakın kabul etmeyin. Rüyanızdaki kızı bulmak için nasıl ki beş hikmet size kılavuzluk edecekse, ancak beş kişi olarak yola çıkabilirsiniz. Çünkü beşi oluşturan iki ile üçtür. İki sayısı dişiyi temsil eder, üç ise erkeği. Yani bir kadınla bir erkek birleşecekse bunun simgesi beştir. Aşk sadece insana özgü bir duygudur. İnsan ise bir baş, iki el, iki ayak olmak üzere beş sayısından ibarettir. Yani o kızı bulmak niyetindeyseniz, o kızı kraliçeniz yapmak istiyorsanız, ne bir eksik ne bir fazla, sizinle birlikte tam beş kişi olarak yola çıkmalısınız."

Prensler hayranlıkla dinlemişler bilge adamları ve bu sözleri de kazımışlar zihinlerine. Ve sonra her kâhin kendi sözleriyle konuşmuş kendi veliahdıyla. Ve Buz Tapınağı kâhini, Buz Ülkesi prensine demiş ki: "Dün gece rüyamda bir göl belirdi gözlerimin önünde. Donmuş yüzeyine gökyüzünün mavisi yansıyan dipsiz bir göl. O gölün kıyısında bir mağara vardı. Adı da Öfke Mağarası. O mağaranın geniş kapısından içeri girdim, genç olmasına rağmen saçları sakalları bembeyaz, iri gözleri simsiyah birini gördüm. Hayır, o bizler gibi biri değildi, bir ayıdan daha iriydi, görkemli bedeni beyaz kıllarla kaplıydı. Evet, o bir devdi, beyaz bir dev. Yanında sarışın bir kız vardı. Buğday başağı gibi saçları, deniz mavisi gözleri, masum yüzlü, güzeller güzeli bir kız. Rüyamda işte o ikisini gördüm. Ama gördüklerim sadece rüya değil, gerçekten de Beyaz Dev diye bir mahluk var ve gerçekten de o kızı kaçırmış. Kızın akrabaları evlatlarını kurtarmak için birkaç kez Öfke Mağarası'na gitseler de her seferinde büyük bir bozguna uğramışlar, birçoğu evine geri dönememiş."

Kâhin, Buzlar Ülkesi Prensi'nin umutla ışıldayan gözlerine bakarak sürdürmüş sözlerini.

"Muhtemelen sizin aradığınız kız odur. O kız Mavi Göl'ün kıyısındaki Öfke Mağarası'nda Beyaz Dev'in esiridir. Onu kurtarırsanız, rüyanızdaki kıza kavuşursunuz. Ama işiniz çok zor, çünkü Beyaz Dev bu ülkenin en güçlü, en acımasız, en kurnaz yaratığıdır. Bırakın kızı kurtarmayı, o mağaradan canlı dönme ihtimaliniz bile son derece zayıftır. Fakat onunla başa çıkabilirim diyorsanız, mutlaka Mavi Göl'ün kenarındaki Öfke Mağarası'na gitmeniz gerekir."

Aslında imkânsızı gerçekleştirmelisiniz diyormuş kâhin ama rüyasındaki sevgiliye ulaşmak için elinden gelen her şeyi yapmaya hazır olan prens tınmamış bile. Mucize gerektiren bu iş, buzu delip balık avlamak kadar kolay görünüyormuş gözüne.

"Çok sağ ol yüce kâhin" demiş mutluluk içinde. "Yarından tezi yok, düşeceğim yola, Mavi Göl'e varıp Öfke Mağarası'na inerek Beyaz Dev'i yenip rüyalarımdaki kızı esirlikten kurtaracağım."

Bunları söyledikten sonra da sarayın yolunu tutmuş. Buz Ülkesi Prensi sevinç içinde kral babasına gidedursun, Kum Ülkesi Prensi tapınakta kâhini dinliyormuş. Şöyle diyormuş erdemli adam:

"Dün gece uykuya daldığımda Cesaret Vahası'nda buldum kendimi. Gecenin karanlığında yanan bir ateş gördüm, aynı anda kılıç şakırtıları duydum ve savaş naraları çalındı kulağıma. Biraz yaklaşınca ateşin aydınlığında dövüşen iki kişi çarptı gözüme. Kocaman bir kılıç taşıyan iriyarı bir adam ve karşısında gencecik bir kız. İnce çelik tellerle örülmüş bir zırh giymişti genç kız, onun da elinde bir kılıç vardı. Ölümüne dövüşüyorlardı. Etraflarını saran erkekler, iriyarı savaşçının kıza her saldırışında heyecanla haykırıyor ama kızın hamleyi boşa çıkarmasıyla suskunluğa boğuluyorlardı. Çok sürmedi, dev yapılı savaşçı, bütün gücünü toplayıp çevik bir hareketle rakibinin üzerine atladı ama kız bir dansçı esnekliğiyle yana çekilip kılıcını adamın kalbine sapladı. Zavallı adam, sanki inanamamış gibi bir kılıca, bir kıza baktı, sonra yüzükoyun kumların içine yuvarlandı. Tuhaf olan, düşmeden önce adamın yüzündeki mutluluk ifadesiydi. Evet, cesur prensim, bence aradığınız kız, işte bu Cesaret Vahası'ndaki yenilmez savaşçıdır. Bugüne kadar hiçbir erkek onun sırtını yere getirememiştir. Eğer onu yenerseniz, belki de size âşık olur. Ama uyarmam gerekir ki, bu dövüşün sonunda hayatınızı kaybetmeniz muhtemeldir."

Elbette Kum Ülkesi'nin veliahdı da aldırmamış bilge adamın uyarısına.

"Çok sağ ol yüce kâhin" demiş minnetle. "Merak etme, bana bir şey olmaz. O savaşçı kızı yenerek, kendime prenses yapacağım. Hiç kuşkun olmasın bundan."

Kum Ülkesi Prensi saraya gidedursun, Su Ülkesi Prensi tapınakta kâhini dinliyormuş. Şöyle diyormuş kutsal adam:

"Yalnızlık Körfezi'ndeydim. Bir cep gibi karaya uzanan kıyı gündüz gibi aydınlıktı. Ay ışığı o kadar parlaktı ki sadece denizdeki yakamozlar değil, sahildeki kumlar da değerli mücevherlermiş gibi ışıl ışıl yanıyordu. O anda gördüm Denizkızı'nı. O herhangi bir siren değildi, denizkızlarının prensesiydi. Kıyıdaki küçük kayalıklardan birinin üzerindeydi. Kızıl saçları, insanı içine alan iri siyah gözleri vardı. Bedeninin üzeri insan, altı pullarla kaplı bir balıktı, kuyruğu bile vardı. Ama hiç de korkutucu değildi, aksine o kadar güzeldi ki bakışlarımı ondan alamıyordum. Ilık kayanın üzerine uzanmış, merakla dolunayı izliyordu. Ay ışığının altında kusursuz bir heykele benziyordu. Kendimden geçmiş ona bakarken, kız gözlerini dolunaydan koparttıp bana çevirdi. Ve beni görür görmez, tatlı bir gülümseme belirdi dudaklarında. O gülümsemeyle birlikte beni kendine çekmeye başladığını fark ettim. Aklım karışmıştı, aslında ona yaklaşmamam gerekiyordu ama kendime engel olamıyordum. Adım adım Denizkızı'na doğru sürükleniyordum ki birden uyandım. Evet, kıymetli prensim, sizin müstakbel prensesiniz Yalnızlık Körfezi'ndeki o sirendir. Lakin bir Denizkızı'yla bir insanoğlunun mutlu oldukları hiç görülmemiştir. Üstelik denizkızları insana uğursuzluk getirir. Erkekleri büyüleyerek suya çekerler. Yalnızlık Körfezi'nin dibinde birçok talihsiz denizci yatmaktadır. O yüzden Denizkızı'yla konuşurken gözlerine bakmamanız gerekir. Ne yaparsanız yapın, sakın o siyah gözlere bakmayın. Eğer onu ikna edebilirseniz, eğer Denizkızı size âşık olursa belki insana dönüşür. Belki diyorum, çünkü bugüne kadar insana dönüşen bir denizkızı ne görülmüş ne de duyulmuştur..."

"O zaman şimdi duyulacak, şimdi görülecek" diyerek kutsal adamın sözünü kesmiş prens. "Hiç merak etmeyin, ben başaracağım yüce kâhin. Bence hiçbir erkek, hiçbir denizkızını benim gibi sevmedi. Evet, tecrübem olmayabilir ama içtenlikle seven bir kalbim var. İnanın, bu defa aşk engelleri aşacak, imkânsızı mümkün kılacak."

Böyle söyler söylemez de prens hazırlıklar için saraya yönelmiş. Su Ülkesi'nin Prensi saraya gidedursun Rüzgâr Ülkesi'nin Prensi tapınakta kâhin ile konuşuyormuş. Şöyle diyormuş yaşlı adam:

"Dün gece, gözlerimi yumdum ve çok güzel bir kız çıktı karşıma. İncecikti, uzun boyluydu, yeşil gözleri, kızıla çalan sarı saçları vardı. Asalet Şatosu'nun genç sahibesinden bahsediyorum. Rüyanızda gördüğünüz kız, bence odur. Ama Asalet Şatosu'nun sahibesi eşi olacak kişiyi kendi seçer. Ne prens olmanız etkiler onu, ne yakışıklılığınız ne de gençlik cazibeniz; kalbi ısınmazsa ne yaparsanız yapın sizi reddeder. Ki bugüne kadar hiç kimseyi beğenmemiştir. Üstelik sadece gece ile gündüzün eşitlendiği sonbahar ekinoksunda yapar bu seçimi. Yani yılda bir kez. İşte o gece bu güzel kadının talipleri olan erkekler, şatonun görkemli salonunda toplanır ve güzelliği dillere destan olan bu kızın huzuruna çıkarlar. O günü kaçırmamanız lazım. Eğer önümüzdeki ekinoksta Asalet Şatosu'na giderseniz rüyalarınızdaki kızı orada görebilirsiniz. Ve eğer sizi seçerse, hayallerinizdeki prensesinize kavuşmuş olursunuz."

Prensin gözleri ışımış, öyle ya rüyası gerçek oluyormuş. "Çok teşekkür ederim bilge insan" diyerek kâhinin eline sarılmış. "Bu iyiliğinizi nasıl öderim bilemiyorum. Kral babamdan izin alıp derhal yolculuk hazırlıklarına başlayacağım."

Bunları söyledikten sonra da sarayın yolunu tutmuş. Rüzgâr Ülkesi'nin Prensi saraya gidedursun, Dağ Ülkesi'nin Prensi tapınakta kâhini dinliyormuş. Şöyle diyormuş iyi kalpli adam:

"Rüyamda Umut Dağı'na doğru yürüyordum. Dağın eteklerinde kıvrılarak akan Çare Irmağı'nın kıyısında gördüm kızı, üzgün üzgün dolaşıyordu siyah güllerin arasında. Evet, Dağ Ülkesi'nde sadece Çare Irmağı'nın kıyısında yetişir o renk güller. Omuzları çökmüştü, ayakları narin bedenini güçlükle taşıyordu. Güzelliği bozulmuş, açık siyah saçları dökülmüştü, çarpılmış kaşlarının altındaki iri kahverengi gözleri kederle dağın zirvesine bakıyordu. Evet, prensim, sadece bizim kıtada değil yeryüzündeki kızların en güzelinden bahsediyorum. Sanırım ki rüyanızda gördüğünüz kız odur. Fakat ne yazık ki cüzam illetine yakalanmıştır. O meleklere eş güzelliği bu kötü hastalık tarafından ele geçirilmiştir. Bırakın biriyle evlenmeyi, ertesi gün için bile hayal kuracak halde değildir. Şifası ise Umut Dağı'nın zirvesine yuva kuran geniş kanatlı, sivri gagalı, keskin cırnaklı Alaca Kartal'ın yumurtasındadır. Çare Irmağı'nın kenarında yetişen siyah gülleri ezerek çiğ yumurtayla karıştırdıktan sonra içerse cüzamdan kurtulur. Yine o eşsiz güzelliğine kavuşur. Eğer siz o iksiri kıza götürürseniz, belki de o zaman sizinle evlenir. Lakin uyarmam lazım, Umut Dağı hem çok yüksek hem de çok sarptır, yekpare kayalarla çevrilidir, doruğa çıkmak imkânsızdır. Çıkmayı deneyenler de bir daha geri dönememiştir; bileğine güvenen nice delikanlı, nice arslan yürekli yiğit, nice tecrübeli dağcı Alaca Kartal'ın yumurtasını getirmeyi başaramamıştır. Hepsinin körpe bedenleri yırtıcı kartala yem olmuştur. Umut Dağı'na çıkmanın tek yolu Zümrüdüanka'nın sırtında zirveye uçmaktır. O sebepten önce Umut Dağı'na değil, Kaf Dağı'na gitmelisiniz. Kaf Dağı'nda Zümrüdüanka'yı bulup size yardım etmesi için ikna etmelisiniz. Ama hemen söylemeliyim ki, bu hiç de kolay bir iş değildir. Çünkü önce zümrüt yeşili o büyülü dağa tırmanmanız, Zümrüdüanka'yı kalbinizin saflığına, sevginizin masumiyetine inandırmanız gerekir. Eğer o bilge kuş, hislerinizde en ufak samimiyetsizlik, düşüncelerinizde en küçük bir hile sezerse asla size yardım etmez."

Dağ Prensi kâhinin uyarısını umursamamış bile.

"Merak etme yüce kâhin, Ulu Zümrüdüanka bize yardım edecek" demiş kararlılıkla. "Çünkü o sevenlerin dostu, kalbi temiz olanların koruyucusudur. Bana güvenin yüce kâhin, Zümrüdüanka'yı ikna edecek, Umut Dağı'na çıkacak ve Alaca Kartal'ın iki yumurtasını alıp siyah güllerin ezilmiş yapraklarıyla karıştırarak rüyalarımdaki kızı iyileştireceğim."

Bunları söyledikten sonra genç veliaht Dağ Ülkesi Sarayı'nın yolunu tutmuş.

O gece beş ayrı sarayda aynı konuşma olmuş, aynı heyecan yaşanmış, aynı karar verilmiş. Hükümdarlar oğullarının rüyalarında gördükleri kızı bulmaları için yola çıkmalarına razı olmuşlar ama kâhinlerin söylediği gibi yanlarına beş yüzer kişilik birer ordu almalarını istemişler. Bunun üzerine prensler, kâhinlerin sözlerini aktarmışlar ve şöyle demişler:

"Kusura bakmayın babacığım, rüyamdaki kızı bulmak için ancak beş kişi olarak yola çıkabiliriz. Çünkü beşi oluşturan iki ile üçtür. İki dişi, üç ise erkektir. Yani bir kadınla bir erkek birleşecekse bunun simgesi beştir. Aşk, sadece insana özgü bir duygudur. İnsan ise bir baş, iki el, iki ayak olmak üzere beş sayısından ibarettir. Yani, o kızı bulmak için, o kızı prensesim yapmak için, ne bir eksik ne bir fazla, benimle birlikte tam beş kişi yola çıkmamız gerekir."

Beş kral ne desin çaresiz kabul etmiş beş prensin şartını. Böylece yolculuk hazırlıkları başlamış. Beş ülkede de önce prenslere eşlik edecek dört seçme savaşçı arayışına girilmiş.

Ülkelerin her yanından en cesur, en usta, en sadık, en kararlı, en zeki insanlar bulunmuş, onların arasından sadece dört adam bu zorlu vazife için saraylara davet edilmiş. Ardından yiyeceklerden giyeceklere, keskin kılıçlardan hançerlere, oklardan sivri mızraklara, köpeklerden develere, atlardan fillere, kızaklardan gemilere kadar ne gerekiyorsa hepsinin en sağlıklısı, en hızlısı, en güçlüsü, en sağlamı toplanmış. Ama yolları uzun ve zorlu olduğundan fazladan tek bir ekmek, tek bir hançer bile almamışlar yanlarına. Ve hazırlıkların tamamlandığı günün akşamı erkenden odalarına çekilerek uyumak istemişler. Çünkü bu meçhul yolculukta neyle karşılaşacaklarını bilmediklerinden güçlerini korumak, bedenlerini dirençli tutmak zorundaymışlar. Ama beş prensin beşinin de gözlerine uyku girmemiş. Evet, sonunda büyük hayallerini gerçekleştirecek, rüyalarındaki kıza ulaşacaklarmış işte. O heyecan, o merak, o sevinçle sabahı güç etmişler.

7
Öfke Mağarası'ndaki kız

Ertesi sabah gün doğmadan, Buz Ülkesi Prensi ve dört adamı, her birini uzun tüylü, kıvrık kuyruklu beş köpeğin çektiği huş ağacından yapılma beş kızakla saraydan ayrılmışlar. Dört savaşçının en tecrübelisi olan Baş Kılavuz ufak tefek ama gözü pek bir adammış. Karlarla kaplı bu ülkeyi karış karış dolaşmış, en ücra köşelerine kadar her yeri avcunun içi gibi biliyormuş. Daha da önemlisi iki yıl önce Beyaz Dev'i avlamak için Öfke Mağarası'na giden kafiledekilerden biriymiş. Ve mağaraya gidenler arasından sağ dönen tek kişi de oymuş. Öfke Mağarası'na gittiğine gideceğine bin pişman olmasına rağmen, Buz Ülkesi'nin Kralı bu görevi verince kabul etmekte bir an bile duraksamamış. Çünkü Beyaz Dev'den kardeşinin intikamını almak istiyormuş. Evet, ne yazık ki, iki yıl önce Öfke Mağarası'na giden kafilede kendisinden beş yaş küçük kardeşi de bulunuyormuş. Öteki arkadaşları gibi çok sevdiği kardeşi de Öfke Mağarası'nın soğuk dehlizlerinde Beyaz Dev'in güçlü pençelerinin altında can vermiş. İşte bu yüzden Buz Ülkesi'nin Kralı Öfke Mağarası'na gideceksin deyince bu tehlikeli görevi büyük bir hevesle kabul etmiş. Ama bir tek koşulu varmış. Birlikte gidecekleri üç savaşçıyı kendisi seçecekmiş. Elbette Kral, sadık adamının bu isteğini reddetmemiş. Böylece Baş Kılavuz Buz Ülkesi'nin en iyi üç okçusunu seçmiş. Kral, "Neden sadece okçuları seçtin?" diye sorunca adam son derece basit bir yanıt vermiş:

"Çünkü Beyaz Dev'e mızrak mesafesinde, kılıç mesafesinde yaklaşmak mümkün değildir. O iri cüssesine rağmen bir maymun gibi çeviktir. Beyaz Dev ile dövüşte ne kılıç, ne mızrak, ne balta ne de gürz bir işe yarar. Karşısında sizi gördüğü an göz açıp kapayıncaya kadar canınızı alır. Onu ancak uzaktan etkisiz hale getirebiliriz. Beyaz Dev'i ancak okla vurabiliriz. Ok mesafesinde yaklaşmak bile çok tehlikelidir. Eğer ilk atışlarımız isabetsiz olursa, bir panter gibi üzerimize atlayıp anında parçalar hepimizi. O bizi fark etmeden oklarımızı saplamalıyız iri gövdesine."

Kral ikna olmamış.

"Beyaz Dev kocaman bir mahluk, buzdan bir mağarada yaşadığına göre belli ki derisi kalın, bedeni de iri kıllarla kaplı. Bu vaziyette oklarınız ne kadar etki edebilir?"

Kurnazca gülümsemiş Baş Kılavuz:

"Haklısınız Kralım, o nedenle oklarımızın ucuna sadece Buz Okyanusu'nda bulunan Kaya Yosunu'nun zehrinden süreceğiz. Kaya Yosunu'nun zehri öyle kudretlidir ki bir zerresi bile en iri mahlukları yaşayan ölüye çevirir, parmaklarını bile kıpırdatamaz hale getirir. Ama bu zehir dahi öldürmeye yetmez Beyaz Dev'i, sadece sersemletir, bayıltır. Böylece biz de yanına yaklaşır, onu alt ederiz. Esir kızı kurtarırız."

Düşünceli bir tavırla sakallarını sıvazlamış Kral.

"Sözlerin mantıklı. Ama şunu sakın aklından çıkarma; hayatta benim için oğlumdan daha kıymetli hiç kimse yok. Bunu hem bir kral hem de bir baba olarak söylüyorum. Sakın unutma, biricik evladımı ama aynı zamanda bu ülkenin geleceği olan prensimi sana emanet ediyorum. Onun başına bir iş gelirse, seni sorumlu tutarım. Vereceğim cezanın yanında ölüm tatlı bir uyku gibi kalır. Bu yolculukta çok dikkatli ol, kırk kere düşün, bir kere yap. Beyaz Dev'i öldürmenizden, o meçhul kızı kurtarmanızdan daha önemlisi prensi sağ salim geri getirmendir. Anlıyor musun? Her zaman onu kolla, her zaman geride tut, hep güvende kalmasını sağla. Gerekirse öldür, gerekirse öl ama oğlumu hayatta tut."

Sağ elini kalbinin üzerine koymuş Baş Kılavuz.

"Hiç merak etmeyin kudretli Kralım, gerekirse öldüreceğim, gerekirse öleceğim, gerekirse en büyük acılara göğüs gereceğim ama sevgili prensimizi sağ salim getireceğim. Sadece onu değil, rüyalarındaki kızı da bulacağım. Prensimizin hayalini gerçek kılacağım. Tanrılara ant olsun ki, müstakbel prensesimizle birlikte çıkacağım huzurunuza."

İşte böylece, bu cesur adamın önderliğinde prens ve üç savaşçı, beşer köpeğin çektiği beş kızağa atlayarak hızla dalmışlar ucu bucağı görünmeyen o beyazlığın içine. Ancak rüzgâr gibi akan kızakların üstünde soğuk hava katlanılmaz hale geliyor, kafalarına taktıkları yün başlıklara, sırtlarındaki yel geçirmez kıyafetlere, ayaklarındaki tüylü çizmelere rağmen bir türlü ısınamıyorlarmış. Neyse ki, hepsi de defalarca bu havada yolculuk yapmış, dayanıklı adamlarmış, aralarında en tecrübesiz olanı prensmiş ama onu da kalbindeki aşk ateşi ısıtıyormuş. Rüyasında gördüğü kızı bulmak için duyduğu istek o kadar büyükmüş ki, ne yüzünü bıçak gibi kesen rüzgârı, ne kanını donduran soğuğu hissediyormuş. İşte böylece, tam bir gün boyunca insanın gözlerini kör edecek kadar beyaz olan bu tekdüze manzarada yol almışlar. Gün sona ererken gördükleri tek ilginç şey, iki yavrusunu peşine takarak aceleyle bir yerlere yetişmeye çalışan bir ayıymış. Ayı o kadar görkemli, yavruları o kadar sevimliymiş ki, prens yaklaşacak olmuş ama ailesini korumak isteyen hayvan öfkeyle haykırarak pençelerini göstermiş. Dört savaşçı, prenslerini yanlarına alarak hızla uzaklaşmışlar dişi ayının etrafından. Genç anne de yavrularını önüne katarak yoluna devam etmiş. Hava kararmaya başlarken Baş Kılavuz, kızağını genç veliahdınkine yaklaştırmış.

"Yüce Prensim" diye seslenmiş. "Bu akşam köye varmayı umuyordum ama galiba ulaşamayacağız. Köpekler bitkin düştü, biz de yorulduk, şu ilerdeki tümseğin orada konaklayalım mı? Köye yarın öğleye doğru varırız artık."

Genç veliaht, adamın gösterdiği yere bakmış.

"Olur, konaklayalım ama orası yeterince dulda değil, daha büyük bir kaya ya da tepe bulalım. Fırtına çıkarsa bizi korur."

Baş Kılavuz adeta bir çocuğa bakar gibi bakmış prense ama saygıda kusur etmemiş; şöyle anlatmış meramını:

"Efendim, burası Karanlık Deniz. Şu an donmuş suların üzerindeyiz. Burada kaya ya da tepe yok. Rüzgârların sürüklediği karlardan oluşan bu tümsekten daha yüksek bir korunak bulamayız."

"Epey yol katetmişiz" demiş prens şaşkınlıkla. "Ben daha yolumuz var zannediyordum Karanlık Deniz'e. Tamam o zaman burada konaklayalım."

Böylece kızakları çeken köpekleri tümseğin önünde durdurmuş, buzun üzerine kalın yaygılarını sermişler, cam gibi bir gökyüzünün altına çadırlarını kurmuşlar. Tam yemeğe oturacaklarmış ki hepsinin yüzü yemyeşil olmuş. Sadece yüzleri değil, kürklü giysileri, eldivenleri, kızakları, hatta köpekleri yeşile dönüşmüş. Ayaklarının altındaki buzdan yansıyormuş bu renk, başlarını kaldırdıklarında gökyüzünün de yeşile kestiğini görmüşler. Kenarları eflatun rengiyle oyalanmış yeşil bir ışık kütlesi üzerlerinde usulca kıpırdıyormuş.

"Işık Tanrısı bizi selamlıyor" diye mırıldanmış prens. "Karanlık Deniz'in ortasında yalnız kalmamamız için bize dostluk ediyor."

Baş Kılavuz hiç katılmıyormuş genç veliahdın görüşlerine, defalarca karşılaştığı bir doğa olayından başka bir şey değilmiş bu. Ama doğruyu söylemenin bir yararı olmadığını da biliyormuş. Adamlarının yüzünde beliren çocuksu gülümsemeyi de görünce prensin romantik yorumunun gerçeklerden daha fazla gerekli olduğunu anlamış. O da dudaklarına mutlu bir gülümseme yerleştirerek şöyle demiş:

"Işık Tanrısı hep bizimle olsun Prensim, geceleri karanlıkları kovsun, gündüzleri yolumuzu aydınlatsın." Ardından adamlarına dönmüş. "Hadi bakalım, çıkarın azıkları, öldük açlıktan."

Yeşil ışıkların altında tıka basa doyurmuşlar karınlarını, ardından hepsi de yol yorgunu oldukları için çadırlarına geçip keçeden yapılma kalın örtülerini burunlarına kadar çekerek derin bir uykuya dalmışlar. Gecenin bir vakti köpeklerin sesine uyanmış prens, ardından derinden gelen bir uğultu duymuş, sonra da büyük bir gürültü. Ne oluyor diyerek telaşla çadırdan atmış kendini dışarı ama ayakta duramamış, sırtüstü yıkılmış kalın buz tabakasının üzerine. O anda görmüş, köpeklerin buzun üzerinde açılan derin bir çatlağa düştüğünü. Ayağa kalkmak, zavallı köpekleri kurtarmak istemiş, fakat zemin o kadar hareketliymiş ki doğrulamamış bile. Aynı anda Baş Kılavuz ve üç savaşçının çadırlarından dışarı fırladıklarını fark etmiş ama onlar da ayakta duramamışlar, hepsi aynı anda yuvarlanmışlar.

"Deprem" diye bağırmış Baş Kılavuz. "Deprem oluyor. Birbirinize tutunun."

Sürünerek birbirlerine yaklaşmaya çalışmışlar, fakat buzdan zemin bir gemi güvertesi gibi alçalıp yükseldiğinden her biri başka bir yöne kayıp gidiyormuş. Nihayet Baş Kılavuz genç veliahdı yakalamış kolundan, ardından öteki adamlar da tutunmuş bu ikiliye. Birbirlerini ellerinden ve ayaklarından yakalayarak bedenleriyle beş köşeli bir yıldız oluşturmuşlar buzun üzerinde. Zaten o anda da sarsıntı durmuş ama bulundukları zemin kıpırdanmayı sürdürüyormuş.

"Buz kırıldı" diye mırıldanmış prens. "Köpekler çatlaktan içeri düştü."

Dört savaşçı da başlarını köpekleri bağladıkları yere çevirmişler ama zavallı hayvanların hiçbiri yokmuş.

"Yazık oldu" diye söylenmiş Baş Kılavuz. "Çok yazık oldu."

Cevap vermek yerine bakışlarını çadırların yanlarındaki kızaklara çevirmiş prens:

"Neyse ki kızaklar duruyor."

Sarsıntılar iyice hafiflediği için doğrularak buzun üzerine oturan Baş Kılavuz, "Onları taşıyamayız Prensim" demiş yılgın bir ses tonuyla. "Karanlık Deniz'in üzeri paramparça oldu. Donması zaman alır." Gözlerini umutsuzca uçsuz bucaksız uzanan buzlara dikmiş. "Artık küçük bir adanın üzerindeyiz. Bir an önce buradan kurtulmayı denemeliyiz. Şansımız yaver giderse başarabiliriz. Köy çok uzakta değil.

Buz tabakalarının üzerinden yürüyeceğiz. Ama hangi buz parçası bizi taşıyabilir, hangisi batar, onu bilmek zor. Tek bildiğim, suya düşmememiz gerektiği. Suya düşenin yaşama şansı yok."

Prens ayağa kalkmış, üzerinde durduğu, bir evin bahçesi büyüklüğündeki buz kütlesine bakmış ve inançla şöyle demiş:

"Kimse suya düşmeyecek. Tek bir yoldaşımızı bile kaptırmayacağız bu soğuk denize. Eksiksiz olarak köye varacağız, oradan yeni kızaklar alıp yolumuza devam edeceğiz. Hadi toparlanın, kurtulalım bir an önce buradan."

Genç veliahdın bu kararlılığı herkesi etkilemiş. Hemen fırlamışlar ayağa, biraz yiyecek, biraz içecek ve eşyalardan gerekli olanları sırtlanmışlar. Sonra bulundukları yerden yarım metre kadar uzaktaki daha büyük bir buz adacığının üzerine atlamışlar. Depremin artçı dalgaları üzerinde bulundukları zemini sallasa da ayakta kalmayı becererek ilerlemişler ama çok geçmeden ada sona ermiş. Önlerinde üç farklı buz kütlesi belirmiş. Baş Kılavuz artık aydınlanmaya başlayan gökyüzüne bakmış, kaybolan yıldızları aramış, güneşin doğacağı yönü kestirmeye çalışmış. Fakat nereye gideceklerinden emin olamamış. Bulundukları adacığa en yakın olan buz parçasını göstermiş:

"Sanırım bu. Evet, bunun üzerinden yürüyelim."

Böyle söyledikten sonra gösterdiği buz adacığına yönelmiş, iki buz kütlesinin arasında bir arşın kadar mesafe varmış. Biraz geri çekilip atlamış. Tam buz kütlesinin üzerine basmış ki, altındaki zemin ikiye ayrılmış. Bereket, Baş Kılavuz atik davranıp ayaklarının altında kaymakta olan buza basarak geri atlamış. Ama iki buz parçasının arası açıldığı için adacığa ulaşamamış, çatlağa savrulmuş. Neyse ki hemen önünde duran prens ellerinden yakalamış onu. Fakat Baş Kılavuz ağır gelmiş, eğer üç savaşçı yetişmese zavallı adam sulara gömülüp gidecekmiş. Hep birlikte kafile başını buz parçasının üzerine çektikten sonra, "Buradan kurtulamayacağız" demiş umutsuz bir sesle adamların en iriyarı olanı.

"Boşuna çabalıyoruz. Karanlık Deniz lanetlidir, belli ki tuzak kurmuş hepimize, belli ki hiçbirimizin kurtulmasına izin vermeyecek. Belli ki hepimiz burada öleceğiz."

Henüz yaşadığı tehlikenin etkisinden kurtulamayan Baş Kılavuz, bu iriyarı adamın sayıklamalarına sesini çıkarmamışken prens öfkeyle gürlemiş:

"Ne diyorsun be adam! Hayır, kimse ölmeyecek, hepimiz kurtulacağız. Ama senin ölmeye niyetin varsa bize ayak bağı olma. Bak, Karanlık Deniz'in suları korkakları çağırıyor, ne duruyorsun, at kendini, kurtul bu çileden. Ama bizden kimse ölmeyecek, güneş yüzünü gösterirken sıcak çorbalarımızı içiyor olacağız köyde."

Böyle söylemesine rağmen aslında prens de çok umutlu değilmiş; altlarında böyle sürekli hareket eden bir zemin varken, buradan nasıl kurtulacaklarını, kızaklar olmadan köye nasıl ulaşacaklarını kendisi de bilmiyormuş. İşte o anda duyulmuş Baş Kılavuz'un sesi:

"Evet kurtulacağız." Eliyle ilerdeki buz parçasını işaret ediyormuş. "Bakın Prensim, bize o kılavuzluk edecek."

Hepsi birden adamın işaret ettiği yöne dönünce dün akşamüzeri karşılaştıkları dişi kutup ayısını görmüşler. İri hayvan iki yavrusuyla birlikte, kendinden emin bir halde buz adacıklarının üzerinde yavaşça ilerliyormuş.

"Uzaktan onu izleyelim" diye ayağa fırlamış Baş Kılavuz. "Onun bastığı yerlere basacağız, onun geçtiği buz adacıklarından geçeceğiz. Buz Ülkesi'nde kutup ayısından daha iyi bir kılavuz yoktur."

Böylece yeniden harekete geçmiş beş kişilik kafile. Güçlükle ilerleseler de, aralarından üç kişi yine suya düşme tehlikesi atlatsa da güneş ortaya çıkarken kurtulmuşlar parçalanmış buzlarla kaplı Karanlık Deniz'den. Uzaklaşmakta olan ayının arkasından seslenmiş Baş Kılavuz:

"Teşekkürler Ayı Anne, teşekkürler bizi kurtardığın için."

Dişi ayı dönmüş, şöyle bir bakmış, dostça mı düşmanca mı olduğu pek anlaşılmayan bir kükremeyle karşılık vermiş, ardından iki iri kar topunu andıran yavrularını peşine takıp hızla uzaklaşmış onlardan. Kısa bir moladan sonra beş kişilik kafile de yola koyulmuş. Sıkı bir yürüyüşle öğleye doğru ulaşmışlar köye. Gelenlerin saraydan olduklarını anlayan yoksul köylüleri bir meraktır almış, aralarında prensin bulduğunu öğrenince heyecandan elleri ayakları titremeye başlamış. Buzdan evlerinin en güzel odalarını açmışlar konuklarına, en kıymetli tabak çanağı çıkarmış, en lezzetli yemeklerini sunmuşlar. Yemekler yenilip içecekler içilip konuklar arkalarına yaslanınca laf seyahatten açılmış. Öyle ya, gelecekte ülkenin hükümdarı olacak prensin yanında dört adamla ne işi varmış bu kuş uçmaz kervan geçmez yerde? Köylülerden bilgi almak isteyen prens, hiç çekinmeden hakikati anlatmış.

"Beyaz Dev'in elindeki kızı kurtarmaya gidiyoruz. Duydunuz değil mi o canavarın adını?"

Köylülerin beti benzi atmış, herkes oturduğu yerde huzursuzca kıpırdanmış ama kimsenin ağzından tek kelime çıkmamış. Odaya çöken bu uğursuz sessizliği prens bozmuş:

"Ne oldu? Niye sustunuz? Niye bakışlarınızı kaçırıyorsunuz öyle? Nedir sizi bu kadar korkutan?"

Konuk odasının kapısına yakın oturan, sağ kolu omzundan kesik adam söz almış:

"Kıymetli Prensim, cüretimi bağışlayın, sizi uyarmak bana düşmez ama söylemek zorundayım. Beyaz Dev çok tehlikeli bir yaratıktır. Öfke Mağarası'na gidenlerin çoğu dönmemiştir. Değil beş kişi, elli savaşçıyla da gitseniz, güvenli değildir." Bakışlarıyla bedenin sağ tarafını, giysisinin boş kolunu göstermiş. "Ben de kolumu orada bıraktım. Canımı zor kurtardım. Çok mu önemli bu iş? Öfke Mağarası'na gitmeseniz diyorum. Hayatınızı tehlikeye atmasanız."

Prens kesin bir tavırla başını sallamış.

"Biz canımızı tehlikeye atmazsak, başka canlar yanacak. Beyaz Dev bu ülke için tehdit olmaya, her yana korku salmaya devam edecek. Buna izin veremeyiz."

Adamın kederli gözlerinden tuhaf bir ifade geçmiş.

"Aslına bakarsanız Prensim, eğri oturup doğru konuşmak lazım. O canavar benim kolumu aldı ama şöyle bir hakikat var. Beyaz Dev durduk yere köylere saldırmıyor. Hatta Mavi Göl'ün etrafından bile ayrılmıyor. Avcılarla karşılaştığında eğer bir tehdit hissetmezse kendi yoluna gidiyor. Yani demem o ki, hiç kışkırtmayalım onu."

Prensin anlayışlı yüzü birden öfkeyle kararmış, kaşları çatılmış.

"Ya devin elindeki masum kız ne olacak? Bu vahşi mahlukun insafına mı bırakacağız o zavallıyı? Kim bilir ne işkenceler ediyordur kızcağıza?"

Sağ kolu olmayan adamın artık diyecek lafı kalmamış.

"Siz bilirsiniz kıymetli Prensim ama rica ediyorum çok dikkat edin. Dünyada Beyaz Dev'den daha tehlikeli bir yaratık yoktur. Eğer onu öldürmeye geldiğinizi fark ederse ne yapar eder, hepinizin canını alır. Geldiğinizi sezmemeli, daha ne olduğunun farkına varmadan alt etmelisiniz onu."

Adamın içtenliği karşısında prensin de yüreği yumuşamış.

"Merak etme. Bu defa korktuğun olmayacak, dev insanı değil, insan devi yenecek." Böyle söyledikten sonra adamlarına seslenmiş. "Hadi o zaman, herkes iş başına. Yapılacak çok şey var."

O gün köyde kalmışlar, yarın çıkacakları yolculuk için beş yeni kızak vermiş onlara köylüler. Ama köyde köpek sayısı azmış, onların yerine her kızağa güçlü kuvvetli iki geyik bağlamışlar. Yiyecekler, içecekler, örtüler, ne gerekiyorsa hepsini tamamlamışlar. Artık yarınki yolculuk için hazırmış kafile. O gece deliksiz bir uyku çekip ertesi sabah gün ışırken yola revan olmuşlar.

Az gitmişler uz gitmişler, dere tepe düz gitmişler. Yine donmuş denizlerin üzerinden, bembeyaz dağların arasından, karlarla kaplı çamların altından geçmişler. İkinci günün akşamı zorlu bir kar fırtınasının içine düşmüşler. Kendilerini iri bir kayanın duldasına zor atmışlar, kalın postların altında birbirlerine sokularak donmaktan kurtulmuşlar. Bütün gece süren fırtına, ertesi sabah sona ermiş. Hava iyice düzelmiş, tatlı bir rüzgâr bulutları önüne katıp götürmüş, güneş etrafı aydınlatmaya başlamış. Yeniden yola koyulmuşlar. Gündüzleri bitmek bilmez bir deniz gibi uzanan karlara bata çıka ilerlemiş, geceleri gökyüzünde birer mücevher gibi parıldayan yıldızları seyrederek uyumuşlar.

Bir gece kayalık bir arazide etraflarını bir kurt sürüsü sarmış. Başlarında simsiyah bir liderin bulunduğu aç kurtlar gece boyunca ulumuş. Prens ve adamları çareyi kocaman bir ateş yakmakta bulmuşlar ve sönmesin diye de sabaha kadar nöbet tutmuşlar. Buz Ülkesi'nin âşık prensi ve dört sadık adamı işte bu zor koşullarda günlerce yol almışlar. Derin bir vadinin sonuna gelirken, Baş Kılavuz kızağını prensinkine yaklaştırmış, ikisi de geyikleri yavaşlatmışlar. Tecrübeli adam bıyıklarının üzerindeki buz taneciklerini eliyle temizledikten sonra ilerideki sivri tepeyi göstermiş.

"Mavi Göl bu tepenin ardındadır Prensim" demiş. Sanki birinin onları duymasından çekinir gibi fısıltıyla konuşuyormuş. "Gece burada konaklasak iyi olur."

"Niye? Tepeyi de aşsaydık, yarın yorulmadan çıkardık Dev'in karşısına" diye itiraz edecek olmuş prens.

Baş Kılavuz'un yanıtı hazırmış:

"Olmaz Prensim. Rüzgâr arkamızdan esiyor. Eğer tepeyi aşarsak, Beyaz Dev anında kokumuzu alır, sesimizi işitir. Gözleri de iyi görür ama işitme ve koku alma duyusu biz insanlardan on kat fazladır. Geceyi burada geçirmek zorundayız. Yarın güneş doğmadan tepeyi aşar, dev uyanmadan mağaranın etrafına mevzileniriz."

Baş Kılavuz'un önerisini kabul etmiş prens.

"Tamam o zaman, tepeyi geçmeyelim. Ama çadırlarımızı kurduktan sonra oturup Beyaz Dev'i nasıl yeneceğimizi konuşalım."

Saygıyla başını sallamış tecrübeli adam:

"Doğru söylüyorsunuz saygıdeğer efendim, bunu yapmazsak devi yenemeyiz. Karşımızda Buz Ülkesi'nin en vahşi, en acımasız, en zeki düşmanı var."

Düşman derken Baş Kılavuz'un sesi titriyormuş. Prens de belli belirsiz ürpermiş. ama belli etmemiş. Kızaklarını tepenin eteklerinde kuytu bir yere çekmişler, erzaklarını boşaltmışlar. Kafile konaklar konaklamaz, prens sesini yükseltmeden adamlarına şöyle demiş:

"Kürklerinize, örtülerinize sıkı sıkıya sarılın ve birbirinize yaklaşın. Artık ateş yakmak yok. Yüksek sesle konuşmak da yok." Savaşçılar geyikleri hızla çözerek birbirlerine bağlamışlar. Kızaklardaki en kalın örtülerini alarak prensin yanına sokulmuşlar.

"Şimdi, yarınki saldırı planımızı konuşacağız" demiş prens. "Herkes can kulağıyla dinlesin, birimizin yapacağı en küçük bir hata hepimizin hayatına mal olabilir."

"Kesinlikle" diye atılmış Baş Kılavuz. "Kesinlikle, herkes hayatını kaybeder." Kısık gözleri tek tek adamlarının yüzünde dolaşmış. "Biliyorum hepiniz yaman savaşçılarsınız, biliyorum prensimiz için canınızı vermekten çekinmezsiniz, biliyorum oklarınızın hedefi şaşırdığı görülmemiştir. Ama Beyaz Dev'i yenmek için bunlar yetmez. O mahluk, hayatımda tanıdığım en kurnaz, en çevik, en cesur canlıdır. İlk saldırıda onu yenemezsek, ikinci bir şansımız olmaz." Sözlerinin savaşçıların üzerindeki etkisini görünce sakin ama kararlı bir tavırla sürdürmüş konuşmasını. "Gün ışımadan Dev'in mağarasının önünde olmalıyız." Karşısında oturan savaşçılara bakmış. "Siz ikiniz mağaranın girişinin üzerinde mevzileneceksiniz. Daha önce geldiğim için biliyorum, oraya kolaylıkla çıkılabilir. Sağında oturan savaşçıya dönmüş, "Sen mağaranın solunda yer alacaksın" demiş. "Ben de sağında. Oradan Dev'e meydan okuyacağım. Dev önce beni görecek. Aklı yerinden oynayacak, öfkeyle üzerime saldıracak. İşte tam o anda uçları zehirli oklarınızı fırlatmalısınız. Ama tek ok, hatta iki ya da üç ok bile onu etkilemeyebilir. O yüzden ne kadar çok ok isabet ettirebilirseniz, o kadar iyi olur. Evet, saldırı planımız bu kadar basit ama asla anlattığım kadar kolay olmayacak."

"Bir dakika" diye prens araya girmiş. "Peki ben ne yapacağım o sırada?"

Baş Kılavuz sıkıntıyla soluduğu nefesi buğulanarak gri gökyüzüne karışmış.

"Sizi korumak zorundayız Prensim. Siz gölün öteki yakasında duracaksınız. Dev etkisiz hale gelince hep birlikte mağaraya girer, sizinle birlikte kızı kurtarırız."

Prens öfkeyle kükremiş:

"Ne diyorsun sen be adam! Siz orada Dev'le savaşırken ben korkakça sizi mi izleyeceğim?"

Baş Kılavuz savunmaya geçmiş.

"Ama efendim, kralımıza söz verdim, sizin hayatınız her şeyden önemli. Sadece babanız değil, halkınız da sizi bekliyor. Başınıza bir iş gelirse ülkenin geleceği ne olur..."

Prens aldırmamış:

"Burada kral benim, ne dersem o olacak" diye kestirip atmış. Sonra kararlılıkla tek tek adamlarının yüzüne bakmış. "Planda şöyle bir değişiklik yapacağız. Mağaranın karşısına ben dikileceğim. Evet, hiç öyle bakma yüzüme Baş Kılavuz, dediğim gibi olacak. Hepiniz yerinizde kalacaksınız. Yani dört okçu birden saldıracak Dev'e. Böylece hem yukarıdan hem yanlardan atış üstünlüğü kazanacağız. Anlaşıldı mı? Herkes ne yapacağını biliyor mu?"

Başka çaresi kalmayan Baş Kılavuz kabul etmiş.

"Emredersiniz Prensim." Yeniden sağında oturan savaşçıya dönmüş. "İlk okları biz atacağız deve. Prensimize saldırırken onu ensesinden vurmamız lazım. Ensesinden diyorum çünkü tüylü derisi bir timsahınki kadar kalındır. Derisinin en ince yeri, iri kafasıyla omzunun birleştiği yerdir. Yahut pençelerinden. Evet, pençeleri de onun en zayıf yeridir. Eğer ensesinden ya da pençelerinden vurabilirsek, onu kolayca yere yıkarız. Ama alacakaranlıkta yapacağız bu işi. Güneş daha doğmamış olacak. Kesinlikle ıskalamamamız gerek."

Savaşçı kararlılıkla başını sallamış.

"Hiç merak etmeyin, bugüne kadar yaptığım atışların en iyisini yapacağım, daha ilk atışımda vuracağım hedefi. Beyaz Dev oklarımdan kurtulamayacak."

Bunun üzerine Baş Kılavuz öteki iki savaşçıya dönmüş: "Siz mağaranın üzerinde mevzileneceksiniz. Dev, Prensimizi görünce çıldıracak, öfkeyle saldıracak, sabırlı olun, hemen harekete geçmeyin, ancak biz oklarımızı fırlattıktan sonra atış serbest. İlk oktan sonra Dev'i yere yıkıncaya kadar durmayın ama önemli olan isabet ettirmek, sakın acele davranıp karavana atmayın." Derken, iç geçirerek prense bakmış: "Sizden de bir ricam olacak efendim. Amacımız rüyanızdaki genç kızı kurtarmak, anlamsız yere kahramanlık yapmaya gerek yok. Biz ve Buz Ülkesi'nin bütün insanları sizin ne kadar cesur olduğunuzu biliyoruz. Lütfen boş yere kendinizi tehlikeye atmayın. Tekrar ediyorum, siz ülkemize lazımsınız, halkımızın geleceği sizsiniz. Lütfen, bir tehlike anında öncelikle kendinizi kurtarmayı düşününüz."

Bu dostça uyarıdan etkilenen prens, sadık adamının omzuna içtenlikle dokunmuş.

"Hiç tasalanma, yarın sabah ne bana ne de size zarar gelecek. Eğer herkes üzerine düşeni eksiksiz yaparsa o canavarı kesinlikle yeneriz. Yarın bu zamanlar Beyaz Dev'i öldürmüş, masum kızı kurtarmış olarak sarayımıza döneriz."

Böyle demiş demesine ama aslında onun da içi hiç rahat değilmiş. Rüyasında gördüğü kıza aşkı ne kadar büyük olursa olsun, arada bir endişe dolu düşünceler onun da aklını yokluyor, korku dolu hisler yüreğini gölgeliyormuş. "Ya Dev hepimizi öldürürse, ya kızı kurtaramazsak? Kim bilir babam nasıl üzülür? Bir de bu suçsuz günahsız dört savaşçının ölümüne neden olmak var. Benim mutluluğum için bu kadar insanın zarar görmesi adil mi? Gerçekliğinden bile emin olmadığım bir kız için bunlara değer mi?" Evet, keçe battaniyesinin altından kocaman bir dolunayla aydınlanan gökyüzüne bakarak bunları geçiriyormuş zihninden. Ama sonra rüyasını hatırlıyor, o eşsiz duygular içinde yeniden uyanıyor, büyülü kıza kavuşma isteği ağır basıyormuş. Ve inançla mırıldanıyormuş içinden: "Değer. O kız için her şeye değer. Bu savaşçılar da başlarına neler geleceğini biliyorlar. Bunu göze alarak geldiler buraya. Üstelik amacımıza ulaşırsak hepsine kese kese altın dağıtır babam. Ülkelerine hizmet etmenin verdiği gurur da cabası. Karamsar düşüncelere kapılmaya gerek yok. Yarın, Dev'i yenerek rüyamdaki kızı kurtaracağım. Evet, başka çaresi yok."

Aklından bunlar geçerken dalıp gitmiş tatlı bir uykunun derinliklerinde.

"Prensim, saygıdeğer Prensim" dendiğini duymuş sabaha karşı.

Üzerine kırağı yağmış kirpiklerini güçlükle aralamış.

"Vakit tamam" diyen Baş Kılavuz'un gergin ama kendinden emin yüzüyle karşılaşmış. "Prensim artık harekete geçmemiz lazım. Ortalık ağarıyor."

Hemen doğrulmuş prens.

"Tamam, sen adamları kaldır."

"Adamlar da uyandı" demiş Baş Kılavuz sakin ama kararlı bir tavırla. "Hepimiz sizi bekliyoruz."

Hazırlık kısa sürmüş. Prens dahil beş savaşçının beşi de oklarının ucuna, hançerlerinin, kılıçlarının sivri ve keskin taraflarına Buz Okyanusu'nun dik kayalıklarında yetişen Kaya Yosunu'nun kökünden elde edilen zehirden sürmüşler. Savaşçılar büyük bir maharetle bu işi yaparken Baş Kılavuz ikaz etmeden duramamış.

"Kaya Yosunu'na çok güvenmeyin. Bir zerresi bile insanı öldürmeye yeten bu zehir, Beyaz Dev'i hemen etkilemez ama kıllı bedenine yeterli dozda zerk edebilirsek bayıltabiliriz. O canavarı ancak böyle haklayabiliriz."

İşleri bitince silahlarını kuşanmışlar, kızakları tepenin ardında bırakarak yaya olarak yola koyulmuşlar. Hava yağışlı olmadığından tepeyi aşmak zor olmamış. Mavi Göl'ün kıyısına inince Baş Kılavuz artık konuşmamaları için herkesi uyarmış. Böylece karın aydınlığında usulca Öfke Mağarası'na yönelmişler. Az sonra gölün bittiği yerde, ardına kadar açılmış ürkütücü bir ağıza benzeyen mağaranın karanlık girişini görmüşler. Baş Kılavuz sağ elini kaldırarak adamlarını durdurmuş; herkesin mevzileneceği yerleri işaret etmiş. Sonra prense yaklaşmış:

"Sizden rica ediyorum efendim" demiş duyulur duyulmaz bir sesle. "Biz mevzilenmeden ortaya çıkmayın. Hepimiz yerleştikten, oklarımızı hazırlayıp yaylarımızı gerdikten sonra mağaranın karşısına geçin ama en az elli arşın uzakta durun. O beyaz şeytanın öyle bir burnu var ki çok uzaktan en hafif kokuları bile alabilir, o canavar öyle hızlıdır ki göz açıp kapayıncaya kadar bitiverir yanınızda, o kadar acımasızdır ki yalvarmanıza aldırmadan kopartıp atar başınızı. O yüzden, ne olur çok dikkat edin."

Prens yanıt vermek yerine başıyla onaylamış. Böylece beş kişilik kafile insanın kanını donduracak kadar soğuk havada karlara bata çıka mağaraya yaklaşmışlar. Gölün bittiği yere, mağaranın geniş ağzının önüne gelince herkes yerlerine geçmeye hazırlanıyormuş ki birden kulakları sağır eden bir haykırış duyulmuş. Kafiledekiler daha ne olduğunu anlayamadan, devasa bir yaratık ortaya çıkarak Baş Kılavuz'un yanındaki okçuyu kaptığı gibi havaya kaldırmış. Adam derhal hançerini çekip düşmanına saplamaya başlamış ama boşuna, iri yaratık bu darbelerden hiç etkilenmemiş, bütün gücüyle onu gölün buz tutmuş yüzeyine fırlatmış. Savaşçılar arasında kendini ilk toparlayan prens olmuş, sükûnetini koruyarak okunu yerleştirdiği yayını germiş. Dikkatle Dev'in sırtına nişan almış, oku salmadan önce düşmanının iri gövdesine bakmış. Eğer Baş Kılavuz'un söylediği gibi Dev'in derisinin en ince yeri olan ensesinden vurabilirse hem kendini hem de adamlarını kurtarabilirmiş. Asıl ödülü ise rüyalarındaki kıza kavuşmak olurmuş. Prens derin bir nefes almış, ciğerlerindeki havayı boşaltırken de oku bırakıvermiş. Ok uçmuş, uçmuş ve tam hedefe, Dev'in geniş ensesine saplanmış. O anda Baş Kılavuz'a vurmak için iri pençesini kaldıran Beyaz Dev olduğu yerde kalmış. Saldırmayı bırakıp acıyla geri dönmüş. Ama ne sendelemiş ne de bacakları titremiş, son derece sağlıklı görünüyormuş. Bir kez daha öfkeyle haykırmış, sesi mavi gölün üzerinde yankılanarak kaybolmuş. Anlatılanlardan çok daha güçlü bir düşmanları olduğunu anlayan savaşçılar kaygıyla izliyorlarmış bu acımasız yaratığı. Ensesinden oku çıkartıp atan Dev, kan çanağına dönen gözlerini prense dikmiş. Baş Kılavuz dahil iki savaşçı öylece donup kalmışlar ama prens hiç etkilenmemiş o korkunç bakışlardan. Derhal ikinci oku yerleştirmiş ve yayı germeye başlamış. Dev'in artık yüzü ona dönük olduğu için boynuna değil, sağ gözüne nişan alıyormuş. Fakat korkunç yaratık, iri cüssesinden hiç beklenmeyen bir çeviklikle genç adamın üzerine atlamış, prens de aynı anda salmış oku üzerine. Ne ok hedefini bulmuş ne de Dev genç rakibini yakalayabilmiş. Çünkü oku atan Prens anında yana sıçramış ve hızla koşmaya başlamış. Prensi yakalayamayan vahşi yaratık dengesini kaybederek karların üzerine yuvarlanmış. Dev'in düşmesini fırsat bilen Baş Kılavuz telaşla gürlemiş:

"Daha ne bekliyorsunuz, hadi haklayalım şu mendeburu! Hadi, fırsat bu fırsattır." Bunu söylerken kendisi de yayını germiş ve okunu yerden kalkmak üzere olan Beyaz Dev'in iri gövdesine saplamış. Öteki iki savaşçı da yaylarını gererek Dev'in üzerine oklarını yağdırmışlar. Ama Dev bedenine saplanan oklardan hiç etkilenmemiş, hatta dönüp onlara bakmamış bile, ayağa kalkar kalkmaz prensin peşine düşmüş. Dev'in eline geçtiği an öleceğini bilen genç veliaht arkasına bakmadan gölün kıyısındaki ağaçlara doğru koşmaya başlamış. Ne var ki Dev'in onu yakalaması an meselesiymiş. Durumun ciddiyetini gören Baş Kılavuz yeniden haykırmış:

"Prensimizi öldürecek! Hadi yakalayalım şu canavarı!"

Savaşçılar anında uymuşlar emre; adımlarını hızlandırarak prensi kovalayan vahşi yaratığın peşine düşmüşler. Bir yandan karların üzerinde çılgın gibi koşuyor, bir yandan da oklarını Dev'in gövdesine yolluyorlarmış. Gelin görün ki, daha öncekiler gibi bu oklar da hiçbir işe yaramıyormuş. İri yaratık aldığı yaralardan hiç etkilenmemiş gibi uçarcasına prense yaklaşıyormuş. Nitekim genç veliaht ağaçlara ulaşamadan Dev yetişmiş. Ensesinde canavarın soğuk nefesini hisseden prens dönmek, kendini savunmak istemiş ama ayağı kayıp yere yığılmış. Bereket, kar yumuşak olduğu için sert düşmemiş. Derhal toparlamış, elinden bırakmadığı yayını yeniden gererek bir kasırga gibi üzerine gelen Dev'i nişan almış. Ama Dev çevik bir hareketle yana çekilip oku ustalıkla savuşturmuş ve sağ pençesini kaldırarak kurbanına ölümcül darbeyi indirmeye hazırlanmış. İşte tam o sırada Baş Kılavuz yardıma yetişmiş. Deneyimli savaşçının yayından çıkan ok Dev'in havadaki pençesine saplanmış. Canı yanan yaratık acı bir çığlık atarak geriye dönmüş. Ona saldıran adamı ve iki arkadaşını görünce ayaklarının dibindeki prensi bırakıp peşindeki savaşçılara yönelmiş. En az üç insan boyundaki Dev'in karşısında durabilene aşk olsun. Kısa bir şaşkınlıktan sonra üç savaşçının üçü de gerisingeri kaçmaya başlamışlar. Ne ki canı yanan iri mahluk, altı adım sonra iki savaşçıya ulaşmış ve birer pençe darbesiyle onları yolundan temizlemiş. O sırada geride kalan prens hızla doğrulmuş, son oku yayına yerleştirmiş ve Dev'in peşine düşmüş. Bir yandan koşuyor, bir yandan da yayını geriyormuş. Gözleri az önce Dev'in ensesinde açtığı yaradaymış. Ensesindeki küçük delikten akan kan iri yaratığın sırtını kırmızıya boyuyormuş. Prens şöyle demiş kendi kendine:

"Az önce vurduğum yere yine isabet ettirebilirsem, bu kez belki Dev'i yere serebilirim."

Adımlarını iyice hızlandırmış, bu arada Dev'in hareketlerinde belli belirsiz bir yavaşlama görülüyormuş. Galiba isabet eden okların ucundaki zehir etkili olmaya başlamış. Ama bekleyecek zaman yokmuş. Yeteri kadar yaklaşan prens durup dikkatle yayını germiş ve okunu salıvermiş. Ok kül rengi gökyüzünü delerek uçmuş, uçmuş ve vahşi yaratığın ensesindeki yara yerine saplanmış. Bir kez daha sendelemiş Dev, adımları yavaşlamış, soluğu sıklaşmış, durmak istemiş ama yapamamış, olduğu gibi yüzükoyun karların üzerine yıkılıvermiş. Yere yığılınca öyle büyük bir sarsıntı olmuş ki yakındaki ağaçların dallarındaki karlar yerlere dökülmüş. Prens ve ayakta kalan Baş Kılavuz zafer coşkusuyla kılıçlarını çekerek yerde hareketsiz yatan Dev'e yönelmişler. Ama hâlâ çok temkinli davranıyorlarmış. Adım adım yaklaşmışlar güçlü avlarına. Önce prens ulaşmış iri beyaz gövdeye. Kılıcıyla dürtüklemiş, hiçbir tepki gelmemiş, ayağının ucuyla bacaklarını iteklemiş, yine hiçbir hareket yokmuş bu devasa bedende.

"Onu öldürdük" diye bağırmış gururla. "Onu yendik."

Baş Kılavuz hemen uyarmış:

"Hayır Prensim ölmedi, sadece uyuştu. Birkaç saate kalmaz kendine gelir."

Prens kararlılıkla bakmış yerde yatan Dev'e.

"O zaman yapılacak iş belli" diyerek Dev'in başına yaklaşmış, keskin kılıcını kaldırmış, tam indirecekken, "Yapmayın! Lütfen yapmayın!" diyen bir ses duyulmuş. Prens başını çevirince mağaranın karanlık ağzından bembeyaz kürkler içinde genç bir kızın yaklaştığını görmüş. Bir an rüyasında karşılaştığı kız canlanmış gözlerinin önünde. O büyülü sevgilinin ışıktan bir tüle sarılmış gibi o kadim kentin karanlık sokaklarından geçişini hatırlamış. Ama mağaradan çıkan kızın sesi onu yeniden hakikate döndürmüş. "Yapmayın, lütfen onu öldürmeyin."

Kızın tam olarak ne söylediğini anlamamış bile prens. Aklı bambaşka bir yerdeymiş. "Yoksa rüyamda gördüğüm kız bu mu?" diye geçiriyormuş içinden. "Buldum mu onu sonunda?"

Anlamak için gözlerini kıza dikerek mağaranın girişine yönelmiş. Rüyasındaki gibi gerilememiş genç kız, aksine ona yaklaşmış. Bir yandan da yalvarmayı sürdürüyormuş. "Sandığınız gibi değil. O Buz Ülkesi'nin en masum varlığıdır. Korktuğu için böyle saldırgan davranıyor. İnsanlar çok zarar vermiş ona. Çok büyük kötülük etmişler."

Kızın ne söylediğini anlamış bu kez prens. İyi de neden kendisini o mağaraya hapseden bu acımasız mahluku savunuyormuş? Neden kendisine kötülük eden bu vahşi yaratığı korumaya çalışıyormuş? Fakat bu sorular hafif rüzgârdaki kar tanecikleri gibi uçup gitmiş genç zihninden. "Söylediklerinin ne önemi var ki, işte buldum rüyamdaki prensesi" diye mırıldanmış sevinçle. "Evet, işte o. Bu incecik beden, beyaz tüylü başlığının altında omuzlarına dökülen dalgalı sarı saçlar, iri mavi gözler, minicik burun, soğuktan kızarmış yanaklar. O kadar güzel ki, bakarken bile insanın nefesi kesiliyor, ama..." Rüyasındaki kızın yüzünü hatırlamaya çalışmış, başaramamış. "O kız daha mı kumraldı, gözleri daha mı çekikti, burnu birazcık sivri miydi?" Emin olamıyormuş. Daha kötüsü, sanki bir eksiklik varmış. Evet, rüyasındaki kız böyle yürümüyormuş. Nerede dar sokaklardaki o zarif süzülüş, nerede o uzun boyun, o dimdik duruş. Evet, gerçekten farklıymış mağaradan çıkan kız. Ama eksik olan sadece bunlar değilmiş. Başka bir şey varmış, tam olarak tanımlayamıyormuş ama bu endişeli kızın rüyasında gördüğü o büyülü varlık olmadığını içten içe sezinliyormuş. Kız ise bütün bunlardan habersiz ağır ağır yaklaşmayı sürdürüyormuş. Birkaç adım kala birden dizlerinin üzerine çökerek gözyaşları içinde yalvarmaya başlamış:

"Lütfen soylu efendim. Lütfen onu bağışlayın. Ondan başka kimsem yok. O kötü bir varlık değil."

Bir an ne yapacağını bilemeyen prens, sonunda kendini toparlamış, genç kızın elinden tutmuş.

"Kalkın, kalkın lütfen."

Genç kız usulca doğrulmuş, mavi gözlerindeki derin acıyı saklamadan ürkekçe mırıldanmış:

"Lütfen, lütfen onu bağışlayın. Onun kimseye zararı yok. İnsanların acımasız dünyasından kaçmış bir zavallı o. Tertemiz bir kalbi var. Beni korumaya çalışıyor."

Prens anlamaya çalışıyormuş.

"Sizi mi koruyor?"

"Evet, benim tek koruyucum o. Çok kötü bir hayatım vardı. Annemi babamı küçükken kaybettim. Beni yaşlı ama zengin bir adamla evlendirmek istediler. Kabul etmedim, köyden kaçtım. Ama bırakmadılar, peşime düştüler, zorla geri götürmek istediler. Neyse ki Beyaz Dev'e rastladım." Gözleri yerde yatan beyaz mahluka kaymış. "Beni o acımasız insanlardan korudu, kendi mağarasında sakladı. Saklamak ne kelime, beni besledi, beni sevdi, beni bir prenses gibi yaşattı. İnsanların yanında o bir melek sayılır. Sizden rica ediyorum, lütfen onu bana bağışlayın."

Prens, rüyamdaki o büyülü varlık bu kız olabilir mi diye son bir umutla onu izliyormuş. Ama bu zavallıcığın sesi, ağlayışı, boynunu büküşü, yalvarışı, yani bütün varlığı tekrar tekrar prense yanılmış olduğunu söylüyormuş. Evet, onu izledikçe, rüyasında gördüğü o muhteşem perinin bu kız olmadığına daha çok inanmış. İnanınca da büyük bir düş kırıklığı yaşamış. İçinde bir öfke patlamış, bir an Beyaz Dev'in kafasını kesip atmak, kolundan tutup kızı da sürükleyerek saraya götürmek geçmiş aklından ama hemen vazgeçmiş bu korkunç düşünceden. Hayır, bu kızın bir suçu yokmuş, Beyaz Dev de masum sayılırmış. Kızın anlattıklarına bakılırsa, Dev sadece kendini savunmuş. Onu cezalandırmak haksızlık olurmuş. Derin bir iç geçirmiş, sonra kıza gülümsemeye çalışmış.

"Merak etmeyin" demiş şefkatli bir sesle. "Size zarar vermeyeceğiz, ne size ne de Beyaz Dev'e. İsterseniz sizi burada da bırakırız ama gerçekten bunu mu istiyorsunuz? Gerçekten o vahşi yaratıkla birlikte mi yaşamak istiyorsunuz?"

Kızın mavi gözleri sevinçle ışıldamış.

"Hayır, hayır, o vahşi değil. Bana zarar vermez. Aslında kimseye zarar vermez. Çünkü o iyi biri, güçlü biri ve hepsinden önemlisi beni gerçekten seviyor. Hayır, ondan korkmuyorum, aksine onu çok seviyorum. Lütfen bize zarar vermeyin soylu kişi, lütfen yaşamamıza izin verin."

Kızın Beyaz Dev'e duyduğu bu büyük sevgi, prensin kederini biraz olsun hafifletmiş ama yaşadığı hayal kırıklığı o kadar derinmiş ki, çaresizce Mavi Göl'e yürümeye başlamış. Büyük bir pişmanlık duyuyormuş, bir rüyanın peşinden buralara kadar sürüklenmek, bir ülkenin kaderiyle oynamak, insanların canını tehlikeye atmak şimdi çok saçma geliyormuş ona. Belki de gerçekte olmayan bir kız için neleri göze aldım, uykumda hissettiğim bir coşku için nelerden vazgeçtim. İşte böyle karamsar düşüncelerle buz tutmuş gölün kıyısına kadar gelmiş. Artık ülkesine geri dönmeyi, kral babasından af dilemeyi düşünmeye başlamış. İşte o anda görmüş gölden havalanan bembeyaz güvercinleri ve o anda duymuş Aşk Tanrıçası'nın insanın içine işleyen tatlı sesini:

"Sana korkmamanı söylemiştim, evet, cesaretle, fedakârlıkla, kararlılıkla ararsan rüyalarındaki kızı bulacaksın demiştim."

Prens bakışlarını sesin geldiği yöne çevirmiş. Tapınakta karşılaştığı Aşk Tanrıçası oradaymış, Mavi Göl'ün kıyısında durmuş, şöyle sesleniyormuş ona:

"Hatırla sevgili prens, cesaret, fedakârlık ve kararlılık demiştim. Sevgiyi hak etmek için bunlar şart demiştim. Ama görüyorum ki, sen karşılaştığın ilk zorlukta duraksıyor, ilk engelde pes ediyorsun. İlk başarısızlık darmadağın ediyor seni. Demek ki sen, uğruna tahtını bile feda ettiğin o kızı aslında istemiyorsun. Belki de hiç istemedin? Bak şimdi de saçma sapan bir rüyaya kapıldığını düşünüyorsun. Evet, bence de ülkene dön, tıpkı deden gibi, tıpkı baban gibi ol, ülkenin başına geç ve bir hükümdar gibi ihtişam içinde yaşa. Çünkü aslında sen bu aşkı hak etmiyorsun. Aşk, kararlı olanları sever ama ne yazık ki sevgili prensim, sen yeterince kararlı değilsin. Aşk, cesur insanların yüreğinde konaklar ama sen yeterince cesur değilsin."

Tanrıçanın sözleri prensin ruhunu altüst etmiş; yakışıklı yüzü kıpkırmızı olmuş, bütün bedeni utançla titremiş. Çünkü Aşk Tanrıçası'nın doğruyu söylediğini biliyormuş. Yeni bir pişmanlık dalgası sarmış benliğini. Donmuş suların üzerine diz çökerek ellerini tanrıçaya uzatmış.

"Bağışlayın beni ey yüce varlık, lütfen bağışlayın. Cahillik ettim, yorgunluğuma yenildim, başarısızlığım tutkumu gölgeledi, hayal kırıklığım sevincimi söndürdü. Ama sözleriniz beni kendime getirdi. Hayır, istediğim ne taht, ne hükümdarlık, ben sevginin peşinden gideceğim. Rüyamdaki o kızı bulana kadar aramaya devam edeceğim. Lütfen beni bağışlayın."

Tanrıça sakince bakmış donmuş suların içinden prense. "Benden af dilemene gerek yok, güzel yüzlü çocuk, kendini dinle, gönlünden ne geçiyorsa öyle hareket et. Ama sakın ha, sakın, kendini kandırma. Rüyandaki o kızı gerçekten sevdiysen, aramayı sürdür ama böyle bir duygun yoksa, daha fazla bekleme, derhal ülkene dön."

Prens cevap verecek olmuş ama tanrıça göründüğü gibi aniden buzların altında kaybolmuş. Şaşkınlıkla beyaz tabakanın altındaki koyu mavi sulara bakan prens bir süre öylece kalmış, sonra doğrulup kararlı adımlarla geriye dönmüş. Mavi gözlü kıza yaklaşmış ve şöyle demiş:

"Korkmayın, size dokunmayacağız. Bu gölün kıyısında Beyaz Dev'le istediğiniz kadar yaşayacaksınız."

Kız sevinç içinde prensin eline sarılacak olmuş, genç veliaht geri çekilmiş.

"Hadi, şimdi Beyaz Dev'inizle ilgilenin. Mademki onu seviyorsunuz, onun sizi koruduğu gibi siz de ona sahip çıkın, onu iyileştirin." Sonra şaşkınlık içinde olanı biteni izleyen Baş Kılavuz'a dönmüş.

"Adamları topla, gidiyoruz."

Baş Kılavuz hayretle söylenmiş:

"Efendim, gerçekten de bu canavarı böylece bırakacak mıyız burada?"

Prens kendinden emin adımlarla yaklaşmış adamına.

"Anlamadın mı, o canavar değil, sadece sevdiği insanı korumaya çalışan bir canlı. Kimse ona dokunmazsa o da kimseye dokunmaz. Sadece kendini savunuyor. Senin kardeşini öldürme nedeni de bu. Siz onun mağarasına saldırmışsınız, o da kendini korumuş. Senin evine biri saldırsa ne yaparsın? Elbette o sırada öfke aklını ele geçirdiği için nerede duracağını bilememiş. Sonuçta da yaşadığın trajik olaylar olmuş."

Baş Kılavuz hemen pes etmemiş, kızı işaret etmiş.

"Peki o ne olacak? Rüyanızda gördüğünüz kız o değil mi? Prensesimiz olarak saraya götürmeyecek miyiz onu?"

Prens bir kez daha kıza bakarak mutsuzca başını sallamış.

"Hayır, değil. Kâhin yanılmış. Ayrıca kız da halinden çok memnun. Baksana, Dev'e zarar vereceğiz diye endişeleniyor." Eliyle sadık adamının omzuna vurmuş. "Burada işimiz bitti. Hadi, yaralı arkadaşlarımızı alıp gidelim."

Baş Kılavuz yine itiraz edecek olmuş.

"Ama Veliahdım..."

Sertçe bakmış prens.

"Ne diyorsam onu yap."

Baş Kılavuz ne diyebilirmiş ki, karşısında gelecekte ülkeyi yönetecek kral duruyormuş.

"Emredersiniz Prensim" diyerek boyun eğmiş ama yine de sormadan edememiş. "Peki rüyanızdaki kız ne olacak? Artık onu aramayacak mıyız?"

Tutku dolu bir ışık geçmiş prensin cesur gözlerinden.

"Elbette arayacağız. Onu bulmadan saraya dönemem. Ama sizler artık gelmek zorunda değilsiniz, isteyen eve dönebilir."

Baş Kılavuz bir an düşünmüş, sonra geniş bir gülümseme yerleştirmiş soğuktan çatlamış dudaklarına.

"Anca beraber kanca beraber Prensim. Bizim yaşam gayemiz sizsiniz, sizin hayalleriniz, sizin düşleriniz. Siz o büyülü kızı buluncaya kadar biz de yanınızda olacağız. Başka türlü düşünmemiz de davranmamız da mümkün değil."

Prensin genç yüzünde minnettar bir ifade belirmiş.

"O zaman düşelim yollara, hâlâ bulmamız gereken bir kız var." Gözleri ufuklarda bir yeri aramış. "Evet, rüyamdaki o kız bir yerlerde bizi bekliyor. Hadi daha fazla bekletmeyelim onu."

8
Cesaret Vahası'ndaki Savaşçı Kız

Kum Ülkesi'nin Prensi ve dört bedevi, kızgın güneşin altında uzanan uçsuz bucaksız çölde iki gündür yol alıyorlarmış. Çünkü ülkenin tek veliahdı, dört gün sonra rüyasında gördüğü Savaşçı Kız'la dövüşecekmiş. Ulaklar yollanmış, mesajlar iletilmiş, dövüş kararlaştırılmış. Altı gün sonra Cesaret Vahası'nda Savaşçı Kız'la müsabaka için gün kararlaştırılmış. Kız, cenk meydanına çıkacağı kişinin kralın oğlu olduğunu bilmiyormuş ama prens rakibinin amansız bir savaşçı olduğunu, belki de bu serüvenin hayatının son yolculuğu olabileceğini çok iyi biliyormuş. Bindikleri kara develerin sırtında ona eşlik eden dört adamın dördü de evlerine bir daha hiç dönemeyebileceklerinin farkındalarmış ama hiçbirinin yüreğinde korkunun zerresi yokmuş. Başlarında siyah türbanlar sarılıymış, derilerinin altına işleyen çöl kumlarından korunmak için hepsinin yüzü bir peçeyle örtülüymüş. Yüzlerinin açıkta kalan tek yeri olan gözlerini kısıp ufuk çizgisine bakarak develerini Cesaret Vahası yönüne sürüyorlarmış. Bu küçük kafilede büyük bir belaya doğru ilerlediklerinin ayırdında olmayan sadece beş çilekeş deveymiş. Taşıdıkları cüsseli adamlar yetmezmiş gibi, sırtlarına yüklenen yiyeceklere, içeceklere ve çadırların ağırlığına aldırmayan bu dayanıklı hayvanların ikisi arkada, ikisi önde, biri ise tam ortada ilerliyormuş. Tahmin edileceği gibi ortadaki deve, Kum Ülkesi'nin veliahdını taşıyormuş.

Prenslerini her türlü tehlikeden korumak isteyen bedeviler onu ortalarına almışlar. En iyi savaşçıların arasından seçilen bu dört fedakâr adam, sadece usta birer dövüşçü değil, aynı zamanda yollarının üzerindeki vahaları, su kuyularını, yiyecek edinebilecekleri köyleri avuçlarının içi gibi bilen iyi birer çöl kılavuz uymuş. Ki bu sonsuz kumlukta suyunuz, yiyeceğiniz olmazsa, ne dünyaya meydan okuyacak kadar yiğit olmanız ne de orduları bozacak kadar iyi dövüşmeniz bir işe yararmış. Çöldeki en büyük düşman çölden başkası değilmiş. Çöl sadece kendisini anlayanların, huyunu bilenlerin, kadim gücüne saygı duyanların yaşamasına izin verirmiş. Bizim âşık prensimize eşlik eden bu dört bedevi de öyle adamlarmış işte. Çölde doğmuşlar, çölde büyümüşler, çölde yaşamayı öğrenmişler ve çölde ölmeye karar vermişler; yani bu sarı çoraklığı hem beşikleri hem mezarları olarak kabul etmişler. Gecenin geç vakitlerinde yakılmış ateşler sönerken gökyüzüne bakmanın verdiği o benzersiz ferahlığı, tan yeri ağarırken bir anlığına beliren parlak kızıllığın uyandırdığı o yaşama coşkusunu, uçsuz bucaksız uzanan kumların hissettirdiği o sonsuzluk duygusunu sert ruhlarının birer parçası haline getirmişler. Elbette defalarca susuz kalmışlar, elbette açlıktan kıvranmışlar, elbette zorlu kum fırtınalarının ortasına düşmüşler ama hiçbir zaman bu acımasız, bu zorlu, bu çetin topraklardan vazgeçmemişler. Tenleri kavruk, uzaklara bakmaktan gözleri kısılmış, yüzleri çizgilerle kaplı, konuşmayı pek sevmeyen bu ağırbaşlı adamların içinde hiç şüphesiz en tecrübelisi Baş Bedevi'ymiş. O yüzden Kum Ülkesi'nin Kralı, kafile yola çıkmadan onu yanına çağırmış ve şöyle demiş: "Gel bakalım cesur adam. Gel ve beni dinle. Biliyorsun, Prens benim canım, gözümün bebeği, yaşama sebebim ve ülkenin tek veliahdıdır. Biliyorsun, çıktığınız yolculuk hiç güvenli değil, oğlumun peşinde olduğu kız ise çok daha tehlikelidir. Bu yolculukta, onu önce Çöl Tanrısı'na, sonra sana emanet ediyorum. Eğer senin kanın akmadan onun kanının aktığını duyarsam, eğer sen üzülmeden onun üzüldüğü kulağıma gelirse, eğer sen ölmeden Prensimin öldüğünü haber alırsam, başına gelecekleri düşün. Ama Prensim ile birlikte bu belalı yolculuktan sağ salim dönersen, üstelik yanında ülkenin gelecekteki kraliçesini de getirirsen işte o zaman dile benden ne dilersen."

Baş Bedevi elini sol göğsünün üzerine koymuş.

"Eğer Prensimiz ile birlikte saraya sağ salim dönemezsem, eğer Prensimizin rüyasında gördüğü müstakbel prensesimizi de yanımızda getiremezsem, şu anda avcumun altında çarpan bu kalbi kendi hançerimle parçalarım. Eğer Kralıma layık bir bedevi olamazsam, aldığım nefes, içtiğim su, yediğim lokma haram olsun."

Baş Bedevi'nin sözünün eri olduğunu bilen kral sevinmiş bu sözleri duyduğuna. İçinde kabaran endişeleri bastırarak oturduğu tahttan kalkmış, adamı omuzlarından yakalayıp gözlerinin içine bakmış.

"Dilerim kafilenizden kimsenin burnu bile kanamaz, dilerim çölü ortadan ikiye bölen Uzun Nehir gibi kolayca akar gider, kuzeyden esen ferahlatıcı rüzgârlar gibi kolayca dönersiniz. Dilerim Çöl Tanrısı yakarışımı duyar, bize sonsuz merhametini gösterir, hem Prensimi, hem sizi hem de ülkemizi korur. Dilerim bu yolculuk hayırlara vesile olur."

Bu konuşmadan sonra Baş Bedevi ve üç adamı, prensi gözlerinin önünden ayırmamış, bir an bile yalnız bırakmamışlar. Gündüzleri rüzgârın taraçaladığı kızgın kumların üzerinde yol alıp geceleri yıldızların ışığında uykuya dalmışlar. Kahvaltılarını hurma ve deve sütü içerek yapmış, gün içinde az ama sık yiyerek susamamaya gayret göstermişler. Böylece üçüncü günü tüketip dördüncü güne gelmişler. Dördüncü gün güneş ufukta ağır ağır batarken suları ve yiyecekleri iyice azalmış ama hiç endişe duymamışlar. Çünkü böyle olacağını zaten biliyorlarmış. O yüzden de yollarını efsanevi Mor Peçeliler Köyü'nden geçirmeye karar vermişler. Bir zamanlar isyan ederek öteki kabilelere kafa tutan ve hiçbir kanuna uymayan Mor Peçeliler, yıllar süren çatışmaların sonunda silahlarını teslim ederek kralın emirlerine uymaya söz vermişler. O gün bugündür de keçi, koyun ve deve yetiştirerek sakin bir hayat sürüyorlarmış. Prens ve kafilesi eksilen erzaklarını işte bu köyden temin etmeyi düşünüyorlarmış. Köye akşamüzeri girmişler ama ne bir merhaba diyen ne de onları karşılayan birileri varmış. Sanki köylerini haramiler basmış gibi evlerinin kerpiç pencerelerinden korkuyla bakıyorlarmış prens ve adamlarına. Kafiledekiler develerini ıhtırıp köy meydanına ayak basınca, yüzü mor peçeyle kaplı yaşlı bir adam çıkmış meydandaki köyün en büyük kulübesinden. Ürkek adımlarla köyüne gelen yabancılara doğru yürümüş. Biraz yaklaşınca gözlerindeki endişe kaybolmuş ve sevinçle Baş Bedevi'ye seslenmiş:

"Ah, siz miydiniz Beyzadem? Kusura bakmayın, tanıyamadım. İhtiyarlık işte, gözlerim eskisi kadar iyi görmüyor. Siz olduğunuzu bilseydik..."

"Neler oluyor burada yaşlı adam?" diyerek sözünü kesmiş Baş Bedevi. "Yoksa salgın mı var? Neden herkes evinde?"

Yaşlı adam çaresizce ellerini yana açmış.

"Hiç sormayın soylu efendim, Boz Develiler bize soluk aldırmıyor. Kralımız istedi, silahlarımızı teslim ettik; kralımız istedi, komşu kabilelerle savaşmayı bıraktık; kralımız istedi, barışçıl bir kabile olduk. Lakin Boz Develiler bunu fırsat bildi. Çölün Gözü'ne el koydu. Kimseyi oraya yaklaştırmıyorlar."

Bu sözler prensin ilgisini çekmiş:

"Çölün Gözü de nedir?"

Yaşlı adam yerine Baş Bedevi yanıtlamış:

"Çölün Gözü, buraya bir fersah uzaklıktaki bir pınardır Prensim. Kum taşı tepelerinin ortasında adeta bir insan gözü gibi parıldar. Etrafına dizilmiş hurma ağaçları da adeta kirpik gibi pınarın suyunu tozdan korur. O pınar yöredeki kabileler için hayat demektir. Herkes suyunu Çölün Gözü'nden karşılar." Bu açıklamayı yaptıktan sonra yeniden yaşlı adama dönmüş. "Boz Develiler barışçıl bir kabiledir. Bugüne kadar herhangi bir saldırganlıklarını duymadık. Nasıl oldu da böyle zalime dönüştü bu adamlar?"

Açık kahverengi gözlerinden keskin bir nefret geçmiş yaşlı adamın.

"Eski reisleri iyi bir insandı. Benim de uzaktan akrabam olurdu. Ama tanrılar yanına aldı onu. Yerine de yeğeni geçti. Bu yeni reis eskisine hiç benzemiyor. Aslında korkağın teki ama acımasız adamları var. Ne vicdan ne merhamet, zerrece insanlık yok içlerinde. 'Çölün Gözü bizim topraklarımızda, suyu da bizim, kimseye vermeyiz' diyor da başka bir şey demiyorlar. Kral silah kullanmayı yasakladı bize. Ne kılıç, ne mızrak ne de ok var elimizde. Çaresiz razı olduk, savaşmak istemedik, su bulmak için onlarca fersah ötedeki kuyulara gitmek zorunda kaldık. Ama yine rahat durmadılar, her akıllarına estiğinde köyümüze baskın veriyorlar, elimizde avcumuzda ne varsa hepsine el koyuyorlar. Ne yapacağımızı şaşırdık."

Baş Bedevi üzülmüş adamın haline ama asıl sorumluluğu prensi korumak olduğu için bu davaya bulaşmak istememiş.

"Bizim önemli bir işimiz var, saraya dönünce durumu hünkârımıza bildiririm" diye geçiştirmeye çalışırken, "Adaletten daha önemli ne olabilir?" diye sözünü kesmiş prens. "Çölün Gözü benim topraklarımdadır, yani benim malımdır. Benim olan ise bu topraklarda yaşayan herkesindir. Her kim ki ona sahip çıkmaya çalışır, benim malımı çalmış olur. Derhal haddini bildirelim şu Boz Develilerin kara kalpli reisine."

Baş Bedevi endişelenmeye başlamış.

"İyi de sevgili veliahdım, yanımızda yeterince savaşçı yok, adamlar sayıca üstün, ya onlara karşı koyamazsak, ya size bir zarar gelirse?"

Ama prensin kararı kesinmiş:

"Sen ne diyorsun be adam!" diye gürlemiş. "Koca krallık bir kabile reisine boyun mu eğecek? Bu topraklarda zulmün bayrağının dalgalanmasına izin mi vereceğiz? İtiraz istemiyorum, hadi toparlanın, gidiyoruz."

Mor peçeli yaşlı adam minnetle bakmış veliahda.

"Bizi düşündüğünüz için çok sağ olun genç efendim ama o kadar yoldan geldiniz... Yorgunsunuz, açsınız, lütfen sizi ağırlamamıza izin verin. Bu akşam güzelce dinlenin, yarın sabah gidersiniz o zalimlerin üzerine. Bizim gençleri de veririz yanınıza."

Baş Bedevi hevesle atılmış:

"Yaşlı adam doğru söyler Prensim. Öfkeyle kalkan zararla oturur. Dinlenelim, gücümüzü kuvvetimizi toplayalım, kendimize gelelim. Yarın cezalandırırız o kendini bilmez adamı."

Öteki yol arkadaşlarını şöyle bir süzen prens, onların da kalma eğiliminde olduğunu görünce razı olmuş.

"Tamam, geceyi burada geçirelim. Gecikmiş adalet bir gün daha beklerse kıyamet kopmaz. Ama yarından tezi yok yaptıklarının hesabını verecek o alçaklar."

Böylece yaşlı adamın evine konuk olmuşlar. Başta güler yüzlü karısı olmak üzere, ikisi delikanlı, üçü genç kız beş evladıyla bütün aile kapıda karşılamış onları. Kadınların yüzünde peçe olmaması ve başlarının açık olması, delikanlıların ise tıpkı babaları gibi yüzlerinin mor bir kumaşla kapatılmış olması dikkatinden kaçmamış prensin. Ama saygısızlık olmasın diye hemen sormamış. Ev sahipleri kıymetli konuklarına en yumuşak döşeklerini açmış, en lezzetli yemekleri sunmuş ve çölün ücra köşelerinde yetişen enfes kokulu bitkilerin karışımından yaptıkları şifalı çaylardan ikram etmişler. Karnını doyurup çayını yudumlamaya koyulan prens, eve girdiğinde aklına takılan konuyu dile getirmiş:

"Neden kadınlarınız değil de erkekleriniz peçe takıyor?"

Sessizce gülmüş yaşlı adam.

"Çünkü biz erkekler çirkiniz, yüzümüzün görülecek nesi var ama kadınlar güzel. Onlara baktıkça içimiz açılıyor, mutlu oluyoruz, zorluklarla daha kolay başa çıkıyoruz."

Dört bedevi pek onaylamasa da prensin hoşuna gitmiş bu açıklama.

"Çok akıllıca, insanlar güzel olanı görünce hayata daha sıkı sarılırlar."

Genç veliahdın sözleri yaşlı adamı cesaretlendirmiş.

"Üstelik bizde eş seçimini erkekler yapmaz" diye sürdürmüş sözlerini. "Kiminle evleneceğine kadınlar karar verir.

Tabii erkek de bir kızı görüp beğenebilir, ona talip olabilir ama son sözü her zaman kadınlar söyler. Çünkü biz, aşkın kaba kuvvetle ilgisi olmadığına inanırız. Gönüllü olmayan bir evlilik, sıtmalı su gibi hastalık yayar her yana. O evde ne kadın, ne erkek ne de çocuklar mutlu olur. Bu hakikati yıllar önce gören atalarımız, eş seçimini kaba kuvvete sahip olan erkeğe değil, güzelliğe sahip olan kadına bırakmışlar. Ki hayat da bu seçimi doğrulamakta. Çölün en mutlu aileleri bizim aramızdadır."

Baş Bedevi'nin bir kaşı havaya kalkmış, itiraz edecek gibi olmuş ama prensin şu sözleri onu durdurmuş:

"Doğru, hayatta asıl önemli olan da mutluluk. Atalarınızı takdir ettim, bilgece bir çözüm."

Prens yeniden çayını dudaklarına götürürken, yaşlı adam huzursuzca kıpırdanmış oturduğu nakışlı döşeğin üzerinde, bir süre tereddüt ettikten sonra dayanamayıp sormuş:

"Cüretimi bağışlayın genç prensim ama saraydan bu kadar uzakta ne işiniz var?"

Hiç de ketum olmayan genç veliaht, biraz da Savaşçı Kız hakkında bilgi almak umuduyla, "Cesaret Vahası'na gidiyoruz" diye hakikati söylemiş. "Bilir misin orayı?"

Yaşlı adamın toprak rengi gözleri hayranlıkla ışıldamış:

"Bilmez miyim? Savaşçı Kız'ın yurdudur. O genç kız, Kum Ülkesi'nin en seçme silahşorlarının, en maharetli savaşçılarının sırtını o vahada yere getirmiştir. Tövbe diyeni bağışlamış, pes etmeyenin canına okumuştur. O kızı yenecek bir yiğit ortaya çıkmamıştır, bundan sonra çıkacağını da zannetmem." Sözleri karşısında konuklarının yüzünde beliren hoşnutsuz ifadeyi görünce birden anlamış baltayı taşa vurduğunu. "Yani bugüne kadar çıkmamıştır diyorum." Özür dilercesine prense bakmış. "Sahi siz niye gidiyordunuz Cesaret Vahası'na soylu efendim?"

Genç veliaht daha fazla konuşmak istememiş, Baş Bedevi cevap vermiş:

"Bir yanlışı düzelteceğiz, tıpkı yarın Çölün Gözü'nde yapacağımız gibi. Konukseverliğin için çok teşekkür ederiz yaşlı adam, artık bizim yataklarımızı göster de uyuyalım."

Ev sahibi ihtiyarlığına aldırmadan ayağa fırlamış, evlatlarına seslenmiş, çölün dört yolcusuna yatacakları yeri göstermelerini söylemiş. Prensi ise kalacağı odaya kadar bizzat kendisi götürmüş. Kafiledekiler daha başlarını ot kokulu yastığa koyar koymaz uykuya dalmışlar ama prensi uyku tutmamış. Yarın Boz Develilerle edeceği cengi düşündüğünden değil, aklı her gece olduğu gibi yine Cesaret Vahası'ndaki Savaşçı Kız'a takıldığından. Herkes kızın nasıl usta bir dövüşçü olduğunu anlatıyormuş, benim diyen yiğitleri yendiğinden söz ediyormuş. Tamam, prens hiç de korkak sayılmazmış, üstelik çocukluğundan beri dövüş dersleri alıyormuş, ustalarının hepsi de ülkenin en becerikli savaşçılarıymış ama duyduklarına bakılırsa, bu acayip kızı cenk meydanında mağlup etmesi oldukça zormuş. Böyle düşününce morali iyice bozuluyormuş, işte o anda Aşk Tanrıçası'nın tapınakta söylediği sözleri hatırlamış: "Unutma, hayat cesurları sever. Başına gelebilecek her türlü belayı göze almalısın. İster teke tek kavga olsun, ister karşına bir ordu çıksın, bileğin sağlam, yüreğin pek, iraden direngen olmalı." "Evet" diyormuş sonra prens kendi kendine. "Evet, cesur olmalıyım, ancak o zaman kavuşabilirim rüyamdaki sevgiliye." Sonunda endişeli düşünceleri yastığının üzerinde bırakarak bedenini uykunun yumuşak kollarına teslim etmiş.

Çölün güneşi sabırsızdır derler, tan kızıllığının ardından ortalık cayır cayır yanmaya başlamış. Erkenden uyanan kafiledekiler, günlerdir ilk kez güzel bir kahvaltı yapmışlar. Ve daha fazla vakit yitirmeden develerine atlayıp Çölün Gözü'ne doğru yola çıkmışlar. Mor Peçeliler köyünden de sapandan sopaya, kazmadan küreğe ellerine ne geçtiyse silahlanan otuz kişilik bir kafile onlara eşlik ediyormuş. Köyden biraz uzaklaşınca, dümdüz uzanan arazide Çölün Gözü'nü çevreleyen tepecikler görünmeye başlamış. Tepeciklere yaklaştıklarında üzerlerine bir toz bulutunun geldiğini fark etmişler. Elini gözlerine siper eden Baş Bedevi, "Boz Develiler" diye söylenmiş sakince. "En az kırk kişi var.

Sorgusuz sualsiz saldıracaklar, kendimizi tanıtmamıza bile fırsat vermeyecekler."

Prens hızla yaklaşan toz bulutuna baktıktan sonra kararlılıkla mırıldanmış."

"Dövüşeceğiz o zaman. Demek ki önce hadlerini bildireceğiz sonra konuşacağız."

Böyle söyledikten sonra enli kılıcını çekip devesini ileri sürmüş, dört savaşçı da prensi izlemiş, arkalarındaki Mor Peçeliler durur mu onlar da vahşi savaş çığlıkları atarak toz bulutuna doğru atılmışlar. Masmavi gökyüzünün altında iki toz bulutu hızla birbirine yaklaşmış, önce develerin eğri büğrü bedenleri, ardından üzerlerindeki adamların yüzleri seçilmeye başlamış. Ama Baş Bedevi'nin de söylediği gibi Boz Develiler, ne Prensi ne de adamlarını tanımışlar, siz kimsiniz diye sormaya bile gerek duymadan yalın kılıç saldırıya geçmişler. İki kafilenin karşılaşmasıyla kumlarla kaplı ovada bir şakırtı kopmuş, mızraklar havada uçuşmuş, oklar kalkanlara çarpmış. Beş usta savaşçı, daha ilk hamlede Boz Develilerin beşini biçip atmış. Yaralanan adamlar kanlar içinde yere düşerken ötekiler şaşkınlıkla birbirlerine bakmışlar ama artık ok yaydan çıktığı için duramamışlar. Aralarından beş Boz Develi daha kendilerini kumların üzerinde bulmuş. Fırsat bu fırsat diyen Mor Peçeliler de günlerdir uğradıkları haksızlığın verdiği öfkeyle ellerinde ne varsa hücum etmişler düşmanlarına. Cenk kısa sürmüş, bozgun ani olmuş. Daha neler olup bittiğini anlayamayan Boz Develilerin çoğu kanlar içinde kalmış, şans eseri yaralanmaktan kurtulanlar ise çareyi kaçmakta bulmuş. Olanları uzaktan izleyen Boz Develilerin kara yürekli reisi de kavgayı kaybettiklerini anlayınca sıvışmaya niyetlenmiş ancak prensin keskin gözlerinden kurtulamamış. Genç veliaht, kılık kıyafetinden onun kabilenin reisi olduğunu anlamış ve adamın peşine düşmüş. Böylece altın sarısı kumların üzerinde siyah deve ile boz deve arasında bir koşturmacadır başlamış. Zorlu yarış, Çölün Gözü'ne kadar sürmüş. Prensin iyi eğitilmiş kara devesi, reisin boz devesine pınarın yakınlarında yetişmiş. Prens, kılıcının tersiyle adamın sırtına güçlü bir darbe indirmiş, neye uğradığını şaşıran reis yere yıkılmış. Tepeden tırnağa kumlara bulanmış ama ayağa kalkmayı başarmış. Niyeti devesine atlayıp kaçmakmış, fakat panikleyen hayvan çoktan tepeciklerin ardında kaybolmuş. Devesinden fayda gelmeyeceğini anlayan ödlek reis tabana kuvvet Çölün Gözü'ne doğru koşmaya başlamış. Elbette pek fazla koşamamış, çünkü prens devesiyle yine ensesinde bitmiş. Daha ne oluyor demeye fırsat kalmadan devenin sırtından adamın üzerine atlamış. İkisi birden devrilmişler kumların üzerine. Reis doğrulmayı denemiş, fakat prens bu defa toparlanmasına izin vermemiş, "Bre alçak" diye sarılmış gırtlağına. "Sen kim oluyorsun da Çölün Gözü'ne el koyuyorsun. Sen kim oluyorsun da kralın suyunu yasaklıyorsun?"

Cenk ettikleri kişilerin kralın savaşçıları olduğunu anlayan reis yalvarmaya başlamış:

"Aman Beyzadem, ben ettim sen etme. Bir cahillik yaptım, öfkeme yenildim, kralıma karşı geldim. Ne olur, bağışla beni!"

Öyle zavallı görünüyormuş ki, prens acımış adama; ellerini boğazından çekmiş.

"Bak şu haline, değer mi bütün bunlara? Niye yaptın? Neden zulmettin komşularına?"

Nefes nefese kumların üzerine oturan reis güçlükle mırıldanmış:

"İntikam için... Evet, intikam almak için yaptım beyzadem. Mor Peçeliler babamı öldürmüştü."

Prensin kaşları çatılmış.

"Bak bir de yalan söylüyorsun, Mor Peçeliler başka kabilelerle savaşmayı bırakmış."

Kara gözleri masumca açılıp kapanmış reisin:

"Yalan söylemiyorum beyzadem. Tanrılara ant olsun ki yalan yok sözlerimde. Babamı üç yıl önce öldürdüler. Silahlarını bırakmadan önce. Acımasız, vicdansız, vahşi bir kabileydiler. Komşu, hısım, akraba kimseyi dinlemezlerdi.

Kabileniz kralın tarafını tutuyorsa doğrudan ölümü hak ederdiniz."

Karşısındaki adamın anlatırken acı çektiğini gören prens, olanı biteni öğrenmek istemiş:

"Kralın tarafını tuttuğu için mi öldürdüler babanı?"

Elinin tersiyle basık burnundan akan kanı silen reis, bağışlanma ihtimalinin doğduğunu sezinleyince iyice rahatlamış. Derin derin nefes aldıktan sonra anlatmaya başlamış:

"Evet, biz kralımızın sadık destekçileriydik. Tuzak kurdular babama. Sinsi bir tuzak. Kılavuzdu babam. Çok iyi bir kılavuz. Çölü ondan daha iyi bilen kimse yoktu. Yabancılara yol gösterir, usta bedevilerin bile gitmekten çekindikleri yerlere götürürdü onları. Öldürüldüğü gün de soylu bir savaşçıyla iki adamını Cesaret Vahası'na götürüyordu. İşte o gün yolunu kesip öldürdüler babamı. Bu Mor Peçeliler ne gelenek dinler, ne namus bilirler. Kadınları da erkekleri de kimseden çekinmez. Bakmayın şimdi uysal göründüklerine, samimi değiller, kralımızdan korktukları için böyle yapıyorlar. Fırsatını bulsalar, yine kervan bozar, yine isyan ederler. Çok dikkatli olun Beyzadem. Hiç güven olmaz bunlara."

Prens, adamın uyarılarını duymamış bile, çünkü aklı Cesaret Vahası'na takılmış.

"Babanın kılavuzluk ettiği şu üç adam... Niye gidiyorlarmış Cesaret Vahası'na?"

Nasıl bilmezsiniz dercesine şaşkınlıkla bakmış reis.

"Savaşçı Kız'ı duymadınız mı Beyzadem? Çölde ondan daha iyi dövüşen kimse yoktur. Üstelik dövüşçü olduğu kadar güzeldir de. Onu bir kez gören erkek, bir daha unutamaz. Gökteki yıldızlar kadar çok deve sürüleri olan şeyhler, yeryüzünün en hızlı atlarına sahip olan beyler, nice savaşlar kazanmış şanlı komutanlar önüne servetlerini döktüler, hazinelerini saçtılar ama Savaşçı Kız hepsini reddetti. Kızın gözü parada pulda değil, tek şartı var; evleneceği erkeğin onu yenmesi. Evet, 'Benim yatağıma girecek kişi benden yiğit olmalı' diyor. İşin tuhafı Beyzadem, dört yıldır hiçbir savaşçı, kızın sırtını yere getiremedi. Aksine karşısına kim çıktıysa, bir güzel pataklayıp evine gönderdi. Silaha sarılanlar ise ya canlarından oldular ya da kollarını bacaklarını Cesaret Vahası'nda bıraktılar."

Gece uykularını kaçıran soru yeniden başlamış prensin zihnini kemirmeye. Gergin bir tavırla sormuş:

"Peki, hiç mi yenilmez bu kız? Anladım, çok cesur; anladım, çok güçlü; anladım, çok iyi dövüşüyor ama sonuçta o da bizim gibi bir insan. Hiç mi zayıf bir yanı yok bu kızın?"

Reisin kirpiksiz gözlerinden kurnaz bir parıltı geçmiş.

"Aslında var" demiş sesini kısarak. "İşin sırrı, kızın boynundaki kolyede. Evet, yiğit Beyzadem, kızın boynunda gümüşten bir muska var. O muskanın içinde timsah dişi, kartal tırnağı, arslan yüreği varmış. Çölün bu üç yırtıcısından alınan parçalar kurutularak toz haline getirilmiş, Uzun Nehir'in suyuyla karıştırılarak Baş Tapınak rahibinin dualarıyla o muskanın içine konulmuş. İster ihtiyar olsun ister genç, ister kız olsun ister erkek, kim boynuna takarsa yenilmez olurmuş. Cesaret Vahası'ndaki Savaşçı Kız'ın bugüne kadar bütün rakiplerini mağlup etmesinin altında yatan sır boynundaki o muskada saklıymış." Prensin gözlerindeki tereddütü görünce ısrar etmiş adam. "İnanın doğru söylüyorum Beyzadem. Bana da bizzat babam anlatmıştı. İki yaşlı adam kendi aralarında konuşurken duymuş, hatta adamlardan biri kızın öz amcasıymış. Babam Cesaret Vahası'ndaki herkesi tanırdı. Defalarca o cenk meydanında hazır bulundu. Savaşçı Kız'ın nerdeyse bütün dövüşlerini seyretmişti. Her dövüşte o muska mutlaka kızın boynunda olurmuş. Hatta kız bir defasında boynundaki muska yok diye dövüşü ertelemiş."

Reisin sözleri prensi ikna etmeye başlamış. Adama inanınca kalbi umutla dolmuş. Çünkü duydukları doğruysa rüyalarındaki kıza ulaşmasının önünde hiçbir engel kalmıyormuş. Kavgaya tutuştuklarında ne yapar eder, kızın boynundaki muskayı alır, böylece onu yenerek rüyasındaki sevgilisine kavuşurmuş. Aklından bunlar geçerken Baş Bedevi'nin sesi duyulmuş:

"İyi misiniz Prensim?"

Reisin adamlarını derdest ettikten sonra veliahdı merak ederek yanlarına gelen çölün usta savaşçısı devesinin üstünden onlara bakıyormuş. Genç veliaht iyi olduğunu belirten bir işaret yaparken prens lafını duyan reisin gözleri fal taşı gibi açılmış. Hemen genç adamın ayaklarına sarılmış.

"Biliyordum, biliyordum, bu kadar yiğitlik, bu kadar asalet, bu kadar hoşgörü ancak bir prenste olur. Lütfen bağışlayın beni Prensim, bir cahillik ettim, kralımızın emrine karşı geldim..."

Genç veliaht usulca geri çekilmiş.

"Tamam, seni bağışlıyorum ama bundan sonra zorbalık yok. İntikam peşinde koşmak yok. Her ne sebeple olursa olsun başkasının hakkına el koymak yok! Eğer bunları yaptığını duyarsam kelleni kestirip ibreti âlem için kırk gün kırk gece Çölün Gözü'nde sergilerim. Anlaşıldı mı?"

"Hâşâ Prensim, bir daha yapmam. Ben ki sizi tanıdım, yeniden doğdum. Yüreğimde nefrete, kine, öfkeye yer yok artık."

Adamın yaltaklanmasından hoşlanmayan Baş Bedevi onu sertçe uyarmış:

"Tamam, tamam, uzak dur efendimizden."

Reis anında emre uymuş.

"Tabii Beyzadem, siz nasıl isterseniz."

Prens gözlerini adamın yüzüne dikmiş.

"Kim olduğumu artık biliyorsun, şimdi söyle bakalım, az önce anlattıkların doğru mu? Cesaret Vahası'ndaki kızla ilgili olanları diyorum. Bak eğer yalan söylediysen..."

Kendisinden kuşku duyulmasına çok üzülmüş gibi alıngan bir tavırla boynunu bükmüş reis.

"Size asla yalan söylemem Prensim. Babamdan ne duyduysam onu onlattım. Hepsi de hakikattir. Cesaret Vahası'na varınca sorun, herkes beni doğrulayacaktır. Ama beni dinlerseniz, o kızın karşısına hiç çıkmayın. Çünkü onu kumların cinleri emzirmiş, vahaların perileri büyütmüş, çölün şeytanları dualamış. Doğru söylüyorum, bunun böyle olduğunu herkes bilir. Fakat illa ki onunla dövüşecekseniz kızın boynundaki muskayı mutlaka alın. Aksi takdirde onu yenemezsiniz."

"Kes sesini bre densiz!" diye gürlemiş Baş Bedevi. "Sen kim oluyorsun da Prensimize akıl veriyorsun!"

Genç veliaht usulca elini kaldırıp susturmuş adamını.

"Tamam, tamam." Yeniden Boz Develilerin reisine dönmüş. "Son bir sorum var. Ne kadar yolumuz kaldı? Ne zaman varırız Cesaret Vahası'na?"

Bilgisine başvurulmasından son derece mutlu olan reis, "İki günlük yolunuz var. İkinci günün akşamı varırsınız oraya" demiş kendinden emin bir sesle, sonra duraksamış, utangaç bir tavırla boynunu yana eğmiş. "Ama isterseniz kılavuzluk ederim size. Avcumun içi gibi bilirim yolları. Az gidip gelmedim vahaya."

Prens hiç oralı olmamış, Baş Bedevi konuşmuş onun yerine:

"Sen haddini aşan işlere burnunu sokmayı bırak da cenk meydanında bırakıp kaçtığın adamlarının yaralarını sar. Çöl'ün Göz'ünden de hemen çekil."

Reis el etek öperek, az önce terk ettiği adamlarının yanına dönerken, prens ve dört bedevisi kırbalarını taze suyla doldurarak develerine binmişler. Başta yaşlı adam olmak üzere Mor Peçelilerin minnet dolu bakışları altında Cesaret Vahası'na doğru yola koyulmuşlar. Çölün sıcağına tozuna aldırmadan saatlerce deve sürmüşler, nihayet akşamüzeri Suskunlar Vadisi'ne ulaşmışlar. Sadece ılık çöl rüzgârının sesinin duyulduğu, iki yanı kayalıklarla kaplı bu vadide develerini ıhtırıp, yaygılarını yere sermişler. Yumuşak kumların üzerinde ateş yakmışlar ve etrafına çökmüşler. Mor Peçelilerden aldıkları yiyeceklerle karınlarını doyurduktan sonra yaşlı adamın verdiği o hoş kokulu çayı içmişler. Bir yandan sabahki cengin gerginliği, bir yandan yolun yorgunluğu, bedeviler birer ikişer yere serdikleri kilimlerin üzerine kıvrılırken, Prens gözlerini bir yıldız bahçesini andıran gökyüzüne dikerek günlerdir yaptığı gibi yine rüyasındaki kızı düşünmeye başlamış. Hemen yanında bağdaş kurup oturmakta olan Baş Bedevi, genç veliahdın hülyalanan gözlerini görünce anlamış aklından geçenleri. Belki bir daha baş başa konuşma fırsatı olmaz endişesiyle şunları söylemiş:

"Sevgili Prensim, izniniz olursa diyeceklerim var."

Derin bir uykudan uyanır gibi irkilmiş genç veliaht.

"Evet, söyle bakalım, seni dinliyorum Baş Bedevi."

Adam oturduğu yerde toparlanmış.

"Efendim, belki hoşunuza gitmeyecek, belki bana kızacaksınız ama köydeki yaşlı adamla Boz Develilerin reisinin anlattıklarından sonra bunu söylemek zorundayım."

Prens şöyle bir bakmış sadık adamına ama yanıt vermemiş, sadece uzanmış, arkadaki kurumuş odunların arasından bir dal parçası alıp ateşe atmış. Baş Bedevi kararlılıkla sürdürmüş sözlerini:

"Her iki adam da bu yöreyi çok iyi biliyorlar. Dövüşeceğiniz kız hakkında ne dediklerini duydunuz. Bugüne kadar bileğini büken bir yiğit çıkmamış. Bu rastlantı olamaz. Belli ki kızı gerçekten de kumların cinleri emzirmiş, vahaların perileri büyütmüş, çölün şeytanları dualamış. Yani bu şartlarda o kızla cenk meydanına çıkmak pek akıllıca olmaz."

Bakışlarını ateşe yeni attığı dalı bürüyen alevlerden ayırmayan prens sormuş:

"Peki, ne yapmamı salık veriyorsun Baş Bedevi? Vazgeçip de geri mi dönelim?"

Ateşten bir kor etine değmiş gibi telaşla kıpırdanmış Baş Bedevi.

"Yok Prensim, geri dönmek yok. Öyle demiyorum ama yarın Cesaret Vahası'na ulaştığımızda, kim olduğunuzu kulaklara fısıldayalım. Açıkça söylememize gerek yok, bir kişi duysa kum fırtınası gibi herkese ulaşır. Yani kız da öğrensin kiminle dövüşeceğini, ona göre..."

"Yeter!" diye kesmiş prens. "Sus artık! Korkak mıyım ben? Kendi unvanının arkasına saklanacak bir zavallı mıyım? Hayır, o kız, prens olduğumu bilmeden dövüşecek benimle. Kim olduğumu bilmeden yeneceğim onu. Kim olduğumu bilmeden sevecek beni. Aksi halde, beni değil prenslik makamını seçer. Böyle bir şey istemem." Sağ elinin işaret parmağını Baş Bedevi'nin eğri burnuna doğru sallamış. "Sakın ola kim olduğumuzu açık etmeyesin, sakın ola saraydan geldiğimizi söylemeyesin. Yoksa bedelini çok ağır ödersin."

Böyle söyledikten sonra mesele bitmiştir dercesine aniden kalkmış, uyuyamayacağını bile bile ılık kumların üzerindeki sert kilimin üzerine uzanmış.

Sabah güneşinin yumuşacık dokunuşuyla birlikte ayaklanmış kafile. Baş Bedevi gece yarısı yapılan tartışmayı unutmuş gibi dört dönüyormuş prensin etrafında. Genç veliahdın hoşuna gitmiş bu davranış ama yine de hemen yumuşamamış. Baş Bedevi ne kadar ciddi olduğunu anlasın diye kahvaltı boyunca çok az konuşmuş, kimseyle de şakalaşmamış. Kahvaltıdan sonra becerikli bedeviler anında toparlamışlar ortalığı, develer yüklenmiş, kafile yeniden yola düzülmüş. Yine o kuru sıcak, yine o birbiri ardına yığılan altın rengi kum dalgaları, yine o bulutsuz masmavi gökyüzü, yine buğulanan ufuk çizgisi... Akşamüzeri güneş parlaklığını yitirip gökyüzü koyulaşırken ulaşmışlar Cesaret Vahası'na. Uzun boylu hurma ağaçları, yeşil sedirler ve çöl gülleriyle kaplı vahaya girerlerken kumların rengi sarıdan kızıla dönmüş. Baş Bedevi devesini, sabahtan beri gönlünü almaya çalıştığı prensin yanına yaklaştırmış.

"Kumun rengini gördünüz mü efendim?" diye sormuş.

"Evet, kan kırmızı. Maden mi var burada?"

Genç veliahdın yumuşamasından memnun olan Baş Bedevi sesine gizemli bir tını vererek şöyle demiş:

"O kadarını bilmem ama efsaneye göre, kum bu kırmızılığı kandan alıyormuş. Evet, Prensim, bilinmeyen bir tarihte çok büyük bir başkaldırı olmuş burada. Ayaklanmayı başlatanlar da yine şu Mor Peçeliler kabilesiymiş. İsyan o kadar büyümüş ki, o zamanlar tahtta oturan büyük büyükbabanız kalabalık bir ordu yollamış buraya. Neyse, sonunda ayaklanma bastırılmış, isyan eden kabileler teslim olmuş. Sadece on iki Mor Peçeli delikanlı silahlarını bırakmamış. İşte bu vahaya çekilerek günlerce askerlerimize karşı koymuşlar. Yiğidi öldür hakkını yeme demişler, gerçekten cesur çocuklarmış, tam üç gün, koca bir orduyla dövüşmüşler. Çatışma bittiğinde on ikisinin de bedenini paramparça bir halde bulmuşlar. Ordu komutanı vahaya girdiğinde kumların da pınarın da kanla kaplandığını görmüş. İşte o gün bugündür, kumlar eski sarı rengine dönmemiş, hep kan kırmızısı kalmış."

Efsaneyi ilginç bulan prens, devesinin bastığı kumlara bakarak mırıldanmış:

"Cesaret Vahası adı da oradan geliyor desene."

Baş Bedevi onaylayacakmış ki, gür bir ses ona engel olmuş.

"Destur! Durun bakalım! Kimsiniz? Nereden geliyorsunuz?"

Tepeden tırnağa silahlı bir adam karşılarında dikiliyormuş, arkasında ise bir düzine muhafız varmış.

"Yarın akşamki dövüş için geldik" demiş Baş Bedevi devesinin üzerinden. "Savaşçı Kız'la beyzademizin müsabakası var."

Adamın yüzündeki gerginlik kaybolmuş, nerdeyse gülümsemiş.

"Hoş geldiniz, biz de sizi bekliyorduk. Buyurun, çadırlarınıza gidelim."

Prensin kafilesi develerden inerek önlerinden yürüyen silahlı adamları izlemeye başlamışlar, pınara yaklaştıkça belli belirsiz bir serinlik hissetmişler, hoş bir koku çalınmış burunlarına ve kulakları cırcır böceklerinin neşeli şarkılarıyla şenlenmiş. Suyun biraz uzağında gölgeler içinde irili ufaklı on iki kıl çadır saymış prens. Onlara eşlik eden adamlar çadırlardan birinin önünde durmuş. Dört bedevinin saygılı davranışlarından prensin müsabakaya katılacak kişi olduğunu anlayan muhafızların lideri, çadırı göstererek şöyle demiş:

"Burası sizin için hazırlandı genç efendi. Yemek, içmek ve her türlü ihtiyacınız için çadırların kapısında bekleyen askerlere emir vermeniz yeterli."

Prens temkinli gözlerle süzmüş adamı.

yok" diye fısıldamış Baş Kaptan'a. "Sahilde beş savunmasız denizkızı var sadece."

Temkinli bir ifade belirmiş Baş Kaptan'ın yüzünde.

"Görünüşe aldanmayın efendim, savunmasızlar mı henüz bilmiyoruz" demiş belindeki iri bıçağın kabzasını eliyle yoklarken. "Ama belli ki artık sizi durduramayacağım. Tamam, gidin, fakat lütfen dikkatli olun. Sakın ola kızın gözlerine bakmayın. Unutmayın, o sıradan bir denizkızı değil, onların prensesi. Yani hepsinden daha güçlü, daha acımasız, daha tehlikeli. Yani çok uyanık olmalısınız. Biz buradan sizi izleyeceğiz. Bir tehlike sezerseniz seslenmeniz yeter."

Baş Kaptan'ın sözleri prensin bir kulağından girip ötekinden çıkmış, bir an önce rüyasında gördüğü o güzel mahluka kavuşmak için doğrulmuş ve sessiz adımlarla yürümeye başlamış. Yürürken de gözlerini denizkızından alamıyormuş. Sirenlerin prensesi sanki olanların farkında değilmiş gibi gözleri kapalı öylece uzanıyormuş siyah kayanın üzerinde. Ama prens ıslak kumlara basar basmaz gözleri aralanmış, usulca dönmüş, endişe dolu bir ifadeyle bakmış. Sirenin baktığını gören prens ne yapacağını bilemediğinden aptalca gülümsemiş. Denizkızı ay ışığının altında ürkekçe dikilen bu insanoğluna baktıkça tedirginliğinden kurtulup rahatlamış ve belli belirsiz gülümsemiş. Kızın gülümsediğini fark eden genç âşık, Baş Kaptan'ın uyarılarını tümüyle unutmuş, gözlerini kızın yüzüne dikerek, "Güzel Prensesim!" diye seslenmiş tutuk bir sesle. "Rüyalarımın büyülü kızı..."

Sirenin dudaklarındaki gülümseme bütün yüzüne yayılmış, iri kara gözleri büyümüş, genç adamı içine almış. Prens öylece kalakalmış olduğu yerde. Genç veliahdın hareketlerinin biraz tuhaflaştığını sezinleyen Baş Kaptan, saklandığı ağacın arkasından telaşla çıkarak bağırmaya başlamış. Ama prens sanki onu duymuyormuş gibi denizkızına doğru ilerlemeyi sürdürmüş. Tecrübeli denizci bir yandan koşuyor bir yandan da bağırıyormuş:

"Prensim yapmayın, sizi sulara çekecek, sizi boğacak. Durun gitmeyin, durun beni bekleyin!"

Ama yanıt genç âşıktan değil sirenlerden gelmiş. Evet, o anda kayaların üzerindeki denizkızları bir şarkıya başlamışlar. Sesleri öyle güzel, söyledikleri şarkı o kadar etkileyiciymiş ki, Baş Kaptan dahil dört denizcinin dördünün de akılları başından gitmiş, elleri ayakları tutulmuş, oldukları yerde öylece kalmışlar. En önemli vazifelerini, prensi korumaları gerektiğini, sirenlerin tehlikeli yaratıklar olduğunu unutmuşlar. Kendilerini şarkının ezgisine bırakarak efsunlanmış halde, tıpkı genç veliahtları gibi kayalardaki sirenlere doğru uysal adımlarla ilerlemişler. Prens ise adeta kendi benliğinden kurtulmuş gibi rüyasında gördüğü kızın iradesinin altında kıyıdan suya girmiş ama bunun bile farkında değilmiş. Sessizce yüzerek kayaya ulaşmış, fakat denizkızı onu denizde karşılamış. Yeryüzünün en güzel gülümsemesini takınarak elini genç adama uzatmış. Prens, bu muhteşem yaratığın elini tutmakta hiçbir sakınca görmemiş, büyük bir istekle sımsıkı kavramış o ince uzun parmakları. Denizkız'ı onu peşinden sürükleyerek hızla suya dalmış, birlikte körfezin derinliklerine doğru yüzmeye başlamışlar. Alacakaranlık suların içinde süzülürken prens ne bir ürperme duymuş ne de bir ürküntü hissetmiş. Soluksuz kalmasına bile aldırmamış. Yüreği mutlulukla dolu bir halde öylece bırakmış kendini denizkızının arzusuna. Baş Kaptan dahil öteki denizcilerin de durumu farklı değilmiş. Sesleriyle büyülendikleri sirenler tarafından denizin karanlıklarına doğru sürükleniyorlarmış. Birkaç dakika daha suyun altında kalsalar hepsinin boğulması işten bile değilmiş. Ama prensi sürükleyen denizkızı birden durmuş ve ilk kez alıcı gözle bakmış aşk için ölümü göze alan bu genç adamın yüzüne. Bu kadar korunmasız, bu kadar saf, bu kadar masum olması kızı şaşırtmış. O güne kadar karşılaştığı hiçbir denizciye benzemiyormuş bu güzel yüzlü delikanlı. Karşılaştığı denizcilerin hepsi açgözlü, hepsi acımasız, hepsi vahşiymiş, suda gördükleri her şeyi paraya çevirmek ister, denizdeki canlıların hiçbirine saygı duymaz, ne bulurlarsa yok ederlermiş. Fakat görüyormuş ki, bu kumral saçlı, mavi gözlü delikanlı onlar gibi değilmiş.

Yanılıyor muyum diye bir kez daha bakmış, sonra bir kez daha... Hayır, yanılmıyormuş, denizkızı olmanın verdiği bilgelikle anlamış ki, bu genç adam gerçekten de farklıymış. İşte o anda âşık olmuş bizim prense. Âşık olunca da denizin derinliklerinden dolunayın ışığına doğru gerisingeri dönmüş, elbette bizim iflah olmaz âşığı da peşinden sürükleyerek. Prenseslerinin yaptığının aynısını öteki denizkızları da yapmışlar. Kısa süre sonra prens de aralarında olmak üzere beş kişilik aşk kafilesi yanlarında birer denizkızı olduğu halde Yalnızlık Körfezi'nin yakamozlanan sularının üzerinde bulmuşlar kendilerini. Derin derin nefes almışlar, solukları normale dönmüş ama ne prens, ne Baş Kaptan ne de üç denizci hâlâ ellerinden sımsıkı tutan denizkızlarından kurtulmayı akıllarından geçirebilmiş. Hatta neden bizi denizin derinliklerinden çıkardınız, neden o muhteşem ânı bozdunuz dercesine biraz kırgın bir ifadeyle bakmışlar. Sadece prensin gözlerinde küçük bir tereddüt belirmiş. Evet, hâlâ büyük bir hayranlıkla bakıyormuş denizkızına ama belli belirsiz bir şüphe soldurmaya başlamış mavi gözlerindeki ışıltıyı. Elbette sirenlerin prensesinin dikkatinden kaçmamış bu küçük değişim. Yeniden kayanın üzerine uzanan kız, "Neden öyle bakıyorsunuz?" diye sormuş tatlı bir sesle. "Sanki aklınız karıştı."

Prens ne diyeceğini bilememiş, gerçeği saklamayı düşünmüş ama sonra kâhinin dürüstlük hakkında söylediklerini hatırlamış.

"Aslında emin olmaya çalışıyorum" diyerek kalbindekileri dile getirmiş. "Rüyamda gördüğüm o kız gerçekten de siz misiniz, onu anlamaya çalışıyorum."

Denizkızı'nın gönlünü endişe bulutları sarsa da kendine hâkim olmuş.

"Beni rüyanızda mı gördünüz?" diye sormuş.

Bunun üzerine prens başından geçenleri ayrıntılarıyla anlatmaya başlamış. Bir yandan da kızın her davranışını, yüzündeki her bir mimiği, her bir çizgiyi incelemeyi sürdürüyormuş. Ama kıza baktıkça içindeki istek azalıyor, kalbindeki ateş sönüyor, tutkusu ağır ağır yok oluyormuş. Denizkızı da bir yandan anlatılan hikâyeyi merakla dinliyor, bir yandan da az önce kendisine aşkla bakan gözlerin ilgisizleştiğini görerek üzülüyormuş. Delikanlının hikâyesi bitince derinden bir iç geçirmiş.

"Peki, deminden beri beni izliyorsunuz, bir karara vardınız mı?" diye sormuş. "Rüyanızdaki kız ben miyim yoksa bir başkası mı?"

Genç âşık ne diyeceğini bilememiş, sadece bakışlarını kaçırmış. Sirenlerin prensesi o anda emin olmuş delikanlının rüyasındaki kızın kendisi olmadığından. Ama kızmamış, karşısındaki genç adam o kadar saf, o kadar temiz, o kadar iyi niyetliymiş ki, "Zaten olmazdı" demiş kederli bir sesle. "Eğer rüyanızdaki kız ben olsaydım bile bu aşk yürümezdi. Ne siz denizin altında yaşayabilirsiniz ne de ben denizin üzerinde uzun süre kalabilirim. Belki de ikimiz için en iyisi budur."

Ama bunları söylerken gözlerinden iki inci tanesinin düşmesine de engel olamamış. Denizkızının olgunluğu karşısında prens iyice utanmış, pişmanlık içinde mırıldanmış:

"Kusura bakmayın, sizi hayal kırıklığına uğrattım."

Denizkızı başını iki yana sallamış.

"Hayır, beni hayal kırıklığına uğratmadınız, şaşırttınız. İyi manada elbette. Evet, insan denen mahlukun hepsinin kötü olmadığını, içlerinde iyilerinin de bulunduğunu gösterdiniz." Daha sonra sessizce gülmüş: "Bunun bana bir yararı olur mu, ondan hiç emin değilim. Muhtemelen yanlış yapmamı sağlar, muhtemelen iyi sandığım bir insanoğluna kapılırım, o da benim sonum olur. Yanlış anlamayın, sizi tanıdığım için pişman değilim. Kısa bir süreliğine de olsa tuhaf duygular yaşattınız bana. Denizkızlarının kraliçesi büyükannem, 'Ömrünün uzun olmasından çok güzel olması önemlidir. Uzun yaşamak için çabala ama daha önemlisi güzel anlar biriktir' derdi. Siz o anlardan en sıra dışı olanını hediye ettiniz bu akşam bana. Bunun için teşekkür borçluyum size." Nemli gözlerle bir süre daha bakmış prense. "Ama artık gitmelisiniz. Lütfen adamlarınızı da alıp, uzaklaşın buradan. Çünkü onlar sizin gibi değil. Eğer yanlış yaparlarsa, öteki sirenlere engel olamam."

"Anlıyorum" demiş prens üzgün bir sesle. "Son bir şey söylemek istiyorum. Eğer o rüyayı görmeseydim, eğer rüyamdaki o kız olmasaydı, her gün sadece bir an sizi görebilecek olsaydım bile yine de yanınızda kalırdım. Fakat..."

Sirenlerin prensesi uzanıp elleriyle prensin dudaklarını kapatmış.

"Susun! Lütfen susun... Sözleriniz..." Daha fazla konuşamamış, adeta kaçarcasına kendini Yalnızlık Körfezi'nin gümüşten sularına atmış. Prenseslerinin suya daldığını fark eden öteki dört siren önce şaşkınlıkla birbirlerine bakmışlar, ardından onlar da denize dalarak kaybolmuşlar. Denizkızlarının arkasından, usulca dalgalanan körfeze bakan prens umutsuzca mırıldanmış:

"Ne yapıyorum ben! Bir rüya için ailemi üzdüm, kendimi tehlikelere attım, az kalsın yanımdaki adamların ölümüne neden olacaktım, şimdi de masum bir genç kızın kalbini kırdım. Ne yapıyorum ben? İnsan bir rüya için bütün hayatını mahveder mi? Ne büyük bir hata! Ülkeyi yönetmesi için umut bağlanmış bir prens nasıl böyle bir sorumsuzluk yapar? Derhal ülkeme dönmeli, ailemden, sevdiklerimden, halkımdan özür dilemeliyim."

Prens bu kararını Baş Kaptan'a söylemek üzereymiş ki, denizin üzerinden onlarca beyaz güvercin havalanmış, sular yine dalgalanmış ama bu kez ay ışığında denizkızı değil, Aşk Tanrıçası'nın yüzü belirmiş.

"Aferin Prensim, af dilemek büyük bir erdemdir" diyen tanrıçanın o tatlı sesi yankılanmış körfezin sessizliğinde. "Aferin, bağışlanmayı istemek büyüklüktür. Peki, o gizemli kentte hâlâ sizi bekleyen o kızdan da af dileyecek misiniz? Evet, başkaları için üzülmek büyük bir erdemdir. Peki, rüyanızdaki kızı alacakaranlık bir kentte sonsuza kadar bıraktığınız için de üzülecek misiniz? Yoksa ülkenizin büyük kralı olarak hüküm sürerken o rüyayı, o genç kızı ve hissettiğiniz o benzersiz heyecanı sonsuza kadar unutacak mısınız?"

Prens okkalı bir tokat yemiş gibi sarsılmış, aklı karışmış, öylece kalakalmış oturduğu kayanın üzerinde.

"Az önce Denizkızlarının Prensesi sizi övgülere boğdu" diye sürdürmüş sözlerini âşıkların koruyucusu. "Çünkü kalbinin çağrısına uyan genç bir adam gördü karşısında. Bir rüya bile olsa güzellik için hayatını tehlikeye atmaktan çekinmeyen cesur bir âşık gördü. Kaba hakikatle yaşamak yerine hayallerinin peşinden giden fedakâr bir serüvenci gördü. O yüzden size âşık oldu. Evet, öylece bir anda. Tıpkı sizin rüyanızdaki kıza âşık olmanız gibi. Ama şimdi vazgeçiyorsunuz. Vazgeçerek, öteki insanlar gibi kolaycılığı ve rahatı seçiyorsunuz. Evet, belki çok akıllıca ama insanca değil. Çünkü siz insanlar sadece akıldan oluşmazsınız, duygularınız da vardır, anlamsız heyecanlarınız, delice tutkularınız. Üstelik onları doyurmazsanız, akılla kazandığınız her ne varsa, size mutsuzluk getirir. Tıpkı gelecekte oturacağınız taht gibi, başınıza takacağınız taç gibi, elinize alacağınız krallık asası gibi. Ama seçiminiz buysa kim kınayabilir ki sizi? Hatta tanrıların arasında bile destekleyenler çıkacaktır bu kararınızı."

Daha fazla dayanamamış prens:

"Hayır, hayır, lütfen bağışlayın beni yüce tanrıçam. Bir an yanıldım. Bir an ne istediğimden emin olamadım. O güzel sireni rüyamda gördüğüm kız sanıyordum, olmadığını anlayınca yıkıldım. Ama içimdeki ateş sönmedi, tutkum asla geçmedi, heyecanım hiç azalmadı. O kızı bulacağım. Onu bulamazsam, ne tahtın, ne tacın, ne krallık asasının manası var. Anlamlı bir hayat ancak o kızı bulmamla mümkün olacak. Ne pahasına olursa olsun mutlaka o kızı bulacağım."

Tanrıça inanmayan gözlerle bakmış.

"Emin misiniz? Yeni bir başarısızlıkta, yeni bir bozgunda, yeni bir yenilgide yine pişman olmayasınız, yine aşka, tutkuya, o tatlı heyecana lanet okumayasınız?"

Prens kararlılıkla bağırmış.

"Kesinlikle eminim, ne olursa olsun o kızı aramaktan vazgeçmeyeceğim, asla yılmayacağım, asla durmayacağım, onu bulana kadar saraya dönmeyeceğim."

"Kimi bulana kadar durmayacaksınız Prensim?" diyen Baş Kaptan'ın sesi bölmüş kafası karışık genç âşığın konuşmasını. "Kiminle konuşuyorsunuz? Denizkızları çoktan suya dalıp gittiler."

"Ah" diyen prens, bir an usta denizciye dönmüş, sonra yeniden sulara dikmiş gözlerini ama tanrıça ortalıkta yokmuş. "Hiç, Baş Kaptan" demiş gülümseyerek. "Kimseyle, kendi kendime konuşuyordum. Siren konusunda yanılmışım, aradığım kız o değilmiş. Başka diyarlara gitmem gerekecek ama siz gelmek zorunda değilsiniz..."

Sanki günlerdir yollarda çile çeken, ölümlerden dönen o değilmiş gibi sertçe söylenmiş Baş Kaptan:

"Ne demek zorunda değiliz, anca beraber kanca beraber. Siz nereye giderseniz biz de oraya. Rüyanızdaki kızı bulmadan eve dönmek yasak bize."

Bütün kederinden sıyrılmış genç adam.

"O zaman yeni bir tekne lazım bize, çünkü rüyamdaki kızı bulmak için gerekirse Su Ülkesi'nin bütün kıyılarını dolaşmamız gerekecek."

Anında toparlanmış Baş Kaptan.

"Siz emredin yeter veliahdım, parçalanan yelkenlimizden çok daha sağlamını yaparız, çok daha hızlısını." Sonra, denizkızlarını ellerinden kaçırdıkları için hâlâ üzülen adamlarına dönmüş. "Hey miskinler, bu kadar eğlence yeter! Hadi bakalım, iş başına!"

10
Asalet Şatosu'nun güzel sahibesi

Rüzgâr Ülkesi'nin Prensi ve dört muhafız masmavi bir gökyüzünün altında, uzun boylu, güzel gözlü, yeleleri büklüm büklüm boyunlarına dökülen esmer atların üzerinde tam iki gündür seyahat ediyorlarmış. İlk gün, tarçın rengi geniş bir ovadan geçerek Eğri Orman'a ulaşmışlar. Ormana "Eğri" denmesinin nedeni, kuzey rüzgârlarının ağaçları bir arşın kadar güneye yatırmasıymış. Baş Muhafız atını prense yaklaştırıp "Güneş batmak üzere efendim" demiş saygıyla. "İzniniz olursa bu gece Eğri Orman'da konaklayalım."

Genç veliaht ağaçların üzerinden batmakta olan güneşe bakınca hak vermiş ve şöyle demiş:

"Olur, atlar da yoruldu zaten. Yarın devam ederiz yola."

Daha ilk gördüğü anda prensin kanı ısınmış bu orta boylu, sağlam yapılı, esmer adama. Kral babası kılı kırk yararak onlarca muhafızın arasından seçmiş onu. Çok iyi bir dövüşçü olmasının yanı sıra cesur, zeki ve becerikli bir askermiş. Fakat bunları yeterli bulmayan Rüzgâr Ülkesi'nin Kralı, onu yanına çağırmış ve şöyle demiş:

"Söyle bakalım Baş Muhafız, Bu ülkeyi seviyor musun?"

Baş Muhafız soruyu tuhaf bulmuş ama yanıtlamaktan da geri durmamış.

"Elbette hünkârım, ülkemi çok severim. Gerekirse onun için can verir, can alırım."

Kral usulca başını sallamış.

"Ben de öyle Baş Muhafız" demiş abartısız bir tavırla. "Ben de bu ülkeyi çok seviyorum. Can vermek onuruna henüz erişmedim ama belki duymuşsundur, bu ülke için çok can aldım. Fakat oğlum da ülkem kadar kıymetli. Onun için de hiç düşünmeden canımı verir, can alırım. Aslına bakarsan ikisini birbirinden ayırmam. Ülkem demek prensim demektir, prensim demek ülkem." Kral gözlerini cesur adamının yüzüne dikmiş. "Bu zor yolculukta sana oğlumu değil ülkemi teslim ediyorum. Ülke insanın namusudur, yaşama sebebidir, varlığının ta kendisidir. Onları sana emanet ediyorum. Eğer Prensim üzülürse, ülkem zarar görmüş gibi öfkelenirim, eğer prensim yaralanırsa ülkemin bir parçası işgal edilmişçesine deliririm; eğer prensim öldürülürse, ülkem yok olmuş sayar, bütün yeryüzünü yakarım. Ama önce seni ve bütün sevdiklerini yakarım. Çünkü oğlum olmazsa bu ülke olmaz, bu ülke olmazsa yaşamam için bir neden kalmaz. O yüzden bu yolculukta sadece elinden geleni değil, her şeyi yapmalısın. Sen ve üç adamın için bütün yasakları kaldırıyorum. Sizlere sonsuz yetki ve sınırsız güç veriyorum. Prensi korumak için her şeyi yapma hakkına sahipsiniz. Eğer oğlumu sağ salim bana geri getirir, üstelik oğlumun rüyasında gördüğü kızı da bulursanız, sizin rüyalarınız da gerçek olur. Kudret ya da servet, makam ya da mevkii, ne isterseniz hepsini elde edersiniz. Ben bu kadar söylüyorum, artık gerisini sen anla."

Baş Muhafız ardı ardına yutkunmuş, sonra sağ elini kalbine koyarak şöyle demiş:

"Ne kudret, ne servet, ne makam ne de mevkii, beni mutlu edecek tek şey, siz kudretli kralımın emrinde olmak, ülkemizin geleceği olan prensimize hizmet etmek, gerekirse bu uğurda ölmek. Hiç merak buyurmayın yüce kralım, biricik prensimizi ne pahasına olursa olsun koruyacağım, aradığı müstakbel prensesi bulup size getireceğim. Gözünüz arkada kalmasın, veliahdımız tıpkı sizin yanınızdaymış gibi güvende olacak."

Saraydan ayrıldıkları andan itibaren de verdiği sözlere uygun davranmış Baş Muhafız. İki gündür genç veliahdı bir an olsun gözünün önünden ayırmamış. Üstelik bunu genç adamın üzerinde baskı kurmadan yapmayı başarmış. Onun onayını almadan tek bir adım bile atmamış. Olanın bitenin farkında olan prens daha çok bağlanmış bu güçlü ama sessiz adama.

Böylece kısa sürede kaynaşan kafile, karar verildiği gibi o gece Eğri Orman'ın kıyısında konaklamış. Işıltılı suları döne döne akan bir nehirden avladıkları alabalıklarla karınlarını doyurup ağaçların dallarında gezinen tatlı meltemin ninnilerini dinleyerek uyumuşlar. Ertesi sabah sarıdan kızıla dönen yapraklarıyla muhteşem bir renk cümbüşü yaratan gümrah ağaçlarla kaplı Eğri Orman'a dalmışlar. Gün boyu süren bu zevkli yolculuk ormanın derinliklerinde, rüzgârlardan korunmak için ahşap surlarla çevirili bir köyün şirin mi şirin hanında sona ermiş. Atlarını ahıra bırakıp hanın geniş tahta kapısından içeri girdiklerinde kimse onları tanımamış. Çünkü hepsinin üzerinde sıradan kıyafetler varmış. Onlara kılık değiştirmelerini öneren kâhinmiş. Yola çıkmalarından önce, prense şöyle demiş: "Kıymetli veliahdım, Asalet Şatosu'nun sahibesi tanıdığınız kızlara benzemez. Onun malda mülkte gözü yoktur. Sadece güzelliğe ve zarafete kıymet verir. Üstelik şanla şöhretle, güçle parayla gelen yalancı asalete değil, erdemle kazanılmış asalete. Eğer kendinizi bu ülkenin prensi olarak tanıtırsanız, sizden hoşlanmaz. Çünkü Asalet Şatosu'nun sahibesi sizi makamını, iktidarını kullanan bir güç budalası zanneder. Onun karşısına sıradan bir genç olarak çıkmalısınız. Yakışıklılığınız, zekânız, terbiye ve cesaretinizle onu etkilemelisiniz. Rakiplerinizle eşit şartlarda yarışmalısınız."

Kâhin'in uyarısını dinleyen Rüzgâr Ülkesi'nin Prensi ve dört muhafız bu yüzden tebdili kıyafet çıkmışlar yola. Köyün hanından içeri girince de göz önünde olmamak için kuytudaki bir masaya geçmişler. Ama daha yemekleri masaya yeni konmuşken bir patırtıdır kopmuş. İki delikanlının yaka paça birbirine girdiğini görmüşler. Baş Muhafız, "Müdahale edelim mi Prensim?" diye sormuş. Prens fırından yeni çıkmış, mis gibi kokan ekmeği bölmekle meşgulmüş, kavga eden gençlere şöyle bir baktıktan sonra başını sallamış: "Karışmayalım, bizim meselemiz değil, zaten yatışır birazdan." Fakat kavga yatışacağına iyice alevlenmiş, öyle ki, delikanlılardan kızıl saçlı olanı belindeki kılıcı çektiği gibi sarışın olanın yüzüne doğru savurmuş. Bereket, sarışın delikanlı atak davranıp yana sıçrayarak bu ölümcül darbeden kurtulmuş. Ama cinleri tepesine çıkmış tabii, o da kılıcını çektiği gibi saldırmış rakibine. Yumrukların, tekmelerin yerini kesici silahların aldığını gören prens, Baş Muhafız'a dönmüş.

"Bu böyle olmayacak! Birbirlerini öldürmeden durdur şu aptalları!"

Baş Muhafız usulca kalkmış masadan, sakince iki delikanlının arasına girmiş. Kavgacıların bir anlık gafletinden yararlanıp şimşek hızıyla ikisinin de kılıçlarını almış ellerinden. Handaki herkes hayretler içinde onu izlerken, elindeki kılıçları bir kenara fırlatmış. Şaşkınlıklarını atlatan kavgacı delikanlıların yüzleri kıpkırmızı olmuş, utançları bir anda öfkeye dönüşmüş, ikisi birden atlamışlar kılıçlarını ellerinden alan adamın üzerine. Ama deneyimli dövüşçü zarif bir hareketle yine aralarından sıyrılıp enselerinden yakaladığı gibi gençlerin kafalarını sertçe birbirine tokuşturmuş. Zavallı çocuklar oldukları yere yığılıp kalmışlar. Ayılınca prens onları kendi masasına davet etmiş. Masada oturan dört adamın da az önce kavga ettikleri savaşçı gibi çetin ceviz olduğunu düşünen iki genç sessizce kabul etmişler bu daveti. Meşeden yapılma uzun masanın iki ucuna karşılıklı olarak yerleşmişler. Prens dostlukla gülümsemiş.

"Olanlar için üzgünüz arkadaşlar" demiş samimi bir sesle. "Ama araya girmeseydik, birbirinizi öldürecektiniz. Derdiniz ne? Nedir alıp vermediğiniz böyle?"

İki kavgacı nefretle birbirlerine bakmışlar ama hiçbir şey söylememişler.

"Mal mülk meselesi mi?" diye yoklamış prens. "Paylaşamadığınız bir şey mi var?"

Kızıl saçlı olanı hakarete uğramış gibi homurdanmış.

"Para için dövüşmem ben. Babam Eğri Orman'ın en zengin kerestecisidir."

"Peki niye kavga ettiniz o zaman?" diye üstelemiş prens. "Aşk mı, gönül meselesi mi?"

Sarışın delikanlı dayanamayıp açıklamış:

"Evet, bu aptal benim sevgilimi ayartabileceğini zannediyor."

Kızıl saçlı olanı durur mu, "Senin değil, benim sevgilim" demiş prense dönerek: "Bu haddini bilmez, benim sevgilimin kendisini seçeceğini zannediyor."

Sevgili ve seçmek laflarını duyan prens şüphelenmiş.

"Anlamadım, kız kimin sevgilisi, senin mi yoksa onun mu?"

"Ne onun ne de bunun."

Soruyu yanıtlayan iki delikanlıdan biri değil, kocaman bir tepside buğusu tüten çorba kâselerini getiren hancı kadınmış.

"Evet, Beyzadem, kız kimsenin sevgilisi değil" diye üstüne basa basa açıklamış. "Bunlar kendi kendilerine gelin güvey oluyorlar." Çorba kâselerini masaya yerleştirirken sürdürmüş konuşmasını. "Bizim köyden ayrılınca iki yanı granit kayalarla kaplı uzun bir vadi başlar. Bu vadinin sonunda, muhteşem bir şato yer alır. Asalet Şatosu. Bu şatonun güzel mi güzel bir sahibesi var. Anne ve babasını yıllar önce kaybeden bu genç kız hâlâ bekâr. Son iki yıldır, her sonbahar ekinoksunda kendisiyle evlenmek isteyenleri Asalet Şatosu'na davet eder. Büyük bir balo verir. Baloya gelenlerin arasından birini eş olarak seçmek ister. Ancak iki yıldır gelen taliplerin hepsinin hevesi kursağında kaldı, Şato'dan elleri boş döndü zavallılar. Asalet Şatosu'nun zarif sahibesi kendine eş olacak değerde birini bulamadı. Ama aramaktan vazgeçmedi. Yarın yine sonbahar ekinoksu. Yarın yine balo var, Asalet Şatosu'nun sahibesi, gelen davetliler arasından damat adayını seçecek. Tabii uygun birini bulursa..."

Deminden beri sessizce oturan kızıl saçlı delikanlı atılmış hemen.

"Bu defa bulacak, beni seçecek..."

Sarışın olanı itiraz etmiş.

"Hayır, beni seçecek. Ben iki yıldır gidiyorum Şato'ya. Geçen yıl Şato'nun kâhyası 'Bu defa değil ama gelecek sene en kuvvetli aday sen olursun" demişti. O kâhya her şeyi bilir. Eminim bu defa beni seçecek."

Hancı kadın, alaycı bir tavırla bakmış gençlere.

"Kusura bakmayın ama bence ikiniz de avcunuzu yalayacaksınız. Şato'nun sahibesi sizi asla seçmez."

Merakla sormuş prens:

"Nerden biliyorsunuz onları seçmeyeceğini?"

Hancı kadının gri gözlerinde gizemli bir ifade belirmiş.

"Değerli asilzadem, bence o kız evlenmek istemiyor. İsteseydi şimdiye çoktan bir eş bulurdu kendine. Ne savaşçılar, ne şövalyeler, ne soylu gençler çıktı huzuruna. Birbirinden alımlı, birbirinden yakışıklı, bakmaya kıyamayacağınız erkek güzeli yiğitler. Ama Şato'nun sahibesi hepsine burun kıvırdı. Bak bir kadın olarak söylüyorum, bence o kızın evlenmeye niyeti yok."

Prensin merakı şaşkınlığa dönüşmeye başlamış.

"O zaman, her yıl niye topluyor bu insanları şatosuna?"

Nasırlı ellerini iki yana açmış kadın.

"O kadarını bilmiyorum soylu efendim ama bu iki aptal âşığın Asalet Şatosu'ndan bu kez de tek başlarına döneceklerinden eminim." Sonra dikkatle süzmüş prensi. "Yoksa siz de mi Asalet Şatosu'na gidiyorsunuz? Yoksa o zor beğenen kıza siz de mi talipsiniz?" Delikanlı sessiz kalınca, hancı kadının gözlerini kuşku bürümüş. "Sahi, siz kimsiniz, kimlerdensiniz, ne işi yapıyorsunuz?"

Hiç bozuntuya vermemiş genç veliaht.

"Tanımazsınız. Biz ülkenin güneyindeki Güzel Atlar Diyarı'nda yaşıyoruz. Haralarımız var, saraya, soylulara at yetiştiririz."

Manidar bir sesle mırıldanmış tecrübeli kadın.

"Hımm demek öyle. Asalet Şatosu'nun sahibesi de bayılır atlara. Gerçi kedileri daha çok sever ama... Ona göre yeryüzünün en güzel mahlukları kediler ve atlardır. Evet, insanlardan daha çok kıymet verir bu hayvanlara. O yüzden, eğer siz de talipseniz belki bir şansınız olabilir." Prensten yine ses çıkmayınca, bakışlarını süklüm püklüm oturan iki gence çevirmiş. "Ama bunlar ümitsiz vaka."

İki âşık delikanlı homurdanacak olmuş fakat artık kimse onları umursamıyormuş. Bizim prensin ise kafası iyice karışmış. Hancı kadının söyledikleri doğru olabilir mi diye düşünüyormuş. "Rüyamda gördüğüm kızın evlenmekten başka bir amacı bulunabilir mi?" Aklına gelen bir ihtimalle genç yüreği sevinçle dolmuş. "Belki o da aynı rüyayı görmüştür. Ben nasıl ki rüyamda gördüğüm kızı bulmak için yollara düştüysem, o da rüyasında gördüğü genci bulmak için bu baloları düzenliyordur." Bu iyimser düşünce ne yazık ki çok sürmemiş. Asalet Şatosu'ndaki baloların son iki yıldır yapıldığını hatırlamış. Oysa prens rüyayı bu yıl görmüş. Morali bozulmaya başlayınca düşünmeyi bırakarak önündeki çorbayı kaşıklamaya koyulmuş. "Güçlü olmalıyım" diye geçirmiş içinden. "Asalet Şatosu'nun sahibesinin karşısına yorgun bir bedenle, soluk bir yüzle çıkamam." Karnı biraz doyunca umutlu düşünceler yeniden uyanmaya başlamış zihninde. "Kim bilir, belki de o güzel kız gerçekten de beni bekliyordur. Belki benden çok önce görmüştür aynı rüyayı. Belki her yıl aynı gece aynı rüyayı görmeye devam ediyordur. Evet, neden olmasın? Ben onu rüyamda gördüğüme göre, o beni niye görmesin? İki yıldır tüm taliplerini reddetmesinin bir nedeni olmalı. Belli ki bir beklediği var. O kişi neden ben olmayayım?" Yemeğini bitirip hanın ikinci katındaki odasına çıkıp ot yatağının üzerinde uykuya dalıncaya kadar böyle düşünmüş. Ruhunu saran iyimserlik sonunda bedenine de yayılmış, böylece huzur içinde uykuya dalmış.

Ertesi sabah, başta prens olmak üzere beş kişilik kafile yeni günü müjdeleyen horozların akordu bozuk sesleriyle uyanmışlar. Aceleyle karınlarını doyurup hancı kadının hazırladığı yollukları heybelerine koyduktan sonra uzun bacaklı, güzel gözlü atlarına atlayarak Asalet Şatosu'nun yolunu tutmuşlar. Hancı kadının söylediği gibi köyden biraz uzaklaşınca Eğri Orman sona ermiş, iki yanı rüzgârın aşındırdığı sert kayalıklarla kaplı bir vadi başlamış. Sarayın seçme atları vadinin çamur kırmızısı toprağında o kadar hızlı yol almışlar ki, daha güneş hükmünü yitirmeden ikindi serinliğinde varmışlar Asalet Şatosu'na. Yolun hemen sağ yakasında kayalıklar parçalanarak yapılmış o görkemli malikâneye vardıklarında devasa demir kapının yanına kurulmuş, kırmızı renkte kocaman bir çadır görmüşler. Çadır önünde sabırsızlıkla bekleşen onlarca genç insan varmış. Sırası gelenler büyük bir hevesle çadıra giriyor, sonra bazıları büyük bir hayal kırıklığı içinde girdiği kapıdan çıkıyor, bazıları ise neşeyle öteki kapıdan Şato'ya götürülüyormuş. Bir süre olan biteni izleyen prens adamlarına şöyle demiş:

"Sanırım bu kırmızı çadırda bir seçim yapıyorlar. Şato'ya kimin gireceğine, kimin giremeyeceğine karar veriyorlar. Siz burada, atların yanında bekleyin. Ben şu çadıra bir bakayım..."

Baş Muhafız itiraz edecek olmuş, prens derhal susturmuş onu.

"İtiraz istemem, beni merak etmeyin. Kendimi korumasını bilirim. Asla kimliğimizi açıklamayacağız, asla ayrıcalık istemeyeceğiz. Kurallar neyse biz de uyacağız."

Emir demiri keser derler, ne yapsın muhafızlar, söylenene itaat etmişler. Prens atından inip kırmızı çadıra yönelmiş. Kendisi gibi yakışıklı, iyi giyimli, mağrur damat adaylarıyla bir süre bekledikten sonra tepeden tırnağa silahlı iki asker onu içeri almış. Çadırın bu kadar aydınlık, bu kadar geniş, bu kadar iyi döşenmiş olmasına şaşırmış prens. Sanki kendi saraylarındaki o görkemli kabul odalarından birindeymiş. İki asker, onu, tepeden tırnağa beyazlar giymiş kedi maskeli bir kıza teslim etmişler. Ne bir kolye, ne bir bilezik ne de yüzük; hiç takı yokmuş kızın üzerinde ama maskenin ardındaki açık renk gözleri kıymetli iki mücevher gibi ışıl ışıl parıldıyormuş yüzünde.

"Hoş geldiniz" dedikten sonra sağ elinin uzun tırnaklı parmaklarıyla çadırın sol yanını göstermiş. "Buyurun, şöyle geçelim."

Kızın gösterdiği yerde bordo örtülü bir masada üç kız oturuyormuş. Üçünün de yüzleri beyaz giysili kız gibi kedi maskelerinin ardında saklıymış. Hepsinin üzerinde yine beyazlı kızınki gibi yekpare giysiler varmış ama elbiselerinin renkleri farklıymış. Masanın sağ ucunda oturan hafif topluca olanı tekir bir kedi gibi yeşilli, beyazlı, kahverengi benekler içindeymiş; ortadaki kısa boylu ise kara bir kedi gibi simsiyah bir kostüm geçirmiş incecik vücuduna; içlerinde en uzun boylu olan kız ise bir siyam kedisi gibi yer yer beyazlanan koyu kahverengi bir elbise giymiş.

"Bunların hepsi niye kedi kılığında?" diye bir meraktır almış bizim prensi, sonra daha heyecan verici bir soru gelmiş aklına. "Yoksa Şato'nun sahibesi bunlardan biri mi?"

Masaya yaklaştıklarında, onu karşılayan beyaz giysili kız yanından ayrılarak tekir kostümlü olanın yanındaki boş iskemleye oturmuş. Kısa bir sessizlikten sonra siyam giysili kız konuşmuş prensle:

"Hoş geldiniz Beyzadem, umarım yolculuğunuz iyi geçmiştir."

Kızın insanın içine dokunan, duygulu bir sesi varmış. Prens, "Yoksa rüyamdaki kız bu mu?" diye düşünmekten kendini alamamış.

"Sağ olun" demiş gülümseyerek. "Yolculuğum çok iyi geçti."

Genç adam konuşurken masadaki dört kız maskelerinin arkasından ilgiyle onu izliyormuş.

"Sakıncası yoksa söyler misiniz?" Soru tekir kostümlü kızdan gelmiş. "Neden Şato'nun sahibesine talip oldunuz?"

Prens olanca içtenliğiyle açıklamaya çalışmış.

"Çünkü güzel sahibenizi rüyamda gördüm."

Masadakiler hiç şaşırmamışlar, hatta beyazlı kız "Rüyalarla ilgilenmiyoruz" diyerek başka bir soruya geçmiş. "Şato'nun sahibesini gerçek hayatta gördünüz mü? Onunla karşılaştınız mı?"

Prens dürüstlükten ayrılmaması gerektiğini bildiği halde seçilmek için yalan söylemiş.

"Evet, yıllar önce bir bayram töreninde görmüştüm onu."

Dört kız da birbirine bakmış. Prens eyvah galiba yanlış bir laf ettim diye düşünüyormuş ki, siyah kostümlü olanı araya girmiş.

"Anlaşıldı, beyzadeyi daha fazla yormayalım, üstelik sırada bekleyen talipler var." Sonra dönüp masadaki kızlara bakmış. "Ne dersiniz?" Üç arkadaşı da başını sallayınca, ela gözlerini prense dikmiş. "Kutlarım Asilzadem, akşamki baloya katılmaya hak kazandınız. Fakat yalnızca siz davetlisiniz. Maiyetinizdekiler dışarıda beklemek zorundalar."

Sevinçten deliye dönen prens elbette hiç itiraz etmemiş.

"Teşekkür ederim, beni çok mutlu ettiniz. Umarım, Asalet Şatosu'nun sahibesinin aradığı eş ben olurum."

Kızların gözlerinden tuhaf bir ifade geçmiş ve siyah kostümlü olan adeta resmi bir sesle açıklamış:

"Askerler sizi Şato'ya götürecekler. Ama önce terzimiz ölçülerinizi alacak. Akşamki balo için şık giyinmenizi istiyoruz. Sahibemizin çirkin giysilere tahammülü yoktur. Şato'da size bir oda verilecek, orada temizlenir ve dinlenirsiniz. Hizmetçiler akşamki balo için hazırlanan elbiselerinizi getirecek, onları giydikten sonra sizi balonun yapılacağı salona götürecekler."

Terziler ölçüleri aldıktan sonra prens iki askerin arasında çıkmış kırmızı çadırdan. Veliahtlarını iki silahlı adamın arasında gören dört muhafız ellerini kılıçlarına atmışlar, prens onları derhal sakinleştirmiş.

"Endişelenecek bir durum yok. Şato'ya girmeye hak kazandım ama sizin burada beklemeniz gerekiyor."

Muhafızlar itiraz edecek olmuş, prens sağ elini kaldırarak "İtiraz istemiyorum" diye kestirip atmış. "Ne diyorsam onu yapın."

Çaresiz kabul etmişler. Baş Muhafız usulca prensin yanına sokulmuş ve şöyle demiş:

"Emredersiniz, sizi bekleyeceğiz ama ya içeriden çıkmazsanız? Ya başınıza bir iş gelirse?"

Prens anlayışla bakmış iyi niyetli koruyucusuna:

"Yarın öğle vaktine kadar bekleyin. Eğer o zamana kadar şatodan çıkmazsam, bildiğiniz gibi hareket edin."

Saygıyla başını öne eğmiş Baş Muhafız.

"Anlaşıldı Efendim, iyilik ve kudret tanrısı sizinle olsun."

Prens sadık adamlarını selamladıktan sonra iki askerin arasında kararlı adımlarla şatoya yönelmiş. İki kanatlı demir kapıdan geçirerek şatonun üçüncü katına çıkarmışlar onu. Vadiye bakan genişçe bir oda vermişler. Odada yalnız kalan prens yıkanmış, temizlenmiş. Akşam dinç görünmek için biraz kestirmek istemiş ama o kadar heyecanlıymış ki gözüne uykunun kırıntısı düşmemiş. Güneş ışıkları uzaklarda sönerken nihayet kapı çalınmış; bir delikanlıyla bir genç kız akşam giyeceği elbiseyi getirmişler. Prens yeni elbisesini giydikten sonra aynaya bakmış, gördüğü manzara hoşuna gitmiş, kendinden emin gülümsemiş. Genç kalbi iyimserlikle dolmuş, evet hissediyormuş, bu akşam kesinlikle rüyasındaki kızla karşılaşacak, onu alıp sarayına götürecekmiş. Hazır olduktan sonra kapıda bekleyen iki genç onu alıp alt kattaki balo salonuna indirmişler.

Balo salonu kristal avizelerden yayılan bal rengi bir ışıkla aydınlanıyormuş, yerler el dokuması ipek halılarla kaplıymış, yüksek duvarlarda birbirinden güzel tablolar yer alıyormuş. Karşıdaki duvarın önünde, prensin sarayındakiyle yarışacak görkemde bir taht varmış ama henüz kimse oturmuyormuş. Sağ taraftaki odada bej rengi tül bir perdenin arkasında üç müzisyen, flüt, arp ve davuldan oluşan enstrümanlarıyla huzur verici melodiler çalıyorlarmış. Kadın ve erkek hizmetçilerin dışında kendisi gibi gayet şık giyinmiş on iki kişi saymış prens. "Demek ki benimle birlikte on üç damat adayı var" diye düşünmüş. Ve ilgiyle rakiplerini incelemeye başlamış. On biri kendisi gibi gençmiş, deneyimsiz gözlerle bakıyorlarmış dünyaya, henüz hayatın tokadını yemedikleri için yalancı bir gururla perdelenmiş tatlı bir masumiyet okunuyormuş yüzlerinde. Aralarında sadece biri farklıymış. Saçları yer yer beyazlaşmış, keskin bakışlı, sağ kaşının bittiği yerde derin yara izi olan bir adam. Hepsinden daha büyük gösteriyormuş ama o da ancak otuzlarında varmış. İtiraf etmek gerekirse aralarında en yakışıklı olan da bu adammış; kendine güveni, dimdik duruşu, nerdeyse küstahlığa varan tavırları öteki adayların sinirini bozuyormuş. Bizim genç veliaht da adama bakarken umutsuzluğa kapılmış. Öteki rakiplerinin hepsiyle başa çıkarmış, fakat bu kırçıl saçlı, atmaca bakışlı adamda tuhaf bir cazibe varmış. "Ya Şato'nun sahibesi onu seçerse" diye kaygılanmaktan kendini alamıyormuş. Yine de umudunu yitirmemiş. "Şato'nun sahibesini rüyamda gördüğüme göre bunun bir anlamı olmalı" diyerek kendini teskin etmeye başlamış. "Hayır, gönlümü karartmam için bir neden yok, düşündüğüm gibi olacak, rüyalarımdaki kız beni seçecek!" Aklından bunlar geçerken kırçıl saçlı adamla göz göze gelmişler. Prens selam verecek olmuş, adam küçümser bir tavırla sertçe başını çevirmiş. Bu tür kabalıklara alışkın olmayan prensin canı çok sıkılmış, bu kendini beğenmiş züppeye haddini bildirmek istemiş ama sonra vazgeçmiş. Önemli olan Şato'nun sahibesinin kalbini kazanmakmış, bu kibir abidesiyle dalaşmak değil.

O anda müzik kesilmiş, kalabalıktan bir fısıltı yükselmiş. Herkes kapıya dönmüş, prens de bakışlarını aynı yöne çevirmiş. Kedi kostümlü dört kızı görmüş önce. Sanki dört kız değil de bir beyaz, bir siyah, bir tekir ve bir siyam cinsi dört kedi süzülüyormuş salonun kapısından içeri. Bir kez daha "Şato'nun sahibesi bunlardan biri mi?" diye düşünmekten kendini alamamış. Hatta hangisi acaba diye incelemeye çalışırken, hemen arkalarından gelen kedi kostümlü başka bir kızı daha fark etmiş. İriyarı bir kâhyanın yanında yürüyormuş. Kızların hepsinden daha zarifmiş, daha asil, daha vakur, evet, yüzünü görmese bile kızın cazibesini hissedebiliyormuş. Hafifçe kızıla çalan sarı buğday rengi bir giysi varmış üzerinde, cins bir sarman kedininki gibi iri yeşil gözleri, yüzündeki maskeye rağmen rahatça seçilebiliyormuş. Salona girince kâhya geride kalmış, sarman kostümlü kız öne çıkmış. Öteki dört kız yana açılarak onu ortalarına almışlar. Bunları gören prensin artık hiç kuşkusu kalmamış, Asalet Şatosu'nun sahibesi işte bu kızmış. Kalbi heyecanla çarpmaya başlamış, gözlerini merakla sarman kostümlü kıza dikmiş. Şimdi aklını kurcalayan tek bir soru kalmış: Rüyasında gördüğü kız gerçekten de bu Şato'nun sahibesi miymiş? Anlamak için büyük bir dikkatle incelemeyi sürdürmüş. Ancak, kızın yüzünde şu maske varken karar vermek çok zormuş. Evet, boyu bosu, yürüyüşü, davranışlarındaki asalet, rüyasındaki kızı andırıyormuş ama yüzünü görmediği için bir türlü emin olamıyormuş.

Sarman kostümlü kız sanki salonda ondan başka kimse yokmuş gibi başı dik, gözleri ilerde tahtına doğru yürümüş. Beş basamakla çıkılan genişçe bir mermer kaidenin üzerinde duran birbirinden kıymetli taşlarla süslü tahtına ulaşınca da hemen oturmamış, taliplerine dönerek belli belirsiz gülümsemiş, sonra başını hafifçe eğerek hepsini selamlamış. Tahtına oturunca da öteki kızlar iki yanına sıralanmışlar. Az önce yanında yürüdüğü kâhya birkaç adım öne çıkmış ve davetlilere seslenmiş.

"Yeniden hoş geldiniz. Sizi aramızda gördüğümüz için büyük bir mutluluk duyuyoruz. Şimdi, asil sahibemiz sizleri yakından tanımak istiyor. Lütfen, buraya gelip kendinizi tanıtır mısınız?"

Bunu duyan talipler anında sıraya girerek tahtta oturan sarman kostümlü kıza yönelmişler. İçlerinde en sakin olanı bizim prensmiş, bir de o kırçıl saçlı, atmaca bakışlı, kaşı yaralı adam. On üç talip arasında en geride onlar kalmışlar. Rüzgâr Ülkesi'nin her yanından gelen hevesli gençler teker teker Şato'nun sahibesinin huzuruna varıp kendilerini tanıtmaya başlamışlar. Sarman kostümlü sahibe, iri yeşil gözlerini onlara dikip ilgiyle taliplerini dinliyormuş. Prens de taliplerine nasıl tepki vereceğini merak ettiğinden büyük bir dikkatle kızı izliyormuş. Ama yine o kedi maskesi engel oluyor, genç veliaht kızın neler hissettiğini anlayamıyormuş. Ancak bir şey dikkatini çekmiş, her aday kendini tanıttıktan sonra, kâhya usulca Şato'nun sahibesinin yanına geliyor, ikisi de fısıltıyla bir şeyler konuşuyorlarmış. On bir aday böylece kendilerini tanıttıktan sonra sıra kırçıl saçlı beyzade ile bizim prense gelmiş. Bizimki kibarlık etmiş:

"Buyurun, siz geçin" demiş.

Kırçıl saçlı adam yine küçümseyen bir bakış fırlatmış.

"Yok, sen geç, nasıl olsa kız beni seçecek. Çabucak aradan çıkmış olursun."

Prens yine aldırmamış, sakince Şato'nun sahibesinin karşısına çıkmış. Nazik bir tavırla eğilmiş ve içten bir sesle kendini tanıtmış. Konuşurken bir yandan da Şato'nun sahibesinin iri yeşil gözlerinde rüyasında gördüğü kızı arıyormuş ama ne yazık ki hiçbir sonuca varamıyormuş. Söyleyecekleri sona erince, kız ilk kez konuşmuş. Duru bir sesi varmış ama sanki biraz kederli gibiymiş.

"Nedimelerime beni rüyanızda gördüğünüzü söylemişsiniz? Nasıl bir rüyaydı, rica etsem anlatır mısınız?"

Bu soru prensi umutlandırmış. O gece gördüklerini en ince ayrıntısına kadar anlatmış, ertesi sabah uyandığında artık eski hayatının çok gerilerde kaldığını, rüyasının onu tümüyle değiştirdiğini söylemiş. "Rüyamdaki kızın siz olduğunuzu düşünüyorum, yoksa yanılıyor muyum?" diyerek bir soruyla tamamlamış konuşmasını.

Şato'nun sahibesinin iri yeşil gözlerinde gizemli bir ifade belirmiş.

"Kim bilir, belki de düşündüğünüz gibidir. Sabırsız davranmayın lütfen, yakında anlarız hakikati. Ama izniniz olursa yine bir sorum olacak. Nedimelerime yıllar önce beni gördüğünüzü söylemişsiniz. Yanımda annemle babam da var mıydı?"

Prensin yüzü kızarmış, keşke gerçeği söyleseydim diye geçirmiş içinden ama artık yalanından dönemeyeceği için, "Hayır, yoktu, yalnızdınız" deyivermiş.

Bunları söylerken Şato'nun sahibesinin gözlerindeki meraklı ışıltının ağır ağır kaybolduğunu görmüş, neyi yanlış yaptığını bilemeden son bir umutla atılmış. "Küçük hanım, kelimeler şu an hissettiklerimi anlatmakta yetersiz kalıyor. Keşke bir şair olsaydım, belki o zaman kalbimdekileri daha iyi anlatırdım. Ama şu kadarını bilin ki, bana eşiniz olma onurunu verirseniz, sizi çok mutlu ederim. İnanın bana, hayal ettiğinizden çok daha güzel bir hayat yaşarsınız."

Şato'nun sahibesinin dudaklarını buruk bir gülümseme süslemiş ve kederle mırıldanmış.

"Sözlerinizin içtenliğine inanıyorum, eminim beni mutlu etmek için elinizden geleni yaparsınız ama ne yazık ki henüz kararımı vermedim. Bakın, bir beyzade daha bekliyor. Onu da dinleyelim, sonra neler olacağını hep birlikte görelim."

Ama prens huzurdan ayrılmadan önce kâhya yine Şato'nun sahibesinin yanına gelmiş, ikisi karşılarındaki genç adama bakıp bir şeyler konuşmuşlar. Sonra kâhya, nazik bir el hareketiyle prense çekilebileceğini işaret etmiş.

Prens fırsatı kaçırdığından emin olarak hayal kırıklığı içinde uzaklaşırken onun bıraktığı boşluğu kırçıl saçlı adam doldurmuş. Prensin hiç hoşlanmadığı bu adam derhal havaya girerek ballandıra ballandıra kendini anlatmaya başlamış. Rakibi konuştukça prens yeniden umutlanmış, çünkü adam o kadar fazla böbürleniyormuş ki, kendine saygısı olan hiçbir kadın böyle birini eş olarak seçmezmiş. Ancak Şato'nun sahibesinin bu nobran adamı büyük bir ilgiyle dinlediğini görünce yeniden üzüntüye kapılmış. "Eyvah" demiş bir kez daha. "Eyvah, rüyalarımın güzel kızı bu kibirli herifi seçecek." Aklından bu karamsar düşünceler geçerken kırçıl saçlı adam nihayet sözünü bitirmiş. Şato'nun sahibesi, adam karşısına geldiğinden beri bir an bile üzerinden ayırmadığı yeşil gözlerini usulca kırpmış.

"İzniniz olursa size de bir sorum olacak. Daha önce bu topraklara geldiniz mi?"

Kırçıl saçlı adam kendinden emin yanıtlamış.

"Evet, geldim, aslına bakarsanız çok sık gelirim buralara. Avlanmak için."

Şato'nun sahibesi merakla atılmış.

"Merakımı bağışlayın, kaşınızdaki yara da av sırasında mı oldu?"

Adamın eli yüzündeki yara izine dokunmuş.

"Hayır, kendi köyümde oldu, attan düştüm başım bir kayaya çarptı."

Kız inanmayan gözlerle bakmış ama nedense kurcalamak istememiş.

"Peki bizim buralara ilk ne zaman gelmiştiniz, hatırlıyor musunuz?" diye sormuş.

Konuşmayı dinleyen prens, "Neden herkese bu soruyu soruyor ki?" diye düşünürken kırçıl saçlı adam hiç duraksamadan, "On bir yıl önce gelmiştim" diye yanıtlamış.

Şato'nun sahibesi sanki bir karara varmış gibi bakışlarını adamın yüzünde sabitlemiş.

"Yani genç ve güçlüyken."

Ukalaca gülümsemiş adam.

"Evet, daha gençtim ama hâlâ çok güçlüyüm."

Asalet Şatosu'nun sahibesi ilk kez gülmüş, hem de kahkahalarla. Ama bu sevinç hiç samimi gelmemiş prense. "Tuhaf bir durum var" diye geçirmiş kafasından. "Dur bakalım, anlayacağız."

O böyle düşünürken Şato'nun sahibesi yeniden sormuş karşısındaki adama:

"Ondan sonra da geldiniz mi benim topraklarıma?"

Kaşı yaralı talip, kendinden emin yanıtlamış:

"Evet, nerdeyse her yıl gelirim."

Tahttaki kız anlaşıldı dercesine usulca başını öne sallarken kâhya yine yanına yaklaşmış. Şato'nun sahibesi ve sadık kâhyası damat adayına bakarak fısıldaşmışlar. Bu defa fısıldaşmaları biraz daha uzun sürmüş. Sonra Şato'nun sahibesi usulca ayağa kalkmış ve salondakilere seslenmiş.

"Saygıdeğer konuklarım, hepinizi ayrı ayrı tanımaktan büyük bir onur duydum, şatoma hoş geldiniz. Sorularımla canınızı sıktıysam özür dilerim ama sizleri tanımak zorundaydım. Artık gecemizin eğlence kısmına geçebiliriz. Evet, sanırım herkes bu ânı bekliyor. O zaman, müzisyenlerden rica edelim, bir kez daha dokunsunlar enstrümanlarına, bir kez daha neşeyle titretsinler gönüllerimizin tellerini."

Aynı anda koca salonu neşeli bir müzik sesi doldurmuş. Müzikle birlikte kedi kostümlü sekiz kız daha girmiş salona. Böylece Şato'nun sahibesiyle birlikte on üç taliplinin dans edebileceği on üç kız ayağa kalkmış. On üç damat adayının şaşkın bakışları arasında kedi kostümlü kızlar onlara yaklaşmaya başlamış. Elbette on üçünün de çılgınca merak ettiği konu, Şato'nun sahibesinin kimi seçeceğiymiş. Sarman kostümlü kız, öteki on iki adayı hayal kırıklığı içinde bırakarak kırçıl saçlı adama yönelmiş. Prensin uğradığı hüsran öyle büyükmüş ki, yanına yaklaşan siyam kostümlü kızın sözlerini duymamış bile.

"Benimle dans eder misiniz Beyzadem?"

Prens, nihayet kızın kendisine seslendiğini fark etmiş.

"Ne? Ne dediniz?"

"Benimle dans eder misiniz diyorum."

Bizim veliaht zoraki de olsa gülümseyebilmiş sonunda.

"Elbette, neden olmasın?"

Siyam kostümlü kız üzülmüş delikanlının haline.

"Canınızı sıkmayın, inanın bana, Şato'nun sahibesinin sizi seçmesini istemezdiniz."

Prens şaşkınlıkla bakmış.

"Neden öyle söylediniz?"

Kız, prense şöyle fısıldamış:

"Dans bittiğinde anlayacaksınız." Sonra genç adamın elinden tutup salonun ortasına çekmiş. "Lütfen, daha fazla soru sormayın. Gelin, dansın tadını çıkaralım."

Böylece görkemli salonda on üç çiftin dansı başlamış. Elbette on iki çiftin erkeklerinin hiçbiri mutlu değilmiş ama yine de nezaketlerini bozmamışlar, kedi kostümlü kızlarla dans etmeyi sürdürmüşler. Müzik sona erip dans bitince Şato'nun sahibesi, kırçıl saçlı, atmaca bakışlı adamın elinden tutarak tahta yürümüş. Eh, adamdaki kibri artık siz tahmin edin; rakiplerine öyle küçümsercesine bakıyor, öyle burnu havada yürüyormuş ki, bu nobran tavırları öteki adayların tepkisini çekmiş. İçlerinden en genci, "Ne zannediyor bu herif kendini?" diye homurdanmış. Adayların en iriyarı olanı, "Böyle devam ederse kılıcımın tadına bakmak zorunda kalacak" diye meydan okumuş. Kıvırcık saçlı, uzun boylu olanı "Şato'nun sahibesi de seçe seçe bunu mu seçti yani?" diye söylenmiş. Söylenenleri Şato'nun sahibesi de duyuyormuş ama hiç aldırmadan kırçıl saçlı adamın elinden tutarak tahtın önüne kadar gelmiş. Sağ elini müstakbel eşinin omzuna koyarak şöyle demiş:

"Sanırım sizlere bir açıklama borçluyum. Bu bizim üçüncü balomuzdu. Son iki yıldır aradığım kişiyi bulamamıştım ama bu kez buldum." Yanındaki adama bakarak memnuniyetle başını sallamış. "Evet, öncelikle bu müjdeyi vermek isterim. Bunu buraya kadar gelen bütün adaylara borçluyum. Hepinize gönülden teşekkür ediyorum. Hayır, durun, daha bitmedi. Üç yıldır düzenlenen bu baloların arkasında gizemli bir hikâye var. Hiç eğlenceli olmasa da bu hikâyeyi duymanızı istiyorum. Bu hakkınız, ayrıca çok ilginizi çekeceğinden de eminim. Evet, anlatacağım hikâye on bir yıl önce yaşandı. Ben daha on yaşındayken, şefkâtli annemle cesur babam henüz sağken. Babamı tanıyanlar bilir, dürüst, çalışkan, cömert ve cesur bir adamdı. İlk üç özelliği onu başarılı bir insan haline getirmişti. Ama cesareti için aynı şeyi söyleyemeyeceğim. Elbette bir insanın cesur olması iyi bir özelliktir. Fakat abartılmadığı sürece. Evet, korkusuzluğun da fazlası zarardır. Sınırsız cesaret insana öyle bir güven aşılar ki, etrafındaki tehlikeleri göremez hale gelirsin. Sadece kendini değil, sevdiklerini de savunmasız bırakırsın. Babama olan da buydu işte. Onlarca savaşçısı vardı, fakat sanki kimseye ihtiyacım yok dercesine yalnız başına gezmeyi severdi.

Asalet Şatosu'ndan ayrılırken yanına hiç asker almazdı. Başta annem olmak üzere sevenleri babamı ikaz ederdi. 'Su uyur, düşman uyumaz, senin de bildiğin bilmediğin birçok hasmın var. Hadi onlardan geçtik, yollar tehlikeli, eşkıyalar, kanun kaçakları, haramiler kol geziyor. Kendini ve sevdiklerini tehlikeye atma' derlerdi. Fakat babam uyarılara kulak asmaz, kendi bildiğini okurdu. En sonunda zavallı annem çareyi, 'O zaman ben artık seninle yolculuk yapmayacağım' demekte buldu. Bunun üzerine babam, sadece iki güvenilir adamını yanına almaya razı oldu. Ve bu yanlışın bedelini yalnız o değil hepimiz çok ağır ödedik..."

Asalet Şatosu'nun sahibesinin sesi titremeye başlamış ama kendine hâkim olarak sözlerini sürdürmüş:

"Evet, on bir yıl önce yine böyle bir sonbahar ekinoksunda Poyraz Şatosu'na gitmek üzere yola çıktık. Poyraz Şatosu'nun sahibi, babamın yakın arkadaşıydı. Oğlunun düğününe davet etmişti bizi. Küçük bir kafile olarak yola çıktık; babam ve şu anda aramızda bulunan sadık kâhyamız ve iki güvenilir asker at sırtındaydı, annemle ben ise dört at tarafından çekilen bir arabadaydık. Arabamızın yol boyunca şakalar yaparak bizi eğlendiren, pala bıyıklı bir sürücüsü vardı. Güzel bir yolculuk oluyordu. Asalet Şatosu'ndan Sis Yaylası yoluna kadar böyle eğlenerek geldik. Ancak Sis Yaylası'na kıvrılan yola çıkar çıkmaz sayılarını bilmediğim eşkıyalar çevirdi kafilemizi. Ne sorgu ne sual, yalın kılıç saldırdılar üzerimize. Dediğim gibi babam iyi silahşordu, haydutların ikisini anında uzaklaştırdı, sadık kâhyamız saldırganlardan birini arabanın kapısında yere serdi, cesur askerlerimiz de arabaya saldıran üç haydudun işini bitirdi. Ancak haydutlar çok kalabalıktı; bizimkiler yiğitçe dövüşseler de gitgide yorulmaya başladılar. Savunmamız zayıf düştü. İşte o anda, elindeki kamçısıyla eşkıyalara karşı koymaya çalışan pala bıyıklı sürücümüzü mızrakla göğsünden vurdular. Zavallı adamcağız cansız düştü arabanın tekerlekleri arasına. Ardından iki askerimizin okla vurulduğunu gördüm. O sırada, arabamızın kapısı açıldı, elinde balta olan atmaca bakışlı genç bir adam girdi içeri. Annem soylu bir kadın olarak yetiştirilmişti ama öyle çıtkırıldım biri değildi, hançerini çektiği gibi saldırganın suratına savurdu. Eğer genç eşkıya zamanında başını çekmeseydi, suratının yarısını kesip atacaktı, ama sadece sağ kaşının üstünde derin bir yara açıldı."

Sağ kaşının üstünde derin bir yara açıldı, lafını duyan prensin bakışları Asalet Şatosu'nun sahibesinin yanındaki kırçıl saçlı adama kaymış. Adamın yüzündeki kibrin yerini derin bir endişenin aldığını görmüş. Adamın az önce dünyayı ben yarattım dercesine güvenle bakan gözleri şimdi sanki kaçacak yer arar gibi tedirginlik içinde etrafı tarıyormuş. İşte o anda, hiçbir açıklama yapmadan iki silahlı asker, adamın iki yanına yerleşmiş. Bu arada Şato'nun sahibesi anlatmayı sürdürüyormuş.

"Yüzü kana boyanan genç saldırgan iyice öfkelendi, korkunç bir çığlık atarak elindeki baltayı anneme savurdu. O kadar korkmuştum ki ona engel olamadım. Balta annemin kalbine saplandı. Zavallı anneciğim anında can verdi. Korkuyla attığım çığlığı duyan kâhyamız yetişmeseydi, muhtemelen o alçak beni de öldürecekti. Saldırganın baltasını elinden alıp, bir tekmeyle onu arabadan dışarı attı. Sonra hiç beklemeden sürücü bölümüne çıktı. Zavallı sürücünün kamçısını alarak havada şaklattı. Kamçı sesini duyan atlar hareketlendi.

Her şey o kadar hızlı olmuştu ki, şaşkınlık içindeydim. Arabanın penceresinden bir düzine haydudun arasında kılıç sallayan babamı görüyordum. 'Hayır, onu burada bırakamayız!' diye haykırdım. Ancak kâhyamız beni duymadı bile. Atları kamçılayarak arabayı çılgınca sürmeye başladı. Tuhaf olan, saldırganların peşimize düşmeyişiydi. O zaman anladım ki, hedefteki kişi babamdı. Alçakça kurulan bir tuzağın içine düşmüştük. Daha sonra, sadık kâhyamız, beni kaçırması için babamın emir verdiğini açıklayacaktı. Çatlarcasına koşturan atlarımız Poyraz Şatosu'na varınca, saldırıyı öğrenen babamın arkadaşı derhal en seçme askerlerini haydutların üzerine saldı. Ne yazık ki bizi pusuya düşürdükleri yerde sadece cesur babamın kanlı bedenini buldular. Ama Poyraz Şatosu'nun onurlu sahibi vazgeçmedi, haydutların peşine düştü. Dağ taş, mağara kovuk demeden her yerde onları aradı. Ve babamın katillerini tek tek buldu, hepsinin cezasını verdi; biri hariç. Evet, annemi öldüren, yüzü yaralı o genç eşkıya hiçbir yerde bulunamadı. Ama ben, annemin ve babamın mezarında söz verdim. Onu bulacak ve cezalandıracaktım. Artık hayatımın amacı buydu. Fakat bunu nasıl yapacaktım? O şeref yoksunu adamı tanımıyordum. Kim olduğu hakkında en küçük bir fikrim bile yoktu. Sadece emek harcamadan kolay yoldan servete konmak isteyen açgözlü herifin biri olduğunu biliyordum. Aklıma, servetime konmak isteyenleri şatoya çekecek bir fikir geldi. Yanlış anlamayın lütfen, sizlerin, bu balolara katılmak için gelen her talibin böyle biri olduğunu söylemiyorum. Ama böyle insanlar da vardı. İşte baloları bu yüzden düzenledim. Kalbinizi kırdıysam, hepinizden özür dilerim. Evet, bir anlamda sizleri kandırmış oldum ama bunu yapmak zorundaydım." Bir an suskun kalan Şato'nun sahibesi, önünde dikilen kırçıl saçlı, sağ kaşı yaralı adama bakmış. "Ve sizin sayenizde, işte o alçağı buldum." Genç kızın ağzından bu laflar dökülürken hiç beklenilmeyen bir şey olmuş. Kırçıl saçlı, yırtıcı bakışlı adam, aralarında durduğu iki askerden soldakinin belindeki hançeri alarak, Şato'nun sahibesinin üzerine atılmış. Kırçıl saçlı haydut o kadar çevikmiş ki, ne silahlı iki asker ne az gerideki iriyarı kâhya durdurabilmiş bu beklenilmeyen saldırıyı. Adam elindeki hançeri genç kızın boynuna dayamış.

"Sakın, sakın kıpırdamayın! Yoksa acımam, alırım sahibenizin canını."

Salonu derin bir sessizlik kaplamış, şaşkınlığını ilk atlatan prens olmuş, Şato'nun sahibesini kurtarmak için fırsat kollamaya başlamış. Kır saçlı haydut ise öfkeyle bağırıyormuş:

"Buradan çıkmama izin verirseniz, Şato'dan uzaklaşınca sahibenizi bırakırım, kimsenin de canı yanmaz. Ama saldırmaya kalkarsanız, sahibeniz anında ölür." Bakışlarını en çok çekindiği kâhya ile iki askere çevirmiş, sessiz kaldıklarını görünce kibirle gülümsemiş. "Güzel, anlaşacağımızı biliyordum zaten. Hadi, açılın bakalım. Hadi, şöyle geri çekilin."

Sadece kâhya ve iki asker değil, bütün davetliler çekilerek, rehinesini sürükleyen yüzü façalı hayduta yol açmışlar. O anda prens, Şato'nun sahibesiyle göz göze gelmiş. Ona merak etme seni kurtaracağım dercesine güvenle bakmış. Ama bunu nasıl yapacağını bilmiyormuş, tek avantajı saldırganın, asıl tehdidin kâhya ve silahlı iki askerden geleceğini düşünmesiymiş. O yüzden salondaki gençleri ve bizim prensi pek ciddiye almıyormuş. Üstelik emirlerinin harfiyen yerine getirildiğini gören saldırgan daha da rahatlar gibi olmuş, hançeri kızın boynundan azıcık uzaklaştırmış. Bunu fırsat bilen Şato'nun sahibesi, kafasını hızla geriye atarak kır saçlı haydudun yüzüne bir darbe indirmek istemiş. Darbe hedefini bulamasa da saldırganı sersemletmiş, işte o anda bizim Prens yetişmiş; kır saçlı adamın hançeri tutan bileğini yakaladığı gibi bütün gücüyle geriye çekmiş. Adam arkaya savrulmuş ve elindeki hançer yere düşmüş. Böylece Şato'nun sahibesi kendini adamın elinden kurtarmış. Prens de çevik bir hareketle haydudun karşısına geçmiş, adamın toparlanmasına izin vermeden, suratının ortasına sağlam bir tokat atmış. Bu defa darbe yerini bulmuş, haydut salonun ortasına kıç üstü oturmuş. Ama saldırgan dayanıklıymış, çabucak toparlanıp ayağa kalkmak istemiş, Prens bırakır mı, bu kez de göğüs kafesine bir darbe indirmiş. Yüzü façalı adam gerisingeri yıkılmış. İşte o anda kâhya ve iki asker atlamışlar üzerine. Ardı ardına indirdikleri yumruklarla saldırganı sersemlettikten sonra sürükleyerek Şato'nun sahibesinin önüne getirmişler. Yüzü kanlar içinde kalan adam nefretle bakıyormuş genç kıza.

"Hadi beni öldür!" diye haykırmış. "Ne duruyorsun, öldür beni!"

Şato'nun sahibesi kararlılıkla başını sallamış.

"Hayır, biz haydut değiliz, kimseyi yargılamadan cezalandırmayız. Mahkemeye çıkacaksın, hak ettiğin cezayı ben değil, yargıçlar verecek." Sonra askerlere dönmüş. "Götürün şu alçağı karşımdan!"

Askerler, kırçıl saçlı adamı götürürken Şato'nun sahibesi gülümseyerek prense dönmüş. İri yeşil gözleri minnetle parıldıyormuş. Yüzündeki kedi maskesini çıkarmış ve şöyle demiş:

"Beni bağışlayın soylu Beyzadem, az önce bu baloları evlenmek için düzenlemediğimi söyledim. Ama siz hayatımı kurtardınız. Üstelik öteki adaylardan oldukça farklı bir hikâyeniz var. Beni rüyanızda görmüşsünüz, yani varlıklı olmam sizi ilgilendirmiyor. Siz bir hayalin izini sürmüşsünüz. Birinin rüyasında gördüğü kız olmak, onun hayalini gerçekleştirmek çok güzel bir duygu. Yani, demek istiyorum ki, eğer isterseniz sizinle evlenebilirim."

Şato'nun sahibesi bunları söylerken Rüzgâr Ülkesi'nin Prensi adeta kendinden geçmişçesine onu inceliyormuş. Kız gerçekten çok güzelmiş: İncecik bir yüz, kızıla çalan sarı saçlar, hafifçe kalkık bir burun, yay gibi kaşlar, ışıl ışıl yanan hayat dolu gözler, ipek gibi bir ten. Üstelik son derece cesur ve akıllıymış ama kız konuştukça prensin gözlerinde bir hayal kırıklığı belirmeye başlamış. Hayır, karşısında duran kişi rüyasındaki kız değilmiş. Yanılmış olmayı dileyerek son bir kez bakmış, fakat ne düşüncesi ne de duyguları değişmiş ne yazık ki. Buruk buruk gülümsemiş ve şöyle demiş:

"Çok özür dilerim küçük hanım ama aradığım kişi siz değilsiniz. Keşke siz olsaydınız, bundan büyük şeref duyardım ama ne kendimi ne de sizi kandırabilirim. Bu hem size, hem kendime hem de aşka haksızlık olur. Ne yazık ki o büyülü kız ne bu salonda bulunuyor ne de sizin şatonuzda yaşıyor."

Böyle söyledikten sonra üzgün bir halde ayrılmış Asalet Şatosu'nun güzel sahibesinin huzurundan. Merdivenlerden inmiş, Şato'nun dışına çıkmış. Kapıda onu rüzgârın dağıttığı bulutların arasından gümüş renkli bir dolunay karşılamış. Dolunaya bakarken, derin bir bozgun hissetmiş yüreğinde. "Ne yaptım ben?" diye mırıldanmış. "Rüyamda gördüğüm hayali bir varlık için kalktım ta buralara kadar geldim. Hem kendi hayatımı hem yoldaşlarımın canını tehlikeye attım. Üstelik kâhinin söyledikleri de çıkmadı. Bu kadar aptallık yeter. Bir an önce saraya dönmeli, babamdan af dilemeliyim. Sadece babamdan değil, herkesten af dilemeliyim. Onları böyle anlamsız bir serüvenle zaman kaybına uğrattığım için."

Prensin aklından bunlar geçerken karanlığın içinden beyaz bir güvercin sürüsü kalkmış, aya doğru uçup gitmişler. İşte o anda bir kadın sesi duyulmuş. Genç adam hemen tanımış sesin sahibini. Bu, ona öğüt veren Aşk Tanrıçası'ndan başkası değilmiş:

"Yazık prensim, gerçekten çok yazık. Benim için tam bir hayal kırıklığı oldun. Vazgeçtiğin için değil, ne istediğini bilmediğin için. Siz insanların en büyük kusuru da budur, emin olmadan harekete geçmek. Çok önemli saydığınız bir ideal için fedakârlıklar yapmak, tehlikelere atılmak, hatta ölümü bile göze almak ama sonra o önemli kararları alan, o büyük lafları eden siz değilmişsiniz gibi pişman olmak."

Prens şaşkınlıkla başını kaldırmış ve parlak dolunayda Aşk Tanrıçası'nın yüzünü görmüş. Sevenlerin baş koruyucusu o gümüşten ışığın içinden sesleniyormuş.

"Evet, güzel delikanlı, beni hayal kırıklığına uğrattın. Derhal ülkene dön, bu serüveni hemen sona erdir. Hadi, bir an önce sarayına git, hak ettiğin tahtına otur, ülkene hükmet. Sevgi açlığını, hükmederek, kudretinden korkan insanların yalancı saygısıyla doyur. İnsanların çoğu öyle yapmıyor mu zaten? Merak etme, kimse kınamaz seni. Aksine, takdir ederler. Hadi, daha fazla uzatmadan tut sarayın yolunu."

Tanrıçanın sözleri prensi derinden sarsmış. Pürüzsüz yüzü utançla kızarmış. Gördüğü o muhteşem rüyayı hatırlamış, o rüyanın hissettirdiği benzersiz duygular kalbinde yeniden canlanmış.

"Bağışlayın!" diye dizlerinin üzerine çökmüş. "Bağışlayın Yüce Tanrıçam! Lütfen bu aptalı bağışlayın. Uğradığım hüsran aklımı çeldi, ruhumu köreltti, kalbimdeki ateşi yatıştırdı. Ama sadece bir anlığına, yoksa ben az önceki kişi değilim. Çünkü biliyorum ki ruhu körelmiş bir insanın hayatı da körelir, biliyorum ki kalbindeki ateşi sönmüş kişinin ocağındaki ateş de yanmaz. Biliyorum ki tutkusu olmayan bir insanın hayatı da yoktur. Hayır, kudretli tanrıçam, geri dönmeyeceğim, sarayı da tahtı da istemiyorum, ben rüyamdaki o büyülü kızın peşinden gideceğim. Kalbimin kraliçesini bulana kadar da asla vazgeçmeyeceğim. Ne olursa olsun, ben aşktan vazgeçmeyeceğim. Az önceki bocalayışımı tecrübesizliğime verin, gençliğime sayın."

Tanrıça sakince bakmış dolunayın parlak ışığının içinden.

"Gençliğinden sakın utanma prens. Gençlik her türlü hazineden daha kıymetlidir; gençlik her iktidardan daha güçlüdür; her türlü yasadan daha üstündür. Yaşamı zevkli hale getiren de zaten budur: Gençliğin bitmez neşesi, gözü kara cesareti, adanma tutkusu. O yüzden âşık olma yeteneğini yitirmeyenler gençliklerini de yitirmezler. Aşk ve gençlik, ömür denen o zorlu serüvende hep aynı saflarda yer tutarlar. Karar elbette senin, ister aşk için tehlikelerle dolu bir serüvene atılırsın, ister ülkene döner, güvenle tahtına oturursun. Ben sadece o tuhaf rüyadaki kızı bir kez daha hatırlatmak istedim sana."

Prens heyecanla atılmış:

"Minnettarım size, bir kez daha gözlerimi açtınız. Elbette sevdiğim kızı arayacağım ve size söz, onu bulacağım..."

Tanrıçadan cevap gelmeyince prens başını kaldırmış ama sadece gümüşten bir ışık yayan dolunayı görmüş. Evet, Aşk Tanrıçası göründüğü gibi bir anda yok olmuş. Şaşkınlık içinde öylece bakakalan prens, bir süre sonra doğrulup yorgun ama kararlı adımlarla muhafızlarının yanına gitmiş. Veliahtlarının geldiğini gören Baş Muhafız merakla sormuş:

"Ne oldu prensim, buldunuz mu rüyanızdaki kızı?"

Prens umut dolu bir sesle açıklamış.

"Hayır, bulamadım ama bulacağım." İnançla bakmış adamına. "Onu bulmadan saraya dönmek bana yasak. Ama sizler gelmek zorunda değilsiniz, isteyen dönebilir."

Baş Muhafız hiç düşünmemiş bile.

"Kimse geri dönmeyecek Prensim. Kimse tek bir adım bile geri atmayacak. Siz nereye, biz oraya. O gizemli kızı buluncaya kadar kimse yanınızdan ayrılmayacak."

Prensin genç yüzünde gökteki dolunaydan daha aydınlık bir gülümseme belirmiş.

"O zaman hadi atlara, bir yerlerde bizi bekleyen bir kız var hâlâ. Hadi daha fazla onu bekletmeyelim. Gidip bulalım onu."

11
Umut Dağı'ndaki cüzamlı kız

Dağ Ülkesi Prensi ve dört usta cengâver beş devasa filin üzerinde sık ağaçlarla kaplı Bilgelik Ormanı'nda ağır ağır Kaf Dağı'na doğru ilerliyorlarmış. Evet, o kutsal dağ bu balta girmez ormanın ortasındaymış. Aslında ulaşmak istedikleri yer Kaf Dağı değil, prensin rüyasında gördüğü kızın eteklerinde yaşadığı Umut Dağı'ymış. Ama Umut Dağı o kadar sarp, etrafındaki kayalıklar öyle keskinmiş ki bugüne kadar hiç kimse tırmanarak doruğuna çıkamamış. Doruğa ulaşmanın tek yolu uçmakmış. Yeryüzünde bunu yapabilecek tek canlı ise kudretli Zümrüdüanka kuşuymuş. O sebepten, önce Umut Dağı'na değil, Zümrüdüanka'nın yuvasının bulunduğu Kaf Dağı'na doğru yol alıyorlarmış.

Elbette Kaf Dağı'na ulaşmak da o kadar kolay değilmiş. Önce bataklıklarla kaplı sulak bir araziden, ardından da gümrah ağaçların bir duvar gibi yan yana, arka arkaya sıralandığı, kalın gövdeli sarmaşıklarla kaplı çalılıkların insana yol vermediği, yırtıcı hayvanlarla dolu bu tuhaf ormandan geçmek zorundaymışlar. O sebeptendir ki, Dağ Ülkesi Kralı, biricik oğluna refakat edecek dört cengâveri, hem çok iyi dövüşçüler, hem ormanı avcunun içi gibi bilen kılavuzlar hem de usta birer dağcı olan sadık adamlarının arasından seçmiş. Yolculuk başlamadan kralın huzuruna çıkan dört adamdan en tecrübelisi olan Baş Cengâver saygıyla şöyle söylemiş:

"Yüce Kralım, biliyoruz ki yolumuz çetindir, biliyoruz ki her türlü tehlike bizi beklemektedir, biliyoruz ki büyülü Kaf Dağı'na çıkmak zordur, biliyoruz ki kuşların en kutsalı olan Zümrüdüanka'ya ulaşmak marifet ister. Ama mademki, siz yüce kralımız bizi seçtiniz, mademki bizi bu onurlu yolculuğa layık gördünüz, mademki prensimize eşlik etmemize izin verdiniz, elbette Kaf Dağı'na çıkacağız, elbette kutsal Zümrüdüanka'yı ikna edeceğiz, elbette Umut Dağı'nın doruğuna uçacak, Alaca Kartal'ın yumurtalarını alacağız. Çare Irmağı'nın kenarında yetişen siyah güllerin yapraklarını ezip yumurtaların sarısıyla karıştırarak elde edeceğimiz şifalı iksiri kıza içireceğiz. Onu sağlığına kavuşturacağız. Mutlaka ama mutlaka bu şerefli vazifeyi yerine getireceğiz. Prensimizi rüyasında gördüğü kıza kavuşturmadan, ülkemizin gelecekteki kraliçesini bulmadan huzurunuza varmak bizim için utançtır, yasaktır ve de haramdır. Lakin sizden bir isteğimiz vardır."

Baş Cengâver'in büyük bir güvenle söylediği bu samimi sözler kralı memnun etmiş.

"Mademki böyle umutlu konuştun, mademki bu kadar kendinden eminsin, mademki bu kadar kararlısın, o zaman dile benden ne dilersen. Nehir kenarında sulak tarlalar mı, hızlı atlar mı, bereketli koyunlar mı? Sandık dolusu altınlar mı? Büyük kentlerde beylikler mi?"

Kralın cömertliği Baş Cengâver'i mahcup etmiş.

"Sağ olun hünkârım, ne bahçe ne tarla, ne para ne pul, ne şan ne şöhret, ne unvan ne san, sizden sadece sağlıklı beş fil isterim."

Dağ Ülkesi Kralı şaşkınlıkla mırıldanmış:

"Beş fil mi?"

Hemen açıklamış sadık adamı.

"Evet, beş fil isterim. Bilgelik Ormanı'ndan ancak gövdeleri dağ gibi iri, sabırları deniz kadar sonsuz, hafızaları kadim kitaplar kadar güçlü fillerle geçebiliriz. Ama bu beş filin beşi de daha önce Kaf Dağı'na gitmiş ve dönmüş olmalı. Çünkü Bilgelik Ormanı'nda ceylan ile kaplan, tavşan ile kurt, kartal ile güvercin, yılan ile fare birlikte yaşar. Çünkü bilgelikte sınırlama yoktur, her canlının kendi meşrebince soluk alıp verme hakkı vardır. Hep birlikte yaşayan bu canlılar arasında en yırtıcısı ve en zekisi aslandır. Bilgelik Ormanı'nda sahip olduğu güç ve yetenekle kesin bir hâkimiyet kurmuştur. Onların saldırmaktan çekineceği tek canlı türü de fillerdir. Aç kalırlarsa onlara da saldırmaktan çekinmezler ama insan tarafından eğitilmiş ve insan tarafından idare edilen fillerle başa çıkmaları mümkün değildir. Üstelik filler bir kez geçtikleri yolu bir daha unutmazlar, gittikleri yeri hafızalarına kusursuz bir harita gibi kazırlar. Yol kapanmışsa açarlar, yol yoksa iri ayaklarıyla bastıkları ham toprağı yola çevirirler. İşte bu sebepten bize gereken güçlü ve tecrübeli beş fildir. Ancak o fillerin yardımıyla Bilgelik Ormanı'nda aslanlara yem olmadan, bir labirent gibi uzanan ağaçların arasında kaybolmadan bu zorlu yolculuğa çıkabilir, Kaf Dağı'nın eteklerine ulaşabiliriz.

Ellerini mutlulukla ovuşturmuş kral.

"İstediğin beş fil olsun. Dağ Ülkesi'nin en zeki, en güçlü, en iyi huylu beş filini vereceğim emrinize. Yeter ki bu yolculuğu tamamına erdirin. Yeter ki oğlumun rüyalarında gördüğü kızı bulun, iyileştirin. Yeter ki geleceğin kralı oğlumu ve geleceğin kraliçesini sağ salim saraya getirin."

Böyle demiş ve dediğini de yapmış; Baş Cengâver'in istediği gibi beş fili emirlerine vermiş. Oklardan mızraklara, kılıçlardan baltalara, yiyecek içeceklere kadar, bu yolculukta ne gerekiyorsa hepsini yüklemişler bu iri hayvanların sırtlarına. İşte Dağ Ülkesi Prensi ve dört yoldaşı o fillerin üzerinde üç gündür yol alıyorlarmış. Kuş sesleri eşliğinde, yumuşak bir esintinin taşıdığı hoş kokular arasında yapılan bu zevkli yolculuk, ikinci gün birden ısınan havayla tatsızlaşmış, üçüncü gün ormanın nemi bütün yoğunluğuyla üzerlerine çökünce katlanılmaz bir hal almaya başlamış. Prens ve dört adamı üzerlerindeki fazla giysileri çıkartırken, filler serinlemek için iri kulaklarını daha hızlı sallamaya koyulmuşlar. Menzile ulaşmaya kararlıysan çileye de katlanırsın demişler. Kafiledeki beş adam da giderek bu nemli sıcağa alışmaya başlamış. Gelin görün ki, saraydan çıktıklarından beri sakince ilerledikleri toprak yol aniden dev çimenlerin arasında kaybolmuş. Ne bir iz, ne bir işaret; artık fillerin dizlerine kadar çıkan kör yeşil otların arasında ilerliyorlarmış. Baş Cengâver güneşe ve yıldızlara bakarak bir güzergâh oluşturmaya çalışıyormuş ama gittikleri yoldan kendisi de emin değilmiş. Hal böyle olunca da onları taşıyan fillere güvenmekten başka çareleri kalmamış. Bereket bu sadık hayvanlar sanki her gün buradan geçiyorlarmış gibi kendilerinden emin adımlarla yemyeşil otları bir deniz gibi yararak zihinlerindeki menzile doğru kararlılıkla yürüyorlarmış. Ancak dördüncü gün ormanın havası o kadar ağırlaşmış ki artık nefes bile alamaz olmuşlar. Elinin tersiyle alnında biriken terleri silen Baş Cengâver şöyle demiş:

"Bu işte bir iş var Yüce Prensim. Daha önce de girdim bu ormana, daha önce de gezdim bu ağaçların arasında ama hiç böyle bir hava görmedim. Sanki güneş erimiş üzerimize akıyor."

Sözünü yeni tamamlamış ki, birden büyük bir uğultu duyulmuş, aynı anda ağaçların arasından onlarca aslan hızla üzerlerine atılmış. Baş Cengâver telaşla adamlarına seslenmiş:

"Aslanlar, aslanlar saldırıyor. Prensimizi koruyun."

Fakat Baş Cengâver yanılıyormuş, aslanlar onlara saldırmak şöyle dursun, yüzlerine bile bakmadan aceleyle geçmişler yanlarından. Ama öyle beş on aslan değil, dişisi erkeği, yaşlısı genci yüzlerce yırtıcı hızla kaybolmuşlar ağaçların arasında. Daha ne olduğunu anlayamadan bu kez de kaplanlar, panterler, kurtlar, ayılar, tavşanlar, timsahlar, yılanlar, kertenkeleler, sürü sürü kuşlar çığlık çığlığa geçmişler yanlarından ve üzerlerinden. Prens şaşkınlıkla bakmış uzaklaşan hayvanlara.

"Ne oluyor? Nedir bu can pazarı?"

"Yangın" diye söylenmiş Baş Cengâver. "Yangın olmalı."

Prens itiraz etmiş:

"İyi de gökyüzü masmavi... Ne yanmış ot ne de duman kokusu var. Böyle yangın mı olur?"

Sıkıntıyla açıklamaya çalışmış adam:

"Haklısınız Prensim ama bunca mahluk böyle telaş içinde kaçıyorsa bir tehlike var demektir. Bakın bizim filler de huysuzlanmaya başladı. Biz de dönsek mi acaba? Güvenli bir yere çekilip neler olup bittiğini anlamaya çalışsak. Böyle bilinmezin üstüne gitmek pek akıl kârı değil. İlerde büyük bir tehlike bizi bekliyor olabilir."

Prensin genç yüzü kırışmış, kara kaşları çatılmış.

"Tehlike olduğunu da nereden çıkardın? Hayvanların hareketlerine bakarak yolculuğumuzu ertelemek ne demek! Biz yolumuza devam edelim."

Baş Cengâver yutkunmuş.

"Karar sizin yüce veliahdım, nasıl dilerseniz öyle yapalım. Lakin kendimizi tehlikeye atmak yerine birkaç gün beklesek.."

Prens sertçe kesmiş sözünü:

"Bekleyemeyiz! Kâhinin sözlerini hatırla. Biz ayrılmadan önce, en son ne demişti babamın huzurunda. 'Zümrüdüanka kendine çalılardan bir yuva yaptı. Tam beş gün o yuvanın içinde kalacak. Beşinci günün sonunda güneşin ışıkları o çalıları tutuşturacak. O çalılarla birlikte o yuvanın içinde kendi de yanacak. Ardından da her beş yılda yaptığı gibi kendi küllerinden yeniden doğacak.' İşte bu sebepten, kutsal kuş yeniden doğmadan Kaf Dağı'nın eteklerinde olmalıyız. Çünkü Zümrüdüanka yeniden can bulup yeniden ruh kazandığında dünyanın etrafında beş kez dönmek zorundaymış. Ki bu yolculuk beş hafta sürermiş. İşte o yolculuğa çıkmadan, biz Zümrüdüanka'nın huzuruna varmalıyız, aksi takdirde onu kaçırırız, onu kaçırırsak Umut Dağı'ndaki Alaca Kartal'ın yumurtaları çatlar, iki yavru dünyaya gelir. Oysa bize yavru kartallar değil, yumurtalar lazım."

Prensin haklı olduğunu biliyormuş Baş Cengâver, bu sözleri kendisi de duymuş kâhinin ağzından. Duymuş ama göz göre göre de veliahdın hayatını tehlikeye atmak istemiyormuş.

"Doğru söylersiniz Prensim ama Zümrüdüanka'nın yeniden doğmasına daha vakit var. Hiç merak buyurmayın, Kaf Dağı'nın eteklerine tam vaktinde varırız."

Boğucu havanın da etkisiyle tahammülü kalmayan genç veliaht öfkeyle gürlemiş:

"Yeter! Ne diyorsam o olacak. Eğer adamların ve sen korkuyorsanız, geri dönebilirsiniz ama ben yürümek zorunda da olsam yoluma devam edeceğim."

Baş Cengâver ne desin, çaresiz boyun eğmiş.

"Emredersiniz efendim, siz nasıl uygun görürseniz." Sonra endişeyle kendilerini izleyen adamlarına dönmüş. "Ne bakıyorsunuz öyle!" diye gürlemiş. "Prensimizi duymadınız mı? Hadi, yola devam."

Böylece, filleri zorlayarak yeniden yola koyulmuşlar. Bin arşın kadar ilerlemişler ki, orman seyrekleşmeye, otlar cılızlaşmaya, yaban çiçekleri solmaya başlamış, derken o yemyeşil manzara tümüyle değişmiş, önlerinde ölü ağaçlarla kaplı, kıraç bir arazi belirmiş. Evet, o fersah fersah uzanan gümrah orman yerini bir anda unutulmuş bir mezarlığı andıran bu ürkütücü toprak parçasına bırakmış. Ve yaprakları yeşilliğini hâlâ koruyan son ağacı geçer geçmez ortalık birden kararmış. Oysa güneşin batmasına daha çok varmış. Prens bakışlarını yeniden gökyüzüne çevirmiş, üzerlerindeki mavi atlasın kaybolduğunu, yerini uçsuz bucaksız kül rengi bir bulutun aldığını görmüş.

"Yangın" diye yinelemiş Baş Cengâver yeniden. "Yangın bulutları güneşin önünü örtmüş efendim. Bakın gün ortasında gece başladı. Lütfen izin verin, geri dönelim, bu belanın geçmesini bekleyelim."

Prensin güzel yüzü kararmış ama hemen cevap vermemiş, filin sırtında doğrulup havayı koklamaya başlamış. Başını dört yöne çevirerek derin derin soluk alıp vermiş. Ardından Baş Cengâver'e dönmüş.

"Yanılıyorsun, yangın yok. Olsa kokusu olurdu. Haklısın, boğucu bulutlar kapatmış güneşin önünü. Ama yangından değil, suya dönüşemediklerinden, yağmur olup yağamadıklarından. Baksana şu neme, sanki bir gölün içindeyiz." Sonra sesini yükselterek tekrarlamış: "Hayır, yangın filan yok. Sadece hükmünü yerine getiremeyen bulutların gökyüzüne verdiği eziyet var. Bu boğucu havanın, bu kasvetin nedeni, yapması gerekeni yapamayan bulutların öfkesi. Başka bir şey değil."

Baş Cengâver de üç adamı da hiç katılmıyorlarmış veliahdın söylediklerine, fakat elden ne gelir, hüküm onlarda değil aklını yüreğinin emrine veren bu genç âşıktaymış. Çaresiz sürmüşler altlarındaki iri hayvanları çorak arazinin derinliklerine. Kendisine itaat edildiğini gören prens yumuşamış, adamlarına umut vermek istemiş.

"Hiç tasalanmayın, birkaç fersah sonra yine eski mavisine kavuşacak gökyüzü, bu ölü ağaçlar ormanı sona erecek, tatlı bir esinti sürükleyip götürecek bu boğucu havayı."

İnanmayan bakışlarını saklayamamış Baş Cengâver ama yine de veliahdına karşı gelememiş.

"Siz öyle diyorsanız, öyledir Prensim."

Fakat hiç de prensin söylediği gibi olmamış, fersah fersah yol almalarına rağmen ne kül rengi bulutlar çekilmiş üzerlerinden ne de bu ürkütücü arazi sona ermiş. Kafilede artık kimse konuşmuyormuş, prensin bile ışıltılı gözleri donuklaşmaya başlamış. Adamlarına itiraf edemese de, "Yoksa yanlış mı yapıyorum?" diye geçirmiş içinden "Dönsek daha mı iyi olacaktı? Belki biraz gecikirdik ama sağ salim varırdık Kaf Dağı'na." Birkaç saat önce Baş Cengâver'in kendisine söylediklerini tekrarladığını fark edince sinirlenmiş. "Hayır! Hayır, hemen pes etmemeliyim. Karşıma çıkan ilk engelde vazgeçmemeliyim. Ancak inatla mücadele edersem amacıma ulaşabilirim." Böyle düşünerek yılgınlığını kovmaya çalışmış, rüyasındaki kıza kavuşacağı ânı hayal ederek umudunu tazelemiş ama bir türlü değişmeyen bu kasvetli manzara, insanın ciğerlerine işleyen bu nem, asla bitmeyecekmiş gibi üzerlerine çöken bu alacakaranlık yeniden moralini bozmuş. Bakışları, adeta ruhsuz birer yük gibi, fillerin sırtında belli belirsiz sallanarak bu zoraki yolcuğu sürdürmeye çalışan adamlarına kaymış. Korumaya çalıştığı son umut kırıntıları da sırtından süzülen ter damlaları gibi akıp gitmiş. Tam adamlarına geri dönmeyi emredecekmiş ki, ölü ağaçların eğri büğrü dallarının arasından yemyeşil bir ışık çarpmış gözüne. Dikkatle bakınca bunun bir dağ olduğunu görmüş. Daha o ağzını açmadan Baş Cengâver sevinçle haykırmış:

"Kaf Dağı! Başardık, başardık Prensim. Kaf Dağı'na geldik. Haklıymışsınız, yangın yokmuş." Sesi utançla titremiş. "İyi ki bu akılsız kulunuzu dinlemediniz, iyi ki bu aptal adamın sözlerine uymadınız."

Prensin ağzından tek kelime bile çıkmamış, sadece karşılarında yükselen kutsal dağa bakarak gülümsemiş, onun yerine Baş Cengâver konuşmuş:

"Artık dağa çıkıp Zümrüanka'yı bulmaktan başka işimiz kalmadı. Dağın eteğinde Kapı Köyü var, bu akşam orada dinlenir gücümüzü toplarız. Yarın sabah da erkenden tırmanırız doruğa."

Yine sessizliğini korumuş prens, gözlerini dağa dikerek filini ileri sürmüş. Çünkü Kaf Dağı'na ulaşmaları için en az iki fersah daha yol almaları gerekiyormuş.

Kapı Köyü'ne yaklaşınca kocaman bir ışık görmüşler, aynı anda gözleri yanmaya başlamış, genizlerine dumanlar dolmuş. İşte o zaman alaycı bir sesle şöyle demiş prens:

"Galiba senin yangın bu köydeymiş Baş Cengâver!"

Tecrübeli yoldaşı gözlerini kısarak bakmış ilerdeki ateşe ama neler olduğunu anlayamamış. Aklına gelen ilk ihtimali mırıldanmış.

"Zümrüdüanka'nın küllerinden doğacağı ateş bu mu acaba?"

Prens kesin bir tavırla başını sallamış.

"Hayır, Zümrüdüanka'nın makamı Kaf Dağı'nın doruğundadır, köyün ortasında, insanların arasında ne işi var?"

Bu sorunun cevabını bulmak için köye ulaşıncaya kadar beklemek zorunda kalmışlar. Hatta ilk evlere ulaştıklarında meydanda yakılan ateşi yakından gördüklerinde bile manasını çözememişler. Tek katlı, küçük bahçeli evlerin sıralandığı sokaklardan geçerek meydana ulaştıklarında ateşin başında küçük bir kalabalık bulunduğunu fark etmişler. Ama bu kalabalıkta sadece kadınlar ve çocuklar varmış. Ateşin başındakiler de onları fark etmekte gecikmemişler. Sokaklarında beş devasa filin üzerlerine geldiğini görünce şaşkınlık içinde öylece kalmışlar. Kalabalığı işaret eden Baş Cengâver, prense şöyle demiş:

"Kıymetli Prensim, bizi tanımadıkları için korktular, onlara kötülük edeceğimizi zannediyorlar."

Gözlerini kalabalıktan ayırmayan genç veliaht, "Haklısın" diye onaylamış. "Fillerden inelim ve kendimizi tanıtalım."

Beş adam fillerden inerken gümüş rengi saçları omuzlarına dökülen, uzun boylu zayıf bir kadın ağır adımlarla onlara yaklaşmış. Baş Cengâver kendilerini tanıtmak için bir adım öne çıkarken kadın doğrudan prense yönelmiş. Köyün yaslandığı görkemli Kaf Dağı gibi zümrüt yeşili gözlerini genç veliahda dikerek şöyle demiş:

"Hoş geldiniz Prensim, sizi bekliyorduk."

Kafiledekiler şaşkınlık içinde kalmış, soru prensten gelmiş:

"Bizi mi bekliyordunuz?"

Kadın hiç duraksamadan yanıtlamış:

"Evet, sizi bekliyorduk; dört gündür gözlerimiz yollardaydı."

Prens yeniden sormuş:

"Geleceğimizi nereden biliyordunuz?"

"Kaf Dağı'nın kâhini söyledi. O, köyümüzün koruyucusu, Bilgelik Ormanı'nın azizi, Zümrüdüanka'nın hizmetçisidir. Hepimizi başına topladı ve şöyle dedi: 'Bizi karanlıktan kurtaracak olan kişi, bir akşam vakti köyümüze gelecek olan prenstir. O öyle masumdur ki kalbinde aşk ateşinden fazlasına yer yoktur. İşte bizi kurtaracak olan da odur.' Evet, aynen böyle dedi. Bize umut verdi. Geleceğinizi biliyorduk ama yine de hepimizin yüreği ağzındaydı. Geri dönersiniz diye endişeleniyorduk. Çünkü toprağın suyu çekiliyor, ağaçlar kuruyor, ormanımız ölüyordu. Ne kadar canlı varsa; uçanı kaçanı, yüzeni sürüneni hepsi cennetlerini terk ediyordu. Onları kaçarken göreceğinizden korktuk, onlar gibi sizin de gideceğinizden korktuk. Ama yine de gözlerimizi bir an bile yoldan ayırmadık, çünkü kâhin geleceğinizi söylemişti, çünkü tek kurtuluşumuz sizdiniz." Kadın bir an susmuş, ardından arkadaki küçük kalabalığı göstermiş. "Köyde sadece kadınlar ve çocuklar kaldı. Bütün erkekler, yaşlı olanlar da dahil hepsi Kaf Dağı'na gitti. Oysa kâhin onları uyarmıştı. 'Kendinizi boş yere tehlikeye atmayın, siz o kutsal doruğa çıkmaya muktedir değilsiniz. Aranızdan hiç kimse o dağa çıkamaz. Zümrüdüanka'ya yardım edemez. O dağa çıkacak olan, Zümrüdüanka'yı kurtaracak olan henüz gelmedi ama gelecek. Evlerinize dönün ve gelecek olanı bekleyin' demişti. Fakat beklemediler; gençlerimiz halatlarla, kazmalarla, kancalarla dağa tırmanmaya başladı, yaşlılarımız aşağıdan onlara destek olmaya çalıştı. Elbette kâhinin sözleri gerçekleşti, elbette aralarından hiç kimse dağa çıkamadı. Bir kısmı düşüp kendini yaraladı, bir kısmı doruklarda kaldı, bir kısmı hâlâ tırmanmaya çalışıyor. Ama siz geldiniz. Artık Bilgelik Ormanı'nı, Kapı Köyü'nü, Zümrüdüanka'yı, yani yeryüzünü, yani bütün canlıları kurtarabilirsiniz."

Gümüş saçlı kadının söyledikleri karşısında prensin de, dört cengâverin de ağızları açık kalmış. Çünkü Kaf Dağı'na geleceklerini kimseye haber vermemişler. Kendini ilk toparlayan yine genç veliaht olmuş:

"İyi de bunu nasıl yapabiliriz ki?" diye sormuş.

Gümüş saçlı kadın kendinden emin bir tavırla yaklaşmış, sanki öz annesiymiş gibi prensin elinden tutarak şöyle demiş:

"Onu ancak Kaf Dağı'nın Kâhini bilir. Tapınakta bizi bekliyor. Gelin ona gidelim. En iyisi kendi sözlerini kendi diliyle söylesin, en iyisi onun sözlerini kendi kulaklarınızla duyun."

Böyle dedikten sonra meydandaki ateşe doğru yürümüş. Prensin itiraz etmediğini gören dört cengâver de onları izlemiş. Ateşe yaklaştıklarında kalabalık yarılmış, bizim küçük kafile kendilerine kurtarıcı gözüyle bakan kadınların ve çocukların arasından geçerek Kaf Dağı'na yaslanmış gibi duran görkemli yapıya yönelmişler. Ateş arkalarında kalmış, gölgeleri tapınağın ahşap kapısına vurmuş. Aynı anda ahşap kapının iki kanadı birden açılmış ve ufacık bir adam çıkmış karşılarına. Sanki kırk yıllık dostlarıymış gibi ellerini yana açarak gülümsemiş ve şöyle demiş:

"Hoş geldin ey ülkemizin bahtı, ey köyümüzün en kıymetli konuğu. Hoş geldin ey güzel yüzlü, güzel huylu prens. Sizi bekliyorduk sabırsızlık içinde çırpınarak, sizi bekliyorduk bu nemli sıcağın içinde boğularak, sizi bekliyorduk çaresizliğin avcunda korkuyla kıvranarak ama geleceğinizden emin olarak sizi bekliyorduk. Hoş geldin."

Genç veliaht nezaketi boş verip yaşlı adamın sözünü kesmiş.

"Hoş bulduk bilge adam, hoş bulduk da geleceğimi nereden biliyordunuz?"

Yaşlı adamın gözlerinden tatlı bir ışık geçmiş.

"Zümrüdüanka efendimiz söyledi. 'Beni kurtaracak olan yoldadır, dört adamın arasında bir filin sırtındadır. Dördüncü günün sonunda gelecek, beşinci günün şafağında beni kurtaracaktır' dedi. Ve her zaman olduğu gibi Zümrüdüanka efendimizin sözleri gerçek oldu. İşte karşımdasınız. Artık Zümrüdüanka efendimizi kendi elleriyle yaptığı zindanından kurtarabilir, kendi küllerinden yeniden doğmasını sağlayabilirsiniz."

"Zümrüdüanka'yı ben mi kurtaracağım?" diye mırıldanmış genç adam. "Bunu nasıl yapabilirim ki? Prens de olsam ben fani bir insanım, öyle büyülü güçlerim yok, o kutsal kuşu nasıl kurtarabilirim?"

Kâhin kendinden ve sözlerinden emin bir tavırla süzmüş veliahdı.

"Hiç kaygılanmayın genç prensim, biz faniler kutsal olanı hep dışımızda, derin göklerde, ışıltılı yıldızlarda ararız, oysa yüce kudret içimizdedir. Evet, hepimizin içinde tanrılardan bir parça vardır. Ama ortaya çıkması için vaktinin gelmesi gerekir. Sizin için o vakit işte bu andır." Böyle söyledikten sonra yana çekilmiş. "Gelin, gelin, böyle kapıda olmaz, içeri geçin. Orada konuşalım..."

Kâhinin davetine uyup iki kanatlı ahşap kapıdan tapınağa girmişler. İçeri girer girmez büyük bir hayal kırıklığına uğramışlar, burası alıştıkları ibadethanelere hiç benzemiyormuş. Kandillerle aydınlanan bu salonda ne bir heykel, ne bir mozaik, ne bir fresk ne de bir sunak varmış. Tapınaktan çok boş bir buğday ambarını andırıyormuş.

"Bu nasıl tapınak?" diye mırıldanmış prens. "Burası neden böyle bomboş, neden tek bir tanrı heykeli bile yok? Neden böyle yoksul?"

Ak sakallarını sıvazlayan Kaf Dağı'nın Kâhini adeta gururla açıklamış.

"Bizim bütün zenginliğimiz Zümrüdüanka'dır. Bizim rengimiz, süsümüz, görkemimiz Zümrüdüanka'dır. O yüzden tapınağımız böyle sade, böyle yalın, böyle bomboştur. Çünkü o boşluğu Zümrüdüanka efendimizin manevi varlığı doldurur. O bedenen burada olmasa bile kudreti her zaman yanımızdadır."

Kâhinden bu sözleri duyan prens aklındaki meseleyi dile getirmiş:

"Peki bu kudretli varlık nasıl oluyor da kendi yaptığı zindanda hapis kalıyor? Nasıl oluyor da benim gibi bir faninin yardımına muhtaç oluyor?"

Hiç kızmamış kâhin bu kinayeli sözlere.

"Hiç şüphesiz, Zümrüdüanka efendimiz kudretlidir, güçlüdür, ölümsüzlüğün simgesidir ama onun asıl özelliği iyiliktir. İyilik dünyasında nefes alır verir. Tek düşmanı vardır, o da kötülüktür. Ama biz insanlar onun gibi değiliz, bizim için kötülük her zaman daha caziptir. Her fırsatta iyilik makamını terk eder, kolayca kötülüğe meylederiz. Ne yazık ki, yine öyle yaptık. Yine zarafet yerine kabalığı, güzellik yerine çirkinliği, fedakârlık yerine bencilliği, yiğitlik yerine korkaklığı seçtik. Yüreklerimiz kurudu, merhametimiz soldu, vicdanımız kayboldu. Ruhlarımızdan akan kötülük bütün yeryüzünü tuttu, buharlaştı, bütün gökyüzünü kapladı, güneşin ışıklarını perdeledi ve hepimizi karanlıkta yaşamaya mahkûm etti. Böylece her beş yılda bir olması gereken bu kez olmadı, güneşin ateşten parmakları Zümrüdüanka'nın çalılıklarına dokunamadı. Kutsal ateş yanmadı, kendi yuvasına hapsolan Zümrüdüanka küllerinden doğamadı, hayat yenilenemedi. Ama en direngen tohum iyiliktir, ne kadar unutturulmaya çalışılırsa çalışılsın, ne kadar derine gömülürse gömülsün bir gün mutlaka filiz verir. İşte o filiz sizsiniz. Zümrüdüanka'yı kurtarmak, gökyüzünü güneşe, yeryüzünü aydınlığa kavuşturmak sizin ellerinizde."

Boş tapınakta kâhinin yankılanan sesleri son bulunca endişeyle bakmış prens.

"Yapmayın yüce kâhin, dünyanın bütün yükünü omuzlarıma bindiriyorsunuz. Benim böyle bir gücüm, böyle bir kudretim yok."

"Kendinizi küçük görmeyin Prensim" demiş kutsal adam. "Bütün mahlukat ormandan kaçarken siz onlarla gitmediniz. Sonunda ölüm olacağını bile bile Kaf Dağı'na geldiniz. Zümrüdüanka'ya ulaşmaktan vazgeçmediniz."

Derdini anlatamamanın verdiği sıkıntıyla söylenmiş genç adam:

"Doğrusunu söylemem gerekirse Zümrüdüanka'yı kurtarmak için gelmedim buraya. Âşık olduğum kızı kurtarmak için geldim..." Bu kelimeler ağzından çıkar çıkmaz da pişman olmuş söylediğine, düzeltmek istemiş. "Yani Zümrüdüanka'ya saygısızlık yapmak istemem ama hakikat bu. Ben rüyamda gördüğüm kızı arıyorum."

Takdirle bakmış kâhin.

"Bakın ne kadar dürüstsünüz, kendinizi övmek için bile yalan söyleyemiyorsunuz. İşte bu yüzden seçilmiş kişi sizsiniz. Bize sizden başkası yardım edemez. Çünkü aşkla yanan bir yüreğiniz var. Çünkü yüreğinizi yakan o ateş, insanlara güneşten bir armağandır. Çünkü Zümrüdüanka'yı kurtaracak ateş ancak güneşten alınmış olmalıdır. Evet, temiz kalpli çocuğum, işte bu yüzden Zümrüdüanka'yı sizden başkası kurtaramaz."

Prens hâlâ anlayamıyormuş.

"Ama nasıl yapabilirim ki bunu?"

Yaşlı adam yaklaşmış, iri ellerini genç veliahdın omuzlarına koymuş.

"Zor değil, yeter ki inancınız sağlam olsun. Güç değil, yeter ki kalbinizdeki aşk gerçek olsun. İmkânsız değil, yeter ki Zümrüdüanka'yı kurtarma isteğiniz samimi olsun."

"Samimiyim" diye atılmış prens. "Zümrüdüanka'yı kurtarmayı gerçekten istiyorum... Hem insanlık için hem de kendim için istiyorum. Çünkü onu kurtaramazsam rüyalarımdaki kızı da kurtaramam ama..."

Tıpkı gümüş saçlı kadın gibi kâhin de uzanıp elinden tutmuş genç âşığın.

"Hiç tereddüt etmeyin o zaman. Tasalanacak bir şey yok. Hadi artık yürüyelim. Dördüncü gün tükenmek üzere ve beşinci günü müjdeleyen şafak hızla yaklaşıyor. Beşinci gün bitmeden Zümrüdüanka'yı kurtarın ki, rüyalarınızdaki kıza bir an önce kavuşabilin."

Prens ne diyeceğini bilemeden yaşlı adamın peşi sıra sürüklenmiş. Baş Cengâver ve üç adamı da ellerini kılıçlarına atarak arkalarından gelecek olmuş, kâhin durdurmuş onları ve kararlı bir sesle şöyle demiş:

"Zümrüdüanka'nın makamına sadece prens çıkabilir, sizin böyle bir yetkiniz yok. Burada bekleyeceksiniz."

Baş Cengâver celallenmiş, yaşlı adama haddini bildirmek istemiş ama bu kez genç veliaht durdurmuş onu.

"Tamam, siz burada kalın. Merak etmeyin, geri döneceğim."

"Ama kıymetli Prensim..." diye itiraz edecek olmuş Baş Cengâver.

Genç âşık hüzünle bakmış adamına.

"Durum değişti. Zümrüdüanka'dan yardım almak için yola çıkmıştık ama gördüğün gibi şimdi o efsanevi varlık bizim yardımımızı istiyor. Onu kaderine terk edemeyiz." Bakışlarını kâhine çevirmiş. "Ben bu kutsal adama güveniyorum, siz de güvenin. Merak etmeyin, gittiğim gibi sağ salim döneceğim. Kim bilir, belki yanımda Zümrüdüanka da olur."

Baş Cengâver'in endişesi son bulmamış ama prense de karşı çıkamamış, sadece kâhine şöyle demiş:

"Veliahdımız size emanet. Başına bir iş gelirse sizi sorumlu tutarım."

Kâhin kendinden emin gülümsemiş.

"Onun başına bir iş gelirse, ne ben kalırım ne de siz, ne endişeniz kalır ne de öfkeniz. Ama içinizi ferah tutun, cesur Prensimiz gerekeni yapacak. Hem sizi, hem beni, hem rüyasındaki kızı hem de kendini kurtaracak."

Böyle söyledikten sonra genç veliahdı da yanına alarak tapınağın arkasına yürümüş. Yürüdükçe geniş salon daralmaya gitgide bir dehlize dönüşmeye başlamış. Bu küçük dehliz nihayet yeşil renkli devasa bir kayada sona ermiş.

"Kaf Dağı" diye mırıldanmış prens parlak kayaya bakarken. "Kaf Dağı'na mı geldik?"

Genç adamı takdir eden bir bakış belirmiş kâhinin gözlerinde.

"Evet, cennetten düşen o kayanın dibindeyiz."

Prens devasa kayanın kaygan yüzeyine nasıl tırmanacağız diye endişelenirken, kâhin sakin bir tavırla sağ elindeki iri yüzüğü prensin parmağına geçirmiş. Yüzüğün fildişinden yapılma taşının üzerinde Zümrüdüanka'nın minik bir kabartması yer alıyormuş.

"Bu yüzük aslında bir anahtar" diye açıklamış. "Size Kaf Dağı'nın kapılarını açacak." Eliyle yeşil kayanın üzerindeki küçük oyuğu göstermiş. "Yüzüğü buraya bastırınca bir geçit belirecek önünüzde, hiç duraksamadan hemen içeri girin. Kısa bir tünel sizi taş merdivenlere ulaştıracak. Bitmek bilmeyen basamaklar yükselecek önünüzde, sakın gözünüz yılmasın, sakın yapamam demeyin, sakın vazgeçmeyin. Yorulabilirsiniz, basamaklar sizi tüketebilir, yolunuz kapanabilir, asla umudunuzu yitirmeyin. Mutlaka çıkacaksınız dağın doruğuna. Başlanmış iş bitmiş iştir. Kolay olmayacak ama başaracaksınız. Gökyüzüne uzanan o merdivenleri çıktığınızda Kaf Dağı'nın doruğuna ulaşacaksınız. Zümrüdüanka'nın makamı oradadır, kutsal efendimiz o dorukta kendi yaptığı yuvasına hapsolmuştur. İşte o yuvada sizin kendisini kurtarmanızı beklemektedir."

Kâhin konuştukça prensin tedirginliği azalacağına artıyormuş.

"Ya siz... Siz gelmeyecek misiniz benimle?"

O gizemli gülümsemesini takınmış kâhin.

"Az sonra açılacak kapıdan sadece bir fani geçebilir, o merdivenleri sadece bir insan çıkabilir, Zümrüdüanka'nın makamına sadece bir kişi ulaşabilir. O kişi sizsiniz. Çünkü Zümrüdüanka efendimizin yaptığı yuvanın çalılarını sizden başka kimse tutuşturamaz."

Kâhin'in ayrılma vakti geldikçe prensi bir heyecan sarmış.

"Peki hangi ateşle tutuşturacağım o çalıları, ne bir meşale, ne bir kandil ne de bir mum var elimde."

Yaşlı adam usulca başını iki yana sallamış.

"Anlamıyor musunuz, sizin ne meşaleye, ne kandile ne de muma ihtiyacınız var. Yangın sizin yüreğinizde, onu güneşten ödünç aldınız. Evet, inanmayan gözlerle bakmayın öyle, o çalılıkları tutuşturacak olan ateş sizsiniz. Zümrüdüanka efendimizin makamına varınca, sağ elinizi kalbinizin üzerine koyun, üç kez nefes alıp verin, sonra aynı elinizle çalılara dokunun. Sizin bedeninizi ve ruhunuzu yakan ateş, elbette kutsal efendimizin yuvasını da tutuşturacaktır. Sizi rüyanızda gördüğünüz kızı bulmaya yönlendiren güç, elbette Zümrüdüanka'nın kendi küllerinden doğmasına da sebep olacaktır. Bundan hiç şüphe etmeyin. Çünkü şüphe insanı zayıf düşürür. Aşkınıza nasıl inanıyorsanız kudretinize de öyle inanın. Ama vakit kalmadı, beşinci gün başlamak üzere. Hadi basın artık şu yüzüğü yeşil kayadaki oyuğa, hadi açılsın artık Kaf Dağı'nın kapıları, hadi başlasın artık tırmanışınız. Unutmayın, ümidini yitirmeyen kişiyi karanlık asla yenemez."

Kâhinin bu sözleri üzerine prens kayaya yaklaşmış, parmağındaki yüzüğü oyuğa bastırmış. Önce büyük bir gürültü duyulmuş, ardından yekpare kaya aralanmış ve önünde bir geçit belirmiş. Ama prens içeri girmek konusunda hâlâ kararsızmış. Kâhine dönmüş ama kimseyi görememiş. Hayretler içinde kalarak etrafına bakınmış, ancak az önce yanında dikilen kâhin sırlara karışmış. Bir an geri dönsem diye geçirmiş aklından, adamlarımı alıp sarayımın yolunu tutsam. Fakat sonra Zümrüdüanka'yı kurtarmazsa, dönebileceği bir sarayı bile olmayacağı gerçeği dank etmiş kafasına. Evet, kutsal kuş küllerinden yeniden doğmazsa, ne saray kalacakmış ne ailesi, ne Dağ Ülkesi kalacakmış ne de halkı. Hayır, geri dönmek gibi bir ihtimal yokmuş. Ucunda ölüm de olsa Kaf Dağı'na girmek zorundaymış. Derin bir nefes alarak içeri girmiş. Bir anda bütün bedenini yemyeşil bir ışık kaplamış. Birkaç adım atarak etrafına bakınırken yine aynı gürültüyü duymuş, geçit üstüme kapanacak diye edişelenerek geri dönmüş ama geç kalmış, kayalar üzerine kapanmış. Prens Kaf Dağı'nın içinde hapsolmuş. Artık geri dönemeyeceğini anlayarak önünde uzanan yeşil tünelde temkinli adımlarla yürümeye başlamış. Kaf Dağı'nın dibinde olmasına rağmen ne bir nem, ne küf kokusu varmış, sanki devasa bir zümrüdün ortasında ilerliyor gibiymiş. Otuz kırk arşın kadar ilerledikten sonra kâhinin sözünü ettiği merdivenler çıkmış karşısına. Döne döne yukarıya uzanan merdivenlerin bir basamağı sarı bir basamağı maviymiş. Ama alttan bakınca yemyeşil görünüyormuş merdiven. Derinden bir nefes alarak tırmanmaya koyulmuş. Başlarda çok zorlanmamış, bir basamak, bir tane daha derken Kaf Dağı'nın içinde ağır ağır yukarı çıkmaya başlamış. Belki yüzlerce, belki binlerce basamak çıkmış ama merdiven bitecek gibi değilmiş; öyle bir an gelmiş ki dizinde derman kalmamış, başı dönmüş. "Dinlenmem gerek" diye söylenmiş kendi kendine. "Dinlenirsem daha hızlı çıkarım." Durup biraz soluklanmış, sonra yeniden sarı mavi basamakları çıkmaya koyulmuş ama bu defa daha çabuk yorulmuş. Başını kaldırıp sabırsızlıkla yukarı bakmış; döne döne yükselen merdivenlerin sonu görünmüyormuş. Tekrar dinlenip merdivenleri çıkmaya başlamış, bu kez daha çabuk yorulmuş. Ümitsizce bir kez daha basamakların üzerine çökmüş. "Başaramayacağım" diye mırıldanmış yüksek sesle. "Olmayacak, Zümrüdüanka'yı kurtaramayacağım." Sesi döne döne yükselen merdivenlerde yankılanmış. Kendi sesindeki çaresizliği duyunca iyice morali bozulmuş. Ama durmak olmazmış, bütün gücünü toplayıp yeniden tırmanmaya başlamış ancak bu deneme de çok sürmemiş, on basamak sonra soluk soluğa kalmış, göğsünde öyle bir basınç hissetmiş ki ciğerlerinin patlayacağını sanmış. Yine de pes etmemiş, nefesini düzenleyip bir kez daha denemiş. Böylece on beş yirmi basamak daha çıkmış ama bu kez de bacaklarına korkunç bir ağrı saplanmış, baldırlarının yırtılacağını, dizkapaklarının yerinden çıkacağını düşünmüş. Olduğu yere çökmüş, elinin tersiyle alnında biriken ter damlalarını silmiş. Birden elinin üzerinde yeşil bir leke görmüş, dikkatli bakınca bunun az önce sildiği ter damlaları olduğunu fark etmiş. "Neler oluyor?" diye bağırmış. "Yeşil yeşil terliyorum. Biri bana büyü mü yaptı? Yoksa ben de Kaf Dağı'nın bir parçası mı oldum?" Bir türlü bitmek bilmeyen basamaklar boyunca yankılanarak sesi ona geri dönmüş: "Yoksa ben de Kaf Dağı'nın bir parçası mı oldum?" Zavallı Prens ne yapacağını bilemeden öylece kalakalmış. Aynı anda bir ses daha çınlamış kulaklarında. "Kaf Dağı'nın parçası olabilecek kadar kıymetli misin?" Prens hayretler içinde etrafına bakınmış. Çünkü onun ağzından böyle bir cümle çıkmamış. Yanlış mı duydum diye düşünürken ses yankılanarak bir kez daha kulaklarına çarpmış: "Kaf Dağı'nın parçası olabilecek kadar kıymetli misin?" Tepeden tırnağa ürpermiş prens. Bu basamaklarda başka biri daha varmış. Yukarı bakmış, az önce çıktığı basamakları gözden geçirmiş, hayır, ondan başka kimse yokmuş etrafta. Hayal gördüm herhalde diyecekken, arkasında hafif bir esinti hissetmiş, başını çevirmiş ve dehşetten donakalmış. Karşısında mavi gözlerini yüzüne dikmiş devasa bir yılan duruyormuş.

"Ah!" diye bağırarak başını geri atmış.

Olduğu yerde öylece kalan güzel gözlü hayvan, "Amma da korkakmışsın" diye söylenmiş. "Hiç mi yılan görmedin ömründe?" O kadar içten bir havası varmış ki, prensin aklı karışmış. "Yoksa bu sürüngen düşman değil de dost mu?" diye anlamaya çalışırken, yılan merakla sormuş:

"Söyle bakalım, kimsin sen? İn misin cin misin? Ne arıyorsun sadece bizim yaşlı kâhinin tırmanabildiği bu basamaklarda?"

Yılanın bakışlarındaki yumuşaklık, ses tonundaki içtenlik prensin korkusunu biraz gidermiş.

"Ne inim ne cinim, senin gibi bir canlıyım. Beni buraya gönderen de yaşlı kâhindir. Zümrüdüanka kendi yaptığı yuvasına hapsolmuş, yanması gereken kutsal ateş yanmamış, ben işte o ateşi yakmaya geldim. Ama bu basamaklar bitmek bilmiyor, bu merdivenin sonu bir türlü görünmüyor."

Yılanın mavi gözleri endişeyle ışıldamış.

"Ama Zümrüdüanka o ateşte yanamazsa küllerinden doğamaz. O küllerinden doğamazsa hayat kendini yenileyemez. Yeryüzündeki canlıların hepsi ölür."

Prensin omuzları düşmüş, derin bir iç geçirmiş.

"Öyle olacak. Çünkü artık takatim tükendi, tek basamak çıkacak kadar bile gücüm yok."

Yılanın gözleri prensin üzerinde donmuş kalmış, sonra çatal dilini usulca sallayarak şöyle demiş:

"Senin takatin tükenmiş olabilir ama ben yumurtadan yeni çıkmış genç bir yılan gibi kuvvetliyim. Hadi atla sırtıma, seni atalarımın yıllardır açtığı gizli deliklerden çıkaracağım doruğa."

Genç veliaht emin olamamış, öyle ya daha az önce tanıştığı bu devasa yılana nasıl güvenebilirmiş? Neden kâhinin söylediği kötülük güçlerinden biri olmasın? Güneşin doğuşunu nasıl engelledilerse, Kaf Dağı'nı da ele geçirebilirlermiş pekâlâ. Prensin tereddüt ettiğini gören yılan şöyle demiş:

"Anlasana, bizim kâhin de biliyordu senin bu merdivenleri çıkamayacağını. Basamakların ortasında bir yerde karşılaşacağımızdan adı gibi emindi. Çünkü onu da ben taşıyordum dağın doruğuna."

Kuşkuyla bakmış prens.

"O zaman niye sizden bahsetmedi bana?"

"Aptallığınızdan, size benzemeyen canlıları düşman saymanızdan. Eğer o merdivenlerde devasa bir yılanla karşılaşacaksın deseydi, çıkar mıydın yukarıya?"

Ama bu sözler de ikna edemeyince prensi, mavi gözlü yılan sinirlenmiş.

"Sana zarar verecek olsam şimdiye çoktan ölmüştün. Gerçi siz insanları pek sevmem ama Zümrüdüanka benim de efendimdir. Sizin için değil, kendim için yardım edeceğim ona. Hadi uzatma da atla sırtıma."

Prens sonunda yapmış yılanın dediğini; çıkmış sırtına ama dokunmakta zorluk çekiyormuş kaygan derisine. Yeniden seslenmiş yılan:

"Hadi, kurtul artık şu aptal düşüncelerden. Ben de bayılmıyorum seni sırtımda taşımaya. Ama mecburum. Şimdi, sımsıkı sarıl bana. Başını da iyice eğ, evet, işte öylece uzan üzerime, geçeceğimiz delikler dar, takılıp düşme bir yerlerde."

Böyle dedikten sonra çevik bir hareketle iri gövdesini ustalıkla döndürerek ok gibi dalmış yeşil deliğe. O kadar hızlı sürünüyormuş ki sert kayanın içinde prensin başı dönecek olmuş, işte o zaman gözlerini kapayıp gerçekten de sımsıkı sarılmış mavi gözlü sürüngenin ışıl ışıl yanan derisine. Zamanla yarışırcasına deliklerden döne döne çıkmışlar yukarılara, gözlerini kapadığı için sadece yılanın kayaya sürtünürken çıkardığı sesleri duyuyormuş, derken farklı bir uğultu çalınmış kulağına. Gözlerini açmış ama yine o yemyeşil parlak kayadan başka bir şey görememiş. Yeniden kapatmış gözlerini, uğultuyu şimdi daha belirgin işitmiş.

"Bu da ne?" diye geçirmiş aklından. "Yoksa yalan mı söyledi bu sürüngen? Yoksa Kaf Dağı'nın doruğu diye iblislerin inine mi götürüyor beni?" Aynı anda yılanın kinayeli sesi duyulmuş:

"Yalan söylemek siz insanların harcıdır. Biz yılanlar sözümüze sadığız. Ne söylersek onu yaparız. İblislerin sofrasına değil, Kaf Dağı'nın doruğuna getirdim seni. Hadi aptal mahluk aç gözlerini."

Önce yüzünde rüzgârı hissetmiş prens, sonra gözlerini açmış ve kendini bulutların arasında bulmuş. Doğru söylüyormuş yılan, burası Kaf Dağı'nın doruğuymuş.

"Kusura bakma" demiş o muhteşem canlıya dönerek. "Seni yanlış anladım."

Yılan iri başını usulca sallamış.

"Bütün insanlar yanlış anlıyor. Üstelik sadece bizi değil hayatı da yanlış anlıyorsunuz. Başımıza gelen felaketlerin çoğu işte bu yanlış anlamadan. Neyse, sana akıl verecek değilim, git ve hayırlı bir iş yap, kurtar Zümrüdüanka efendimizi."

Sonra yine hızla dalmış az önce geldikleri deliğin yeşilliklerine. Kaf Dağı'nın doruğunda tek başına kalan prens tedirgin gözlerle etrafına bakmış. Her yer bulutlarla kaplandığından aşağısını göremiyormuş. Birkaç adım atacak olmuş ama ayağı kaymış, düşmekten son anda kurtulmuş. O zaman fark etmiş zeminin tümüyle buzla kaplı olduğunu. Hava o kadar soğukmuş ki bütün bedenini bir titreme almış ama aldırmamış, kutsal kuşu bulmak için temkinli adımlarla ilerlemiş. Çok geçmeden de doruğun doğu yakasında çalılardan oluşan kocaman yuvayı görmüş. Hemen yaklaşamamış, bir süre devasa çalı çırpı yığınını incelemiş. Ama ne bir ses duymuş, ne bir kıpırtı görmüş. "Yoksa geç mi kaldım" diye kaygılanmış, "yoksa ben merdivenlerden tırmanırken beşinci gün geçti mi? Zümrüdüanka kendi küllerinden yeniden doğma fırsatını yitirdi mi?" Bu kötü ihtimaller yeniden harekete geçirmiş onu, dikkatli ama olabildiğince hızlı adımlarla yuvaya yaklaşmış. Buz tutmuş iri çalıların arasından içeriye bakmış. Kalbi birden heyecanla çarpmaya başlamış. Efsanevi kuş işte oradaymış; bitkin düşmüş olmasına rağmen, başını dik tutmaya çalışarak, sabırla çalıların tutuşturulmasını bekliyormuş. Onu sağ salim gören prens inançla seslenmiş: "Geldim ey Zümrüdüanka, hiç merak etmeyin, o ateşi yakıp sizi kurtaracağım." Böyle demiş ama aslında ne yapacağını bilmiyormuş. Kâhinin söylediklerini hatırlamış. Hemen yüzünü doğuda kat kat bulutların arasından belli belirsiz seçilen kızıllığa dönmüş, yakasız gömleğini sıyırmış, sağ elini sol göğsünün üzerine koymuş, derisinin altında çarpan kalbini hissetmiş. Üç kez nefes alıp vermiş. Aynı anda avcuna bir sıcaklık yayılmış, kalbinin her atışıyla ısı artarak bütün elini kaplamış. Heyecandan mıdır, soğuktan mıdır, kalp atışları da giderek artıyormuş, sonunda öyle bir an gelmiş ki elindeki sıcaklık dayanılmaz bir hal almış. Sanki kızgın bir maddeye dokunmuş gibi elini aceleyle göğsünden çekip Zümrüdüanka'yı çevreleyen buz tutmuş çalılıklara bastırmış. Çalılıkların üzerindeki buzlar anında eriyip suya dönüşmüş, su buhar olup bulutlara karışmış, prensin kızgın birer demir gibi ısınan parmakları kuru dalları tutuşturmaya başlamış. Derken, incecik bir duman yükselmiş çalılıkların arasından. Sevinçten deliye dönen prens, bütün gücüyle dumanı üflemeye devam etmiş. Ciğerlerinde ne kadar hava varsa hepsini boşaltmış kuru dalların üzerine. Nefesinin yetmediği yerlerde rüzgâr yardıma yetişmiş, böylece alacakaranlıkta ilk alev parlayıvermiş, sonra yanındaki dala atlamış, ateş birden yayılmış ve Zümrüdüanka'nın yuvası devasa bir fener halini alarak Kaf Dağı'nın doruğunu aydınlatmaya başlamış. Prens geri çekilerek kâhinlerin anlattığı, kitaplardan okuduğu mucizenin gerçeklemesini izlemiş. Rüzgârın da etkisiyle çalılar hızla tutuşmuş, alevler Zümrüdüanka'yı kuşatmış. Ne bir acı haykırış, ne bir çırpınış varmış, başı dimdik öylece yanmaya başlamış kutsal kuş. Kısa sürede o güzelim gözleri, o muhteşem kanatları, o cânım tüyleri kül olmuş. Ve Kaf Dağı'nın doruğunda bir an her şey donmuş; ne rüzgâr esmiş, ne bulutlar kıpırdamış ne de yangın yerinde kıvılcımlar parlamış. Sanki öylece hayat durmuş. Ama çok kısa sürmüş bu durağanlık. Rüzgâr yeniden canlanmış, yangın yerini şöyle bir çalkalamış, kıvılcımlar ateş böcekleri gibi uçuşmuşlar havada. Uçuşan kıvılcımlar birleşip kocaman bir kuş suretini almış, küller kemiklere dönüşmüş, etler kemiklere yapışmış, tüyler kanatlara eklenmiş ve Zümrüdüanka bir kez daha Kaf Dağı'nın doruğunda o rengârenk, o muhteşem bedeniyle ortaya çıkmış. Önce kendinden emin bir tavırla yeryüzüne şöyle bir bakmış, ardından bütün gücüyle geniş kanatlarını çırpmaya başlamış. Rengârenk kanatlarından yayılan güçlü esinti bir fırtına halini almış, gökyüzündeki bulutları savurup götürmüş. Kül rengi bulutlar aradan çekilince, güneşin ışıkları Kaf Dağı'nı aydınlatmaya başlamış. Yeryüzü ile gökyüzü arasındaki denge yeniden kurulmuş, bütün canlılar rahat ve geniş bir nefes almış. Bir kez daha küllerinden doğan Zümrüdüanka, hayranlıkla kendisini izleyen prense yaklaşmış ve şöyle demiş:

"Ey uzaklardan gelen kral oğlu, ey hayatın döngüsünü yeniden sağlayan temiz kalpli insan, ey cesur fani, mademki sen kutsal vazifeyi yerine getirdin, mademki bütün canlıları kurtardın, dile benden ne dilersen."

Genç âşık, efsanevi kuşun çarpıcı güzelliği, görkemli renkleri karşısında öylece kalmış, aklından geçen düşünceler, yüreğinde kabaran duygular bir türlü diline ulaşamamış, ulaşanlar da sözcük olup dudaklarından dökülememiş.

"Neden susuyorsun güzel yüzlü prens?" diye onu cesaretlendirmiş Zümrüdüanka. "Hiçbir istekte bulunmayacak mısın benden?"

Kutsal kuşun bu sözleri aklını başına getirmiş, bu kadar emekten, bu kadar çabadan, bu kadar çileden sonra bu fırsatı kaçırmak olmazmış.

"Bulunacağım efendimiz" diye mırıldanmış. "Sizden bir dileğim var Yüce Zümrüdüanka."

Kuşların padişahı sakince sormuş:

"Neymiş dileğin?"

Bunun üzerine prens gördüğü rüyayı, kurtaracağı cüzamlı kızı, Alaca Kartal'ın yumurtalarını, siyah gülün yapraklarını, çıktıkları bu yolculuğu ve Kaf Dağı'na niçin geldiklerini anlatmış. Zümrüdüanka büyük bir ilgiyle dinlemiş genç adamın anlattıklarını. Kurtarıcısının sözleri bitince de şöyle demiş:

"Şimdi anladım senin gibi bir faninin nasıl olup beni kurtarabildiğini. Şimdi anladım Dağ Ülkesi'nin vârisi olan birinin nasıl bu kadar fedakârca davranabildiğini. Şimdi anladım o korkak insan soyundan birinin nasıl bu kadar cesur olabildiğini. Meğerki işin içinde aşk varmış. O yüzden büyük bir memnuniyetle yardım edeceğim sana. Eğer zor duruma düşmemiş olsaydım, eğer kendi ateşimi güneşte kendim yakıp kendi küllerimden doğsaydım bile yine de yardım ederdim. Çünkü aşk yoksa benim korumam gereken bir hayat da yoktur."

Prensin kalbi mutlulukla çarpmaya başlarken Zümrüdüanka sürdürmüş sözlerini:

"Ve tanrıların en sevdiği kullar âşıklardır. Çünkü âşıkların yürekleri inanç, akılları tutku, ruhları masumiyetle yıkanmıştır. Bir delilerde vardır bu saflık bir de sevdalılarda. İşte bu sebepten tanrılar âşıkların işini kolay kılmıştır. Seninki de öyle olacaktır. Şimdi gelelim dileğine. Bu Alaca Kartal dediğin yırtıcı bir kuştur. Pençeleri mızrak gibi delici, gagası kılıç gibi keskin, tüyleri gözleri kör eden bir parlaklıktadır. Hep yükseklerde dolaşır, rüzgârlarla kavgaya tutuşur, bulutlarla yoldaşlık eder, başına buyruktur; ne kralların hizmetine girer, ne beylerin emrini yerine getirir ne de insana boyun eğer. Hele biri yumurtasına, yavrusuna göz diksin, hele biri yuvasına ilişecek olsun, gökyüzünün en acımasız yırtıcısına dönüşür, ona hayatı zindan eder. Ama aynı zamanda en bilge kuşlardan biridir. Kararlılık nedir bilir, cesaret nedir bilir, tutku nedir bilir, iyilik nedir bilir, özgürlük nedir bilir. Bütün bunları kendi tecrübeleriyle öğrenmiştir. Çünkü seneler önce Kaf Dağı'nda beni bulmak için yola çıkan binlerce kuştan biri de odur. Bülbüller, güvercinler, tavuslar, baykuşlar, serçeler, şahinler, keklikler, sülünler, üveyikler... O zorlu yolculukta niceleri bıkmış, niceleri dünyanın rengine kanmış, niceleri korkmuş, niceleri inancını yitirmiş, niceleri geri dönmüştür. O binlerce kuştan sadece otuzu yolculuklarını sürdürmüştü. Bedenleri ve ruhlarıyla her türlü zorluğa ve zorbalığa göğüs gererek benim huzuruma ermişlerdi. İşte Kaf Dağı'na ulaşan o bilge kuşların arasında Alaca Kartal da vardı. Yani güzel gözlü evladım, umudum odur ki, bu bilge kuş senin derdine derman olacaktır. Ama bunu bizzat ona sormak gerekir. Artık beklemenin manası yok, hadi atla sırtıma, karışalım gökyüzünün enginliklerine, ulaşalım Alaca Kartal'ın Umut Dağı'ndaki yuvasına."

Böyle dedikten sonra sağ kanadını bir merdiven gibi uzatıvermiş prensin ayaklarının dibine. Bizim âşık veliaht durur mu, hemen çıkıvermiş devasa kuşun sırtına ama Zümrüdüanka'nın boynuna sarılırken şöyle demiş:

"Ey kuşların padişahı, bir ricam daha var sizden. Kapı Köyü'nde dört sadık adamım kaldı, dört kıymetli cengâver aşağıda merakla beni beklerler. Yolculuğa birlikte çıkmıştık, onları bırakmak olmaz. O dört yoldaşımı da alsak yanımıza."

Kutsal Kuş cevap vermek yerine kanatlarını açarak yükselmiş, önce Kaf Dağı'nın etrafında şöyle bir dönmüş, ardından aşağıdaki Kapı Köyü'ne süzülmüş. Gökyüzünde Zümrüdüanka'yı gören köylüler sevinçle toplanmışlar meydanda. Niyetleri koruyucuları olan kuşun yeniden doğuşunu kutlamak için bir tören yapmakmış ama yere inen prens durumu anlatmış. Kâhinden özür dilemiş, köylülerden izin almış, sonra dört yoldaşıyla birlikte binmiş Zümrüdüanka'nın sırtına. Kutsal kuş geniş kanatlarını açarak havalanmış yeniden. Kapı Köyü'nü geride bırakarak büyük bir hızla ovaların, vadilerin, ormanların, nehirlerin, göllerin, köylerin ve kentlerin üzerinden geçmişler ve binlerce fersah uzakta olan Umut Dağı'na, güneş daha tepeye çıkmadan yetişmişler. Alaca Kartal çok uzaktan görmüş onların geldiğini. Hemen havalanmış yuvasından, güçlü kanatlarını çırparak onlara doğru uçmaya başlamış. İri kartalın geldiğini gören prens ve dört cengâver heyecanlanmış; yaylarına ok takıp kılıçlarına sarılacak olmuşlar.

"Yapmayın!" diye uyarmış Zümrüdüanka. "Koyun silahlarınızı yerine. Kötü bir niyeti yok, bizi karşılamak istiyor sadece."

Gerçekten de Alaca Kartal yaklaşınca önlerinden usulca çekilerek selamlamış onları, sonra da yeniden Umut Dağı'nın doruğundaki yuvasına uçmuş. Zümrüdüanka da onu izlemiş, Alaca Kartal'ın yuvasının hemen altındaki küçük düzlüğe inmişler. Alaca Kartal dile gelmiş ve şöyle demiş:

"Hoş geldin ey kuşların padişahı, hoş geldin ey güneşin yoldaşı, ey bulutların efendisi. Kaç gündür ışık yoktu, kaç gündür rengini yitirmişti gökyüzü, kaç gündür aklımdaydın, kaç gündür kaygıdaydı yüreğim. Şükür sağ salim gördüm seni. Şükür gücün kudretin yerinde, şükür hayattasın. Seni böyle görmek çok güzel."

Aynı tatlı dille karşılık vermiş Zümrüdüanka:

"Hoş bulduk ey göklerin hâkimi, ey dağların kanatlı hükümdarı, ey kuşların en soylusu. Şükür sen de sağ salim hayattasın. Seni görmek de çok güzel." Bunları söylerken Alaca Kartal'ın keskin gözlerini prens ve dört cengâvere diktiğini fark etmiş. "Yol arkadaşlarım tedirgin etmesin seni. Prensimiz Dağ Ülkesi'nin gelecekteki hükümdarıdır ama daha önemlisi aşk neferidir, gönül yolcusudur, iyilik erbabıdır. Üstümüze çöken kara bulutlar onun sayesinde dağıldı, güneş onun sayesinde yeniden parladı, onun sayesinde görebildin beni yeniden. Yani kutlu bir kişidir. Ama zorlu bir derdi var. Ve o zorlu derdin dermanı sendedir. Bu insanoğlu için fedakârlık yapman gerekli. Bize yardım eder misin?"

Alaca Kartal hiç şaşırmamış bu sözlere, sükûnetini koruyarak şöyle demiş:

"Ey kuşların padişahı, bu insanoğlunu sen sevdiğine göre ben de severim, sen saydığına göre ben de sayarım, sen övdüğüne göre ben de överim. Fedâkarlık diyorsun, iste canımı vereyim, kavga dersen kanatlarımla, tırnaklarımla, gagamla emrindeyim ama daha açık konuş, söyle nedir benden istediğin, söyle senin dostuna nasıl yardım edeyim?"

Zümrüdüanka tek tek anlatmış genç veliahdın rüyasında gördüğü kızı, inanılmaz yolculuğunu ve kendisini nasıl kurtardığını. Ve sonunda şöyle tamamlamış uzun konuşmasını:

"Sözün özü şu: Cüzamlı kızı iyileştirmemiz için senin yumurtalarına ihtiyacımız var. Eğer yumurtalarını verirsen, kainatı kurtaran bu prensin rüyasını gerçekleştireceksin. Ama yumurtalarını ben istedim diye değil, gönlünden koptuğu için vermelisin, bu meselede zorlama olmaz, zorlama olursa kimse şifa bulamaz, kalbinde en küçük bir burukluk kalırsa yumurtaların hiçbir işe yaramaz."

Alaca Kartal hiç öfkelenmeden, hiç üzülmeden, en küçük bir keder bile duymadan şunları söylemiş:

"Yumurtalarım feda olsun size. Değil mi ki bu insan aşk neferidir, değil mi ki gönül yolcusudur, değil mi ki hayırlı sırların dostudur, iki yumurta değil, bütün alaca kartalların canı feda olsun ona."

Yumurtaları almak için gerekirse bu yırtıcı kuşu öldürmeyi göze alan prens ve dört cengâver bu kötü düşüncelerinden dolayı utanmışlar. Genç veliaht bir adım öne çıkmış ve şöyle demiş:

"Ey bilge kartal, ey cömertliği de cesareti kadar büyük olan kuş, sana binlerce kez teşekkür ederim. Zümrüdüanka Efendimize ve tüm tanrılara ant olsun ki bu iyiliğini asla unutmayacağım. Ve bundan sonra Dağ Ülkesi insanlarından en küçük bir kötülük gelmeyecek kartallara."

Prens diyeceklerini bitirince bu kez Zümrüdüanka seslenmiş Alaca Kartal'a:

"Seni gördüm ve mutlu oldum ey merhametli kuş. Seni gördüm ve kıvanç duydum ey kuşlar meclisinin en güçlüsü. Cömertliğin bir kez daha gösterdi ki, boşuna değilmiş Kaf Dağı'na ulaşan otuz bilge kuştan biri olman. Seninle kalmak isterdim ama iyileştirmemiz gereken bir hasta, gerçekleştirmemiz gereken bir rüya, tamamlamamız gereken bir yolculuk var. İzin ver vedalaşalım, izin ver kıymetli armağanlarını alıp ayrılalım yanından, izin ver inelim Umut Dağı'nın eteklerine."

Alaca Kartal yana çekilmiş, prens iki yumurtayı alıp büyük bir özenle heybesine yerleştirmiş, ardından dört cengâver ile birlikte Zümrüdüanka'nın sırtına binmiş. Son bir kez Alaca Kartal'ı selamlayıp havalanmışlar, ardından usulca süzülmüşler Umut Dağı'nın eteklerine doğru.

Cüzamlı kız, yaşlı babasıyla birlikte, dağın eteklerinde, Çare Irmağı'nın yakınlarında bir kulübede yaşıyormuş. Zümrüdüanka, kızın kulübesinden biraz uzakta siyah gül fidanlarıyla kaplı bir otlağa konmuş, yine sağ kanadını yere sererek yolcularını indirmiş. Ve onlara şöyle demiş:

"Sevgili Prens ve onun sadık yoldaşları, sizi tanıdığıma çok memnun oldum. Yeryüzünde o kadar çok kötülük var ki, bazen iyimserliğimi yitiriyorum ama sonra sizin gibi erdemli kişilerle karşılaşıyorum, işte o zaman umudum yenileniyor, dünyanın daha güzel bir yer, insanın daha iyi olabileceğine yeniden inanıyorum. Yaptıklarınız için çok teşekkür ederim ama artık ayrılmamız gerek. Yeryüzünde bana ihtiyacı olan başkaları da var, onlara yardıma gitmeliyim."

Genç veliaht ve dört cengâver saygıyla eğilmişler Zümrüdüanka'nın önünde. Prens dizlerinin üzerine çökerek şunları söylemiş:

"Asıl biz memnun olduk, ey yüce Zümrüdüanka. Huzurunuza çıkmak, makamınızda bulunmak, sizinle karşılaşmak, size yardım edebilmek ve sizden yardım almak hayatımın en anlamlı tecrübesiydi. Yaptığınız iyiliği hiçbir zaman unutmayacağım. Bana ihtiyacınız olacağını sanmıyorum ama olursa, her zaman emrinizdeyim. Sağlıcakla gidiniz, sadece insanlara değil, bütün canlılara, bütün yeryüzüne iyilikler ve güzellikler katmaya devam ediniz."

Zümrüdüanka geniş kanatlarını çırparak havalanmış ve rengârenk bedeni bir anda gökyüzünün derinliklerinde kaybolmuş. Kutsal kuş ayrılınca genç âşık ve dört cengâver siyah güllerin yapraklarını toplamaya koyulmuşlar. Yeteri kadar toplayınca prens hepsini heybesine, iki kartal yumurtasının yanına yerleştirmiş. Sonra mis gibi kokan gül fidelerinin arasından yaşlı adamla kızının yaşadığı kulübeye yürümeye başlamışlar. Prensin kalbi kıpır kıpırmış. Kolay mı, sonunda rüyalarında gördüğü kızla karşılaşacakmış. Ahşap kulübeye yaklaşınca, önce bahçede çiçekleri sulayan kızın babasını görmüşler. Adam da onları fark etmiş. Önce endişelenmiş, kim bu yabancılar diye. Çünkü daha önce yaşadıkları köyde ne kızına ne de kendisine rahat vermiş insanlar. Bir zamanlar güzelliğiyle baş döndüren kızını hasta olduktan sonra uğursuz saymış, yapayalnız bırakmışlar. Yaklaşmakta olan beş erkeği görünce, yine o kara kalpli, kem gözlü adamlar geliyor diye korkmuş yaşlı adam. Ama elinden bir şey gelmediği için de çaresizce dost mu düşman mı olduklarını bilmediği bu beş kişinin yaklaşmasını beklemiş. Prens elindeki heybe ve siyah güllerle durmuş bahçe çitinin önünde.

"Merhaba ey kederli adam" demiş saygılı bir sesle. "Size diyeceklerim var. Bu yorgun yolcuları bahçene kabul eder misin?"

Prensin konuşmasından, maiyetindekilerin kılık kıyafetinden soylu insanlar olduğunu anlayan adamcağız şöyle karşılık vermiş:

"Elbette beyzadem, layık görür de girerseniz, kulübem de sofram da size açıktır. Lakin bir maruzatım var; gözümün bebeği, canımın canı, biricik kızım hastadır. Bu hastalık öyle bir illettir ki her gün, her an onun gencecik bedenini yiyip bitirmektedir. İnsanlar ürker bu hastalıktan, uzak durmak ister. Yani demem o ki, belki siz de..."

"Biz de onun için geldik" diye adamın sözünü kesmiş prens. "Kızınızı bu illetten kurtarmak, yeniden sağlığına kavuşturmak için."

Yaşlı adam umutsuzca başını sallamış.

"Belli ki hikmet sahibisiniz, belli ki iyilik peşindesiniz, belli ki gönlünüz cömertliklerle dolu, lakin söylemem lazım, kızımın derdinin çaresi yoktur. Şu Dağ Ülkesi'nde gitmediğimiz hekim, kapısını çalmadığımız şifacı, ziyaret etmediğimiz büyücü kalmadı. Dua, büyü, ilaç, iksir, merhem, hepsini denedik, hiçbiri fayda etmedi. Elbette sizi geri döndürecek değilim ama başarısız olursanız lütfen üzülmeyin."

Adamın karamsarlığı hiç etkilememiş prensi.

"Merak buyurmayın, biz üzülmeyiz ama izin verirseniz, belki sizi sevindiririz."

Yaşlı adam eliyle yoksul kulübesinin içini göstermiş.

"İzin sizin beyzadem, buyurun o zaman, tanrılar yardımcınız olsun."

Prens heyecanını bastırarak kulübeye yürümüş, kapının önüne gelince durmuş, cesaretini toplamış. Ardından usulca girmiş kulübeye. İçeri adım atınca küçük bir oda çıkmış karşısına. Odanın en karanlık yerinde bir yatak varmış. Belli belirsiz bir karaltı kıpırdanmış yorganın altında. Genç veliaht tutkuyla titremiş, rüyalarında gördüğü kız az ötesindeymiş. Birkaç adım atınca yorganın hafifçe çekildiğini, birinin kendisine baktığını görmüş. Gülümseyerek yaklaşmak istemiş ama bitkin bir ses, "Lütfen yaklaşmayın" diye yalvarmış. "Lütfen orada kalın."

Olduğu yerde durmuş prens.

"Tamam, küçük hanım. Kötü bir niyetim yoktu. Tek amacım size yardım etmek."

Kızcağız karanlıkta başını sallamış.

"Bana kimse yardım edemez. Benim derdimin bir tek dermanı var, o da kara topraktır."

"Öyle konuşmayın" diye atılmış prens. "Ölmeyeceksiniz, sizi kurtaracağım. Heybemdeki şu iki yumurtayla, şu siyah güllerin yapraklarını karıştırarak içmeniz yeterli. Doğru söylüyorum. İşe yarayacak. Lütfen beni geri çevirmeyin. Onları almak için ta Umut Dağı'nın doruğuna çıktım, Alaca Kartal'ın yuvasına ulaştım."

Kız ilk kez heyecanlanmış.

"Nasıl başardınız bunu? Kimse çıkamaz oraya."

Prens uzatmak istememiş.

"Anlatırım ama önce size şu iksiri hazırlamam lazım. Hastalığınızın çaresi bu içecektedir. İnanın bana, tekrar sağlığınıza kavuşacaksınız."

Umudunu yıllar önce yitiren genç kız ikna olmamış.

"Bugüne kadar içmediğim iksir, yemediğim bitki kökü, koklamadığım tütsü, sürmediğim merhem kalmadı. Hiçbiri işe yaramadı, sizin gül kokulu kartal yumurtalarınız da çare olmayacak." Sonra susup iç çekmiş. "Hem neden yardım ediyorsunuz ki bana? Neden uğraşıyorsunuz benim için?"

Kızın inadının kırılmayacağını anlayan prens bütün içtenliğiyle olanı biteni anlatmaya başlamış. Zavallı kız bir yandan kulaklarına inanamıyor, bir yandan da duydukları gururunu okşuyor, içten içe seviniyormuş. Yine de emin olmak istemiş.

"Benimle alay etmiyorsunuz değil mi? Cüzam illetinin pençesinde çürüyen bu zavallıyla gönül eğlendirmiyorsunuz değil mi?"

Prens kesin bir tavırla başını iki yana sallamış.

"Ben o kadar kötü biri miyim? Tek amacım sizi iyileştirmek. Anlattım ya, siz benim rüyamı gerçekleştirecek olan o güzeller güzeli kızsınız."

"Güzeller güzeli mi?" diye kederle mırıldanmış kız. "İyi ki yüzümü görmüyorsunuz, yoksa böyle konuşmazdınız. Bırakın konuşmayı, bir an bile yanımda durmazdınız."

Prens ani bir hareketle ileri atılmış, amacı kıza bunun tersini kanıtlamakmış.

"Durun, lütfen durun!" diye haykırmış kız. "Tamam içeceğim o iksiri, yeter ki beni böyle görmeyin. Heybenizi şu masanın üzerine bırakın. Size söz, o iksiri yapıp içeceğim. Eğer iyileşmeye başlarsam, aylardır kapalı kaldığım bu kulübeden dışarı çıkacağım. Ama siz de bana söz verin, kulübeden çıkmazsam, asla içeri girmeyeceksiniz. Arkadaşlarınızı da alarak sarayınıza döneceksiniz. Çünkü kulübede kalmaya karar vermişsem iyileşmemişim demektir."

Prensin içi parçalanmış ama metanetini korumuş.

"Anlaştık. Ama iyileşeceksiniz, adım gibi eminim bundan. Lütfen siz de inanın buna. Çünkü inanmazsanız hiçbir ilaç şifa sağlamaz size."

Böyle söyledikten sonra heybesini masanın üzerine bırakarak ayrılmış kulübeden. Prensin dışarı çıktığını gören yaşlı adam ve dört cengâver etrafını sarmışlar. Meraktan kıvranan yaşlı adam hemen atılmış:

"Ne oldu beyzadem, iyileşecek mi kızım?"

Genç âşığın yüzünü aydınlık bir gülümseme kaplamış.

"Elbette iyileşecek, siz onu düşünmeyin, eğer varsa yiyecek bir şeyler getirin bize. Dünden beri lokma geçmedi boğazımızdan."

Yaşlı adam inanmış bu temiz yüzlü gencin sözlerine ve etekleri zil çalarak koşturmuş kulübesine. Prens ise adamlarına dönmüş.

"Irmağın suyu pek temiz görünüyordu. Ne dersiniz, yemekten önce yüzsek mi?"

Kaç günün kiri pası üzerinde olan dört adam sevinçle karşılamışlar bu öneriyi ve ırmağın yolunu tutmuşlar. Dibindeki çakılların güneş ışığında parıldadığı berrak suda yıkanmışlar, yüzmüşler, şakalaşmışlar. Irmaktan çıktıklarında ev sahibinin sırtında azık torbası, ellerinde ekmeklerle yaklaştığını görmüşler. Hemen koşturmuşlar, yaşlı adamın getirdiği yiyecekleri almışlar ve suyun kenarında mütevazı bir sofra kurmuşlar. Ekmek, keçi peyniri, pekmez ve cevizden oluşan yemeği büyük bir iştahla mideye indirmişler. Üzerine sularını da içip kıyıdaki ceviz ağaçlarının altına uzanmışlar. Baş Cengâver dahil dört adamın dördü de sırtlarını cevizlerin kalın gövdelerine dayar dayamaz derin bir uykunun kucağına düşmüşler, sadece prensin gözleri açıkmış. Her ne kadar Dağ Ülkesi'nin kâhinine güvense de Alaca Kartal'ın yumurtalarıyla siyah güllerin karışımından oluşan iksirin cüzamlı kızı iyileştirip iyileştirmeyeceğinden aslında emin değilmiş. O sebepten büyük bir merakla ilacın nasıl etki edeceğini bekliyormuş. Fakat bir ara onun da içi geçmiş, gözleri kapanır gibi olmuş, işte tam o anda bir ışık yansımış yüzüne.

Telaşla açmış gözlerini, ilerdeki meşe ağacının arkasında birini görür gibi olmuş. Adamlarına bakmış, eksik yokmuş; dördü de ceviz ağacının altında horlamayı sürdürüyormuş. Usulca doğrulmuş yattığı yerden, meşe ağacına yürümüş. Yaklaştıkça ırmağın içinde ağacın gölgesinin düştüğü yerde birinin yüzdüğünü görmüş. Biraz daha ilerleyince bu kişinin genç bir kız olduğunu fark etmiş. Kalbi hızla çarpmış, boğazı kurumuş. "Yoksa bu, o kız mı? Yoksa iyileşti mi?" diyerek adımlarını hızlandırmış. Meşe ağacının altına gelince kız da onu fark etmiş ama hiç sakınmamış, hiç çekinmemiş, hiç korkmamış. Gördüğü güzellik karşısında prensin nutku tutulmuş. Sanki bir insan değil narin bir nilüfer çiçeği gülümsüyormuş ona ırmağın içinden. Genç âşık böyle hayranlıkla bakarken kız yüzerek yaklaşmış.

"Lütfen, sırtınızı döner misiniz?" demiş yumuşak bir sesle. Sesi duyan prens emin olmuş. Evet, bu, o karanlık kulübedeki cüzamlı kızdan başkası değilmiş.

"Çok şükür" diye mırıldanmış. "çok şükür iyileşmişsiniz."

Minnetle bakmış yüzünden sular süzülen kız.

"İyileştim, sayenizde iyileştim. Tanrılar sizden razı olsun, eski sağlığıma kavuştum. Siz gelene kadar ölümü düşlemekten başka çaresi olmayan bir zavallıydım, şimdi hiç hasta olmamış gibiyim. Bu bir mucize. Ve bu mucizeyi siz gerçekleştirdiniz. Size ne kadar teşekkür etsem azdır." Sonra susmuş, yüzünü mahcup bir ifade bürümüş. "Ama lütfen sırtınızı dönün de rahatça çıkabileyim ırmaktan."

Genç veliaht utanmış.

"Özür dilerim" demiş titreyen bir sesle. "Sizi böyle sağlıklı, böyle neşe içinde görünce aklım karıştı."

Derhal sırtını dönmüş ama daha o anda zihnini bir düşünce kemirmeye başlamış. Evet, kız gerçekten de çok güzelmiş, ipeksi uzun kumral saçlarıyla, iri kahverengi gözleriyle, fildişi rengindeki teniyle, hangi erkek olsa hemen kapılırmış ona. Fakat rüyasında gördüğü kız o mu, işte bundan pek emin olamıyormuş. Emin olmak da değil, sanki bir eksiklik varmış. Ne olduğunu tam olarak bilemiyormuş ancak o rüyada kızı gördüğü zaman hissettiği duyguların hiçbiri yokmuş içinde. "Dur bakalım" demiş kendi kendine. "Daha kızın yüzünü bir kez gördün. Üstelik suyun içindeydi. Şöyle bir yakından bak, otur bir sohbet et, ondan sonra karar ver." Öyle ya bu kadar yol gel, bu kadar serüven yaşa, bu kadar tehlikeye atıl, sonra ilk izlenimine bakarak vazgeç. Olacak iş miymiş bu?

"Tamam, giyindim, artık dönebilirsiniz" diyen kızın sesiyle dağılmış düşünceleri. Dönmüş, rengârenk giysileri içinde filiz gibi bir kız duruyormuş karşısında. Kızın kestane rengi gözlerinde öyle bir ışık varmış ki, insanın gönlü aydınlanıyor, sevinç dolduruyormuş içini. Fakat rüyasında gördüğü kızdaki gizem yokmuş onda. Çok güzel de olsa, çok hoş da, çok masum da, rüyasında gördüğü kız kadar etkileyemiyormuş prensi. Genç âşığın gözlerindeki istek ağır ağır sönmeye, yüzündeki heyecan kaybolmaya başlamış. Elbette genç kız hemen fark etmiş bu değişimi.

"Ne oldu Prensim?" demiş kaygı dolu bir sesle. "Kötü bir şey mi var? Yanlış bir davranışta mı bulundum?"

Genç veliaht yaşadığı gönül yıkımını gizlemek için gülümsemeye çalışmış.

"Yok, yok bir şey, sizi böyle mutlu görmek dünyalara bedel."

Ama kız anlayacağını anlamış. Onun da gözlerindeki tatlı heves sönmüş, güzel yüzü gölgelenmeye başlamış. Usulca yaklaşarak, yakaran gözlerle prense bakmış.

"Bana yalan söylemeyin güzel yüzlü efendim. Ben her sabah umutsuzca uyanmaya alışkınım, öyle korkunç şeyler düşledim ki, duyacağım hiçbir gerçek yıkamaz beni. Lütfen bana içinizden geçenleri söyleyin."

Prens bakışlarını kaçırmış, onun yerine kız dile getirmiş hakikati.

"Rüyanızdaki kız ben değilim. Bu acı gerçeği fark ettiniz, değil mi? Bu yüzden eksildi sevinciniz, bu yüzden söndü neşeniz, bu yüzden gözlerinizi kaçırıyorsunuz benden. Öyle değil mi?"

Genç veliaht yüzü kızararak kızın ellerine sarılmış.

"Beni bağışlayın. Sizi hayal kırıklığına uğrattıysam çok özür dilerim. Umarım sağlığınızı kazandırarak yaptığım iyiliği kalbinizi kırarak kötülüğe çevirmemişimdir."

Kız, genç adamın ellerini dudaklarına götürüp sevgiyle öpmüş.

"Aşkta iyilik ya da kötülük yoktur Prensim. Birini seversiniz ya da sevmezsiniz. Bunun için suçlanacak kimse de yoktur. Beni sevmenizi isterdim, çünkü birlikte çok mutlu olabilirdik ama belli ki sevmiyorsunuz. Bu yüzden asla kırgın değilim size. Kimse gönlüne aklıyla hükmedemez. Gitmek isterseniz, bunu anlayışla karşılarım. Ancak şunu bilin, iyiliğiniz, cesaretiniz ve zarafetiniz ile derin bir iz bıraktınız bende. Şimdi gitseniz bile ne zaman istersiniz gelebilirsiniz, kapım da gönlüm de her zaman açık olacaktır size."

Genç prens utançtan yerin dibine geçmiş ve gözyaşları içinde şöyle söylemiş:

"Eğer rüyamdaki o kız aklımı başımdan almasaydı, eğer hayatımın tek anlamı o kız olmasaydı, sizinle seve seve bu kulübede yaşardım. İnanın bana ne saray ne de prenslik umurumda olurdu. Fakat o rüyayı gördüm, o kızla karşılaştım, artık eskisi gibi olamam."

Kız hayranlıkla bakmış.

"Sizi çok iyi anlıyorum Prensim, umarım en kısa zamanda bulursunuz rüyanızdaki o şanslı kızı, umarım onunla çok mutlu olursunuz."

Genç veliaht kederle başını iki yana sallamış.

"Sanırım öyle bir kız yok. Artık onu aramaktan vazgeçip sarayıma döneceğim. Kimseyle de evlenmeyeceğim, çünkü rüyamda yaşadığım o duyguyu başka hiç kimse, hiçbir aşk veremez bana."

Böyle dedikten sonra yıkılmış bir halde ayrılmış kızın yanından, ırmak boyunca arkadaşlarına doğru yürümüş. Yürürken de kendi kendine şöyle demiş:

"Bir rüyanın peşinden buralara kadar sürüklendim, ailemi üzdüm, kendimi, yoldaşlarımı tehlikeye attım. Ne oldu peki?

Ne elde ettim? Tek tesellim Zümrüdüanka'yı kurtarmak, bir de bu zavallı kızı iyileştirmek. Evet, bunlar çok önemli şeyler ama yeter, artık bir hayalin peşinden koşmayı bırakmalıyım. Artık bu tuhaf arayıştan vazgeçmeliyim. Arkadaşlarımı uyandırıp ait olmam gereken yere, sarayıma dönmeliyim. Kral babamın, ülkemin bana ihtiyacı var."

İşte böyle söylenerek yürürken birden nehrin kenarından beyaz güvercinler havalanmış ve suya düşen gün ışığında bir siluet belirmiş. Prens ayrıldığı kız sanmış önce, nehirden yüzerek kendisine son bir kez hoşça kal demek istediğini düşünmüş ama siluet olgun bir kadın bedenine dönüşünce anlamış; karşısında duran bir insan değil, Aşk Tanrıçası'ymış.

"Yoruldun mu?" diye seslenmiş Tanrıça. "Sabrın mı tükendi? Dayanamıyor musun artık? Aramak zor mu geliyor? Sen aşkı sadece zevkli anlarla dolu geçici bir serüven mi sandın? Öyle mi? Senin aşktan anladığın bu mu?" Güzel gözlerinde küçümseyici bir ifade belirmiş Tanrıça'nın. "Aşk sabır işidir Prensim, ne kadar uzarsa uzasın aramayı sürdürmektir, çile çekmekten zevk almaktır, onun verdiği kederi hayatın anlamı saymaktır. Ama belli ki sen bu duygulardan çok uzaksın, belli ki sen aşk eri değilsin, belli ki sadece heyecan peşindesin. Öyleyse tamam, yolculuk tamamlandı, serüven bitti, arayış sona erdi, artık sarayına dönebilirsin. Babanı ve dalkavuklarını başına toplayıp Zümrüdüanka'yı nasıl kurtardığını, cüzamlı kızı nasıl iyileştirdiğini göğsünü gere gere anlatabilirsin."

Haksızlığa uğradığını düşünen prens dayanamayıp tanrıçanın sözünü kesmiş:

"Ama biliyorsunuz ben samimiyetle aradım, tehlikelere atıldım, sabırla bekledim, üstelik önemli işler de yaptım. Bunların hiç mi kıymeti yok?"

"Var, yaptıkların gerçekten çok kıymetliydi" demiş Tanrıça takdir eden bir sesle. "Bunlarla gurur duyabilirsin. Fakat aradığın kızı hâlâ bulamadın, kalbindeki sancıyı hâlâ dindiremedin, ruhunun açlığını hâlâ gideremedin. Amacına ulaşamadın. Büyük fedakârlıklar yapmak, cesur olmak, kötülüğü yeryüzünden kaldırmak, yararlı biri olmak, bunlar büyük işler. Ancak bunların hiçbirinin aşkla doğrudan ilgisi yok. Hiçbir sevinç, hiçbir keder, hiçbir doyum, hiçbir mutluluk, hiçbir acı, aşkın verdiği bir anlık coşkudan daha güçlü değildir. Ama anlaşılan o ki, sen hiçbir zaman bunun farkına varmayacaksın. Yaptıkların yetecek sana, belki bir ömür boyu insanlara bu muhteşem serüvenleri anlatacaksın. Gitgide tatsızlaşan, gitgide kendini tekrar eden, gitgide renkli bir yalana dönüşen bu anlatılarla kendini avutacaksın. Bu irade, bu cesaret ve bu zekâyla hiç kuşkusuz iyi de bir kral olacaksın, hiç kuşkusuz büyük başarılar elde edeceksin, insanların övgü dolu sözlerini, halkının alkışlarını duyacaksın ama el ayak çekildiğinde, yapayalnız kaldığında rüyanda gördüğün o kızın hayali belirecek karşında. Evet, sevgili Prensim o hayali hiçbir zaman unutamayacaksın. Çünkü aşkın yerini alacak başka bir anlam yok yeryüzünde."

Tanrıça'nın sözleri tokat gibi patlamış prensin yüzünde. Ne yaptığını anlayan genç âşık toparlanmış, yüreği yeniden umutla dolmuş, gözleri yeniden tutkuyla ışıldamaya başlamış. Ve heyecanla şöyle seslenmiş:

"Ey yüce Tanrıçam, ey âşıkların ve güzelliklerin koruyucusu, çok büyük bir hata yaptım. Bana sunulan en kıymetli armağanı ellerimle reddedecek oldum. Ne olur beni bağışlayın. Kararsızlığımı aklımın karışmasına verin, yorgunluğumu bedenimin dayanıksızlığına sayın ama bak ruhum hâlâ sapasağlam. Ve aklım, bedenim ne derse desin benliğim hâlâ rüyamdaki o kızı istiyor. Evet bir an duraksadım, bir an vazgeçer gibi oldum, bir an dönmeyi düşündüm ama şükür, işte yeniden kendime geldim. O kızı aramaktan asla vazgeçmeyeceğim. Size ve tüm tanrılara ve yeryüzünde kutsal olan ne varsa onların üzerine ant olsun ki, o kızı bulmadan saraya dönmeyeceğim. Lütfen beni bu anlamlı yolculuktan geri döndürmeyin, lütfen en zor ânı bile benim için en büyük zevklerden daha kıymetli olan bu arayışımı sonlandırmayın, lütfen bu aşkı benden almayın."

Prens bunları söyledikten sonra bakışlarını Tanrıça'ya çevirmiş ama güneş öyle bir vurmuş ki yüzüne gözleri yanmış, hiçbir şey görememiş. Elini gözlerine siper ederek yeniden bakmış, ancak Aşk Tanrıçası ortalıkta yokmuş. Az önce Tanrıça'nın bulunduğu yerde şimdi sadece gürüldeyerek akan köpüklü sular varmış. Etrafına bakınsa da Tanrıça'yı bulamamış ama moralini bozmamış. Sevinçle adamlarının yanına koşmuş.

"Kalkın, kalkın gidiyoruz" diye bağırmış uzaktan. "Burada işimiz bitti."

Mahmur gözlerini prense dikerek doğrulan Baş Cengâver umutla sormuş.

"Saraya mı dönüyoruz?"

Coşkusunu hiç yitirmeyen prens şöyle demiş:

"Siz dönebilirsiniz ama ben rüyamdaki kızı aramaya devam edeceğim." Adamların soru dolu bakışlarıyla karşılaşınca açıklamış. "Anladığınız gibi cüzamlı kız değilmiş rüyamda gördüğüm peri. Ama eminim o kız Dağ Ülkesi'nin bir yerinde beni bekliyor. Gidip bulacağım onu. Siz saraya dönün ve babama durumu anlatın. Beni hiç merak etmesin, rüyamdaki kızı bulunca onu da alıp döneceğim saraya."

Hayal kırıklığını çabuk atlatmış Baş Cengâver.

"Olur mu öyle şey Prensim. Siz nereye biz oraya. Rüyanızdaki kızı bulmadan saraya dönmek hem yasak hem de utançtır bize."

12
Gizemli kentin peşinde

Aşktan daha güçlü bir inanç yoktur. Ne kadar büyük hayal kırıklıkları yaşarsak yaşayalım eğer benliğimiz gerçek aşk tarafından ele geçirilmişse, o yakıcı duygu bizi asla terk etmez. Beş prensin beşi de böyle düşünüyormuş işte. Kâhinlerin söyledikleri beş kızı bulduktan, bulunca büyük bir hayal kırıklığına uğradıktan sonra da sevdikleri kızı aramaktan vazgeçmemişler. Sadece bundan sonra, ister kâhin olsun, ister bilge, ister babaları olsun ister yakın bir arkadaş kimsenin sözünü dinlememeye karar vermişler. Çünkü âşıkların halinden ancak âşıklar anlarmış. Buz Ülkesi'nin Prensi Öfke Mağarası'ndaki masum kızdan, Kum Ülkesi'nin Prensi Cesaret Vahası'ndaki savaşçı kızdan, Su Ülkesi'nin Prensi Yalnızlık Körfezi'ndeki denizkızından, Rüzgâr Ülkesi'nin Prensi Asalet Şatosu'ndaki intikamcı kızdan ve Dağ Ülkesi'nin Prensi de Umut Dağı'nın eteklerindeki cüzamlı kızdan ayrılır ayrılmaz ne yapacaklarını düşünmeye başlamışlar. Kâhinlerin söyledikleri asılsız çıktığına göre rüyalarındaki o gizemli sevgiliyi bulmak için bundan sonra nasıl bir yol izleyeceklermiş. İlk akıllarına gelen, bütün kentlere, bütün kasabalara, bütün köylere gitmek, tarlaları, işlikleri, tapınakları, kütüphaneleri, hatta evleri ziyaret etmek, ülkelerinde ne kadar genç kız varsa onları görmeye çalışmakmış. Ancak bu iş son derece zormuş. Her ülke bir kıta büyüklüğündeymiş ve her kıta onlarca kent, yüzlerce kasaba, binlerce köy demekmiş. Buraları tek tek gezmeye ömürleri yetmezmiş, yetse bile hayallerindeki sevgiliyi bulduklarında kendileri ağzında diş kalmamış bir dede, o güzel kız ise beli bükülmüş bir nine haline gelirmiş. Bu karmaşık durumu nasıl çözecekleri konusunda kafa yorarken buzların üzerinde, kum tepelerinin arasında, dalgalı denizlerde, geniş ovalarda, ormanlarla kaplı dağlarda tam beş gün beş gece yol almışlar. Ve beşinci gece artık umutlarını yitirmek üzereyken hepsi yine o rüyayı görmüşler. Evet, günler önce hayatlarını darmadağın eden, onları rahat saraylarından kopartarak çileli yolculuklara sürükleyen, huzurlarını bozup büyük tehlikelerle atan o tuhaf rüya yeniden ele geçirmiş tatlı uykularını.

Beşi birden yine o gizemli kentin sokaklarında bulmuşlar kendilerini. Dar sokakları, görkemli kalesi, tapınağı, saat kulesi, sarayı, garnizonu, tiyatrosu, kütüphanesi, taş binaları, mis kokulu bahçeleriyle ilk gördükleri kentin bire bir aynısıymış bu. Siyah taşlarla örülü aşılmaz surlar, gölgeler içindeki taş binalar, rengârenk vitraylarla kaplı ince uzun pencereler, ağaçlarının gövdelerine yeşil sarmaşıklar sarılmış geniş bahçeler... Beşi birden sanki ilk kez görüyormuş gibi bu görkemli binalara bakıp kemerlerle birbirine bağlanan dar sokaklardan geçerek kentin dışına açılan beş kapıya varmışlar. Her prens önünde durduğu kapının alın taşındaki yazıyı okumuş yine: Buz Ülkesi Kapısı, Kum Ülkesi Kapısı, Su Ülkesi Kapısı, Rüzgâr Ülkesi Kapısı ve Dağ Ülkesi Kapısı. Ama bu defa hiçbiri o kapıdan çıkıp gitmeyi, bu tuhaf rüyadan kurtulmayı düşünmemiş. Çünkü hepsi de aradıkları kızın bu gizemli şehrin küçük meydanında kendilerini beklediğinden eminmiş. Az önce geldikleri sokaklardan geri dönmüşler, beş burçlu kalenin önündeki meydana kadar sessiz ama kararlı adımlarla ilerlemişler.

Meydana geldiklerinde yine küçük çeşmenin üzerindeki Aşk Tanrıçası'nın heykeli karşılamış onları. Önce gerçekten de tanrıçayla karşılaştıklarını zannetmişler. Ama çeşmeye yaklaşınca bunun o kutsal varlık değil, usta ellerin yonttuğu bir mermer olduğunu anlamışlar. Ama muhteşem heykele dokunmaktan kendilerini alamamışlar. Islak mermere dokunur dokunmaz dilleri damakları kurumuş yine, müthiş bir susuzluk hissetmişler, ağızlarını Aşk Tanrıçası'nın parmaklarına dayayarak o lezzetli sudan kana kana içmişler. Susuzlukları geçince tatlı bir rüzgâr okşamış genç yüzlerini ve enfes bir koku yayılmış etrafa. İşte o anda anlamışlar aradıkları kızın geldiğini. Başlarını çevirmişler ve gerçekten de hayallerinin büyülü sevgilisiyle karşı karşıya gelmişler. Yine ışıklar içindeymiş genç kız, yine Aşk Tanrıçası'nın suretinde bir prenses zarafetiyle süzülüyormuş sokağın girişinde. Beş prensin beşinin de aklı başından gitmiş, elleri ayakları birbirine dolanmış, ruhları altüst olmuş ama bu defa kendilerini kaybetmemişler. Bir peri kızı kadar güzel olan bu ışıktan sevgilinin birazdan çekip gideceğini bildiklerinden hemen toparlanmışlar. Rüyada da olsa bu fırsatı kaçırmamak, benliklerini sarsan o tarif edilmez duyguyu ona anlatmak istemişler. "Lütfen, gitmeyin, günlerdir sizi arıyorum. Sizi gördüğüm andan beri hayatımın anlamı oldunuz. Siz olmadan yaşamam imkânsız. Lütfen sizi nerede bulacağımı söyleyin" demeye hazırlanmışlar ama ağızlarını dudaklarını oynatmak şöyle dursun, oldukları yerden kıpırdayamamışlar bile. Şaşkınlık içinde kendilerini zorlamışlar, fakat ne yaparlarsa yapsınlar, hareket edememişler. Sanki bir güç, Aşk Tanrıçası'nın heykeli gibi cansız bir varlığa dönüştürmüş onları. Prensler öylece donup kalınca kız harekete geçmiş ama bu kez başında durduğu sokağın içine değil, genç âşıklara doğru yürümeye başlamış. Kızın bu beklenmedik davranışı prensleri umutlandırmış. "Belki bana dokunacak, belki benimle konuşacak, belki de beni öpecek, belki bu öpücük tıpkı masallardaki gibi dilimi, elimi, kolumu çözecek" diye sevinmişler. Ancak rüyalarının büyülü kızı, sanki onları hiç görmüyormuş gibi kendinden emin adımlarla yanlarından geçerek arkadaki beş burçlu kaleye yönelmiş. Sırtları dönük olduğundan kızın tam olarak nereye gittiğini göremiyorlarmış ama büyükçe bir kapının açıldığını, sonra da kapandığını duymuşlar. Kapı kapanır kapanmaz da kalenin saat kulesindeki çan yine vurmaya başlamış. Çanın sesiyle birlikte beş prensin üzerindeki lanet kalkmış, yeniden hareket etmeye başlamışlar. Ama hareket etmeye başladıklarında rüyalarındaki kentte değil gece kıvrıldıkları yerlerde bulmuşlar kendilerini. Buz Ülkesi Prensi karlarla kaplı bir çam ağacının altındaymış, Kum Ülkesi Prensi ışıltılı yıldızlarla kaplı kumların üzerindeymiş, Su Ülkesi Prensi bir teknenin kamarasındaymış, Rüzgâr Ülkesi Prensi uğultulu bir vadideymiş, Dağ Ülkesi Prensi ise büyük bir kayanın dibindeymiş. Uyanır uyanmaz beşi de doğrulmuşlar. Kısa bir şaşkınlığın ardından az önce gördükleri rüyayı düşünmeye başlamışlar. Ve hemen bu geceki rüyanın öncekinden farklı olduğunu anlamışlar. İlk rüyada kız, kentin kapısından geçerek dışarı çıkarken bu gecekinde, tersine, kalenin kapısından içeri girmiş. Yani surlardan çıkmak şöyle dursun iyice kentin kalbine yerleşmiş. İyi de bu ne anlama geliyormuş? Aynı anda beşinin birden dudaklarından şu cümle dökülmüş, "Aradığını ancak gördüğün yerde bulabilirsin." Birden aydınlanıvermiş zihinleri. Evet, rüyanın anlamı işte buymuş: "O gizemli kenti bulursan, kızı da bulursun."

Hemen yekinip kalkmışlar ve aceleyle adamlarını uyandırmışlar:

"Kalkın, hadi kalkın. Sonunda nereye gideceğimizi anladım."

Gecenin koynunda, uykunun en lezzetli yerinde sıçramış zavallı adamlar. Gözlerini açıp karşılarında veliahtlarını görünce öylece kalakalmışlar. Prensler daha fazla bekletmemişler cefâkar adamlarını; beşi de aynı sözcüklerle açıklamışlar meramlarını:

"Biliyorsunuz, beş gündür nereye gideceğimizi bilmeden yol alıyorduk. Beş gündür seyahat ediyorduk, ancak ne aklımda bir kent ne elimde bir harita vardı. Görmeyen insanlar gibi karanlıkta el yordamıyla ilerliyordum. Ama şimdi nereye gideceğimizi biliyorum."

Uyku mahmuru adamlar olanı biteni anlamaya çalışırken prensler devam etmişler giderek ilginç bir hal alan konuşmalarına.

"Evet, artık kızı aramaktan vazgeçeceğiz."

Onlar böyle söyleyince günlerdir yollarda olan adamların yüreğine su serpilmiş, "Saraya mı dönüyoruz?" diye sevinçle atılmışlar. Ama prenslerin kaşları çatılmış:

"Hayır, o da nereden çıktı şimdi?" diye adamlarının heveslerini kursaklarında bırakmışlar. "Ülkemizdeki bütün kentlere, bütün kasabalara, bütün köylere gitmemize lüzum yok diyorum. Evet, bu gece o rüyayı bir kez daha gördüm. Bu gece Aşk Tanrıçası bana bir kez daha yol gösterdi. Rüyamdaki kızı herhangi bir yerde değil, ancak kaybettiğim yerde bulacağım mesajını verdi. Yani artık kızı değil rüyamdaki kenti arayacağız. O kenti bulursak o kızı da buluruz."

Adamları yine şaşkın şaşkın bakınca sinirlenmeye başlamış prensler.

"Niye öyle bakıyorsunuz? Ne var bunda anlamayacak? Rüyamda gördüğüm kenti arayacağız diyorum. Çünkü kız orada beni bekliyor."

Kimsenin itiraz etmesine fırsat vermeden kafilelerin liderlerine dönmüşler.

"Şimdi söyleyin bakalım, ülkemizde nerede böyle bir kent var?"

Prenslerin bu sorusunu işiten Baş Kılavuz, Baş Bedevi, Baş Kaptan, Baş Muhafız ve Baş Cengâver kafalarını toparlamaya çalışmışlar. Uykunun o tatlı ağırlığından tümüyle sıyrılarak ayrı ayrı yanıtlamışlar genç veliahtlarını.

"Kristal Kent" diye mırıldanmış Baş Kılavuz. "Bana anlattığınız kent olsa olsa orasıdır kıymetli efendim. Ülkemiz buzlarla kaplanmadan yüzlerce yıl evvel atalarımızın yaşadığı büyük kentlerden biriymiş orası. Başkent değilmiş ama onun kadar güzel ve görkemliymiş. Ülkenin en becerikli mimarlarının yaptığı binalarla, en yetenekli sanatçıların elinden çıkma eserlerle doluymuş sokaklar. Ancak iklim değişip kıta karlar altında kalınca yaşanmaz hale gelmiş, insanlar kenti terk edip gitmişler. Bence sizin rüyanızda gördüğünüz yer işte bu Kristal Kent'tir efendim. Tanrıçamızın söylediği gibi aradığınız kız da mutlaka oradadır."

Elbette Buz Prensi de biliyormuş Kristal Kent'i ama rüyasında gördüğü yerin orası olduğundan hiç emin değilmiş. Kuşkularını sadık adamlarıyla paylaşmaktan çekinmemiş.

"Doğru söylersin de Baş Kılavuz, Kristal Kent karlar altında; sokaklar, binalar, bahçeler, ağaçlar, meydanlar buzlarla kaplı. Benim rüyamda gördüğüm kentte ise ne kar vardı ne de buz."

Genç âşığın yüzündeki heyecanın ağır ağır söndüğünü gören Baş Kılavuz bu duruma üzülmüş, moral vermek istemiş.

"Ama adı üstünde efendimiz, gördüğünüz bir rüya. Rüyamızdakiler bire bir çıkmaz ki hayatta. O mekânı ya da olayı çağrıştırması yeterli. Sizin rüyanızın çağrıştırdığı yer de bence Kristal Kent'tir."

Prensin gözlerindeki ışık yeniden canlanıvermiş.

"Öyle mi diyorsun? Aradığım kız orada mıdır?"

Sadece Baş Kılavuz değil, öteki üç savaşçı da onaylamışlar genç veliahtlarını.

"Öyle efendimiz, öyle. Aradığınız kız mutlaka oradadır. Çünkü rüyanızda gördüğünüz kente benzeyen bir tek orası var bu ülkede."

İyi niyetli adamlarına minnetle bakmış prens, sonra da ellerini keyifle birbirine vurarak emrini vermiş.

"O zaman ne bekliyoruz, hadi katlayın örtüleri, hadi toplayın kürkleri. Hadi kızaklara! Bir an önce varalım Kristal Kent'e ve bulalım rüyamdaki sevgiliyi."

Baş Kılavuz ve üç savaşçı yola çıkmak için kızaklarını hazırlayadursun, Kum Ülkesi Prensi, adamlarına artık kızı değil, rüyalarında gördüğü kenti bulmaları gerektiğini izah ediyormuş. "O kenti bulursak rüyalarımın aşkını da bulurum" diyormuş. Daha şafak sökmeden, çölün ortasında tatlı uykularından uyandırılarak veliahtlarını dinleyen dört bedevi, önce bu ipe sapa gelmez sözlere karşı çıkmak istemişler. Ama prens o kadar tutkulu, o kadar inançlı, o kadar kendinden emin konuşuyormuş ki umudunu kıramamışlar. Uyku sersemliğinden ilk kurtulan Baş Bedevi olmuş ve şöyle demiş:

"Efendim sözünü ettiğiniz yer olsa olsa Saklı Kent'tir. Biliyorsunuz yüzlerce yıl önce kabileler arasında büyük bir savaş çıkmıştı. Bu savaşta yenilenler ülkenin kuzeyindeki bölgeye çekilerek dağlar arasında bir kent kurmuşlardı. Yıllarca kimseye sezdirmeden orada yaşamışlardı, ancak sonunda düşmanları onları bulmuş, hepsini kılıçtan geçirmişlerdi. Bu olaydan sonra kent uğursuz sayılmış, kimse orada kalmak istememişti. İnsanlar yaşamadığı için zamanla kent yarı yarıya kumlarla doldu ama hâlâ terk edildiği günkü gibi sapasağlam duruyor. Bence rüyanızdaki yer işte bu Saklı Kent'tir."

Baş Bedevi'nin sözleri sabah esintisi gibi ferahlık vermiş genç âşığın yüreğine ama gördüğü yerin Saklı Kent olabileceğinden pek emin değilmiş.

"Ey benim sadık bedevim, güzel söylüyorsun, iyi söylüyorsun da rüyamdaki kent kumlar içinde değildi. Sokakları taşlarla kaplıydı, evler, tapınak, kale, surlar olduğu gibi ortadaydı."

Baş Bedevi'nin cevabı hazırmış.

"Ey benim zeki Prensim, siz de bilirsiniz ki rüyalar olacakları bire bir anlatmaz. Rüyalarımız hayatı yansıtan bir aynadır ama hiçbir zaman doğrudan hakikati göstermez; yorumlanmak için aklımıza, sezgimize, ferasetimize ihtiyaç duyarlar. O sebepten, gördüğünüz kentin kumlar içinde olmaması, o yerin Saklı Kent olmadığı anlamına gelmez. Bizim ülkemizde sizin tarifinize uyan tek yer Saklı Kent'tir. Bence rüyanızdaki yer orasıdır."

Prensin aklındaki kuşkular da böylece ortadan kalkıvermiş, adamlarına bakarak heyecanla söylenmiş:

"Madem öyle, o zaman daha ne bekliyoruz, hadi toplayın erzakları, hadi binelim develerimize, gidelim Saklı Kent'e. Kim bilir, belki de rüyalarımın prensesi orada beni bekliyordur."

Kum Ülkesi Prensi ve dört bedevi develerinin sırtına atlayıp Saklı Kent'in yolunu tutadursun, Su Ülkesi Prensi, adamlarına rüyasında gördüğü kenti anlattıktan sonra, "Burası neresi olabilir?" diye soruyormuş. "Bu kenti bulursak aradığımız kızı da buluruz."

Hafifçe dalgalanan karanlık denizin üzerinde, veliahtlarının anlattıklarını dinleyen denizciler aslında bir an önce hamaklarına dönüp tatlı uykularına devam etmeyi arzuluyorlarmış ama prensleri öyle büyük bir hevesle, öyle derin bir içtenlikle ve öyle coşkuyla konuşuyormuş ki, sonunda Baş Kaptan "Ben o kenti biliyorum efendim" diye atılmış ortaya. "Evet, rüyanızda gördüğünüz yer Batık Kent'tir. Biliyorsunuz yıllar önce ülkemiz böyle sularla kaplı değildi, kara parçaları denizlerden daha fazlaydı. Batık Kent o zamanlarda, ülkenin en gözde yerlerinden biriydi. Ama iklim değişti, yağışlar arttı ve Batık Kent sulara gömüldü. Sizin rüyanızda gördüğünüz yer, kesinlikle orasıdır."

Baş Kaptan'ın böyle kendinden emin konuşmaları prensin hoşuna gitmiş ama onun da kuşkuları varmış.

"Ey benim yiğit denizcim, ey benim cefakâr yoldaşım, iyimser sözlerin aklıma mutluluk, kalbime sevinç veriyor, lakin benim gördüğüm kent sular içinde değildi. Oysa Batık Kent yarı yarıya sular altındadır."

Baş Kaptan hemen cevap vermiş:

"Siz rüya gördünüz soylu efendim. Rüyalar tanrıların bize yolladıkları mesajlardır. Bildiğiniz üzere, tanrılar mesaj verirken hiçbir zaman kolay yolu seçmezler. Çözümlemek için biz insanların çaba göstermesini isterler. Eğer rüyanızdaki kenti sular içinde gösterselerdi, hemen bulurdunuz. Ama aklınızı, bilginizi, gücünüzü kullanmanızı istiyorlar. Siz ne derseniz deyin, bence aradığımız yer Batık Kent'tir."

Böyle konuşunca öteki üç denizci de kaptanlarını yüksek sesle onaylamışlar.

"Evet, evet rüyanızda gördüğünüz yer mutlaka Batık Kent'tir. Başka bir yer olamaz."

Dört denizci de hemfikirken prensin neşesi yerine gelmiş:

"Tamam öyleyse, hadi o zaman açalım yelkenleri, bir an önce ulaşalım şu Batık Kent'e. Eğer oradaysa, daha fazla bekletmeyelim rüyalarımın güzel prensesini."

Su Ülkesi Prensi ve dört denizci teknenin dümenini Batık Kent'e çeviredursun, Rüzgâr Ülkesi Prensi, uğultulu bir vadide az önce uyandırdığı muhafızlarına Aşk Tanrıçası'nın rüyasında verdiği mesajı anlatıyormuş.

"Evet, bir kez daha yardım etti tanrıçamız. Ama bu kez doğrudan değil, rüya aracılığıyla konuştu benimle. Bütün ülkeyi dolaşsan da o kızı bulamazsın. Kız yerine onu gördüğün kenti aramalısın. Kenti bulursan, kızı da bulursun demeye getirdi."

Sonra rüzgârın bir türlü dinmeyen uğultusu altında uykulu gözlerle kendisini dinleyen adamların arasından Baş Muhafız'a çevirmiş bakışlarını.

"Şimdi söyle bana ey kader arkadaşım, ey sadık komutanım, neredadir rüyamda gördüğüm bu kent?"

Prensin sorusu karşısında Baş Muhafız bir anda sıyrılmış uykusundan, giderek artmakta olan rüzgârın sesini bastırmak istercesine, "O kent ülkenin doğusundadır" diye bağırmış. "Evet, Hüzün Kenti'nden bahsediyorum Prensim. Yüzlerce yıl önce, kıtalar arasındaki savaşta ülkemiz zora düştüğünde, bütün çocuklarını savaşa yollayan o fedakâr insanların yaşadığı kentten. Tarih kitaplarında okumuşsunuzdur, o zamanlar nerdeyse savaşı kaybedecekmişiz, düşman bizden katbekat üstünmüş. Askerlerimiz tırpanın önündeki buğday başakları gibi düşüyormuş toprağa. Orduda savaşacak kimse kalmamış. Kralımız son çare olarak ergen bile olmamış çocukları çağırmış silah başına. Birçok kent bu duruma itiraz edip evlatlarını vermemiş, onları saklamış, kaçırmış. Sadece Hüzün Kenti bütün evlatlarını cepheye yollamış. Savaşa giden çocukların hiçbiri geri dönmemiş. Bedeli çok ağır olmuş ama ülkemiz de savaşı kazanmış. Fakat gelin bunu analara babalara anlatın. Evlatları dönmeyince, çocuklarının anılarıyla dolu o kentte yaşayamamışlar. Ne sevinçleri kalmış, ne neşeleri ne de mutlulukları. Sonunda kenti tümüyle terk etmişler. Onlara saygıdan olacak başka kimse de yerleşmemiş oraya. Zamanla mermerler erimiş, tahtalar çürümüş, demirler paslanmış, bazı duvarlar yıkılmış, kimi bahçeler bozulmuş ama kent hâlâ sapasağlam ayaktaymış. Bence rüyanızda gördüğünüz yer Hüzün Kenti'dir. Eğer hayallerinizin prensesi sizi bekliyorsa, eminim oradadır."

Rüzgâr Ülkesi Prensi temkinli davranmış.

"Hüzün Kenti'ni ben de bilirim kıymetli Baş Muhafızım" demiş coşkusunu dizginleyerek. "Ancak benim gördüğüm kent hiç de öyle harap olmuş vaziyette değildi. Son derece güzel, bakımlı ve görkemliydi. O yüzden rüyamdaki yerin Hüzün Kenti olduğunu sanmıyorum."

Sevda ateşiyle kavrulan zavallı prenslerinin haline üzülen Baş Muhafız, kendinden emin bir tavırla üstelemiş:

"Olur mu hiç yüreği güzel efendim. Kesinlikle aradığınız yer Hüzün Kenti'dir. Çünkü rüyalar tanrıların işaretidir. Onlar gözlerimizin önündeki çapağı kaldırılar. Burnumuzun dibinde olmasına rağmen göremediklerimizi bize gösterirler. Ama gösterilen yeri bulmak da bize kalmıştır. Bence Aşk Tanrıçası size Hüzün Kenti'ni göstermiş. İkinci rüyanızda da bunu teyit etmiş. Daha ne yapsın? Artık sıra bizde, Hüzün Kenti'ne gidip rüyanızdaki sevgiliyi bulmalıyız."

Baş Muhafız'ın sözleri prensin içini ferahlatmış, gölgelenen yüzü aydınlanmış, çöken omuzları dikleşmiş.

"İyi o zaman" diye haykırmış neşeyle. "Ne duruyoruz, hadi atlayalım yel gibi esen atlarımızın sırtına, bir an önce varalım Hüzün Kenti'nde bizi bekleyen sevgilinin yanına."

Rüzgâr Ülkesi Prensi ve dört muhafız atlarına binedursun, Dağ Ülkesi Prensi büyük bir kayanın dibinde uykularından uyandırdığı adamlarına rüyasında gördüğü kenti soruyormuş.

"Hiç böyle bir kent görmemiştim. Eğer görmüş olsaydım mutlaka hatırlardım. Dar sokakları, beş burçlu kalesi, sevimli bir meydanı, çeşmesinde Aşk Tanrıçası'nın heykeli olan böyle bir kente hiç gitmedim. Daha doğrusu bütün ülkeyi karış karış gezdim ama rüyamda gördüğüme benzer bir kentle hiç karşılaşmadım. Şimdi söyleyin bana yiğit cengâverlerim, Dağ Ülkesi'nde böyle bir yer var mı?"

Alacakaranlıkta prensin sözlerini dinleyen adamlar şaşkınlıkla birbirlerine bakarken, Baş Cengâver kararlılıkla atılmış:

"Var kudretli Prensim. Keşke daha önce sorsaydınız, hemen söylerdim size. Rüyanızda gördüğünüz yer Ölü Kent'tir. Yüz elli yıl önce yaşanan salgında dönemin kralı, hastalık yayılmasın diye kentin etrafını surlarla çevirtmiş. Kentten çıkamayan yaşlı genç, çoluk çocuk, kadın erkek herkes hayatını kaybetmiş. Bu yüzden de kent lanetli sayılmış. Bence aradığınız yer işte orasıdır."

Prens boğuk bir sesle mırıldanmış.

"Evet, Ölü Kent'in hikâyesini duymuştum ama hiç ziyaret etmedim. Ne dersiniz, gerçekten de rüyamda gördüğüm o gizemli yer Ölü Kent olabilir mi?"

Veilahtının gözlerindeki parıltıyı gören Baş Cengâver onu cesaretlendirmiş:

"Prensim, bence kesinlikle orası Ölü Kent'tir."

Dağ Ülkesi veliahdının da öteki prensler gibi kuşkuları varmış.

"İyi ama Ölü Kent'in etrafı surlarla kaplı. Bildiğim kadarıyla içeri açılan bir kapısı da yok. Benim rüyamdaki kentin ise beş kapısı vardı. Hatta birinin üzerinde Dağ Ülkesi Kapısı yazıyordu."

Baş Cengâver işbilir bir saray adamının becerikliliğiyle ellerini ovuşturmuş.

"Tamam işte Prensim, rüyada gördüğümüz her yazının bir anlamı vardır. Dağ Ülkesi Kapısı yazıyorsa, Ölü Kent sizi çağırıyordur. Ama bu defa şer için değil, aşk için sizi çağırıyor. Bence aradığınız yer orasıdır."

Deminden beri prens ile Baş Cengâver arasındaki sohbeti dinleyen öteki üç adam da "Evet, Prensim" diye onaylamışlar. "Evet, Baş Cengâver doğru söylüyor. Aradığınız yer Ölü Kent'tir."

Sadık adamlarından bu kesin cevabı alan prens iyice umutlanmış ve şöyle seslenmiş:

"O zaman ne bekliyoruz, hadi çıkalım fillerimizin üzerine, düşelim yollara. Daha fazla bekletmeyelim belki de günlerdir yollarımı gözleyen rüyalarımın gizemli kızını."

Böylece beş prens beş ayrı kıtada terk edilmiş beş ayrı kente doğru yola koyulmuş. Az gitmişler uz gitmişler, dere tepe düz gitmişler, karların üzerinden kızaklarla kayarak, kızgın kum tepelerini develerle aşarak, denizlerden yelkenlerle süzülerek, engebeli ovaları atlarla geçerek, ağaçlarla kaplı dağları fillerle aşarak varmışlar hedeflerine.

Kristal Kent'in önüne gelen prens, kızağından atlayarak buzlarla kaplı sokaklara dalmış. Dar sokaklardan yürümüş, yüksek binalara, evlerin ince uzun pencerelerine, usta ellerin yaptığı kapılarına, ağaçları beyaza kesmiş bahçelere, boynu bükük köprülere, küskün kaleye, ıssız meydana, suları donmuş çeşmeye bakmış. Ama ne önünde durduğu kapıyı bulabilmiş ne de kaledeki saat kulesini. Yine de yılmamış, adım adım dolaşmış, her köşeyi her bucağı incelemiş, fakat hiçbir yerde rüyasında gördüğü kenti andıran bir iz, bir belirti bulamamış. Üstelik kristale dönmüş bu kentin sokaklarında onu bekleyen ne bir sevgili varmış ne de genç bir kız. Birkaç saat sonra bozguna uğramış bir yüzle adamlarına dönüp çaresizce başını sallayarak şöyle demiş:

"Yok, sevgili arkadaşlarım, yok, aradığımız yer burası değil. Artık eminim, rüyamda gördüğüm yer Kristal Kent değildi. O kız burada yok."

Adamlar hemen veliahtlarının başına toplanmışlar, yüreğe su serpen sözlerle mutsuz âşığı sakinleştirmek istemişler. Baş Kılavuz ve üç sadık adamı Buz Ülkesi Prensi'ni sakinleştirmeye çalışırken, Kum Ülkesi Prensi çölün kıyısındaki altın rengi dağlara oyulmuş Saklı Kent'e varmış. Kentin önüne gelince devesini ıhtırıp yere atlamış. Dört bedevinin gelmesini beklemeden tarihi kentin sokaklarına dalıvermiş. Ama daha ilk köşeyi döner dönmez anlamış aradığı kentin bu olmadığını. Ne o devasa surlar, ne dar sokaklar, ne uzun pencereli evler, ne o canım bahçeler ne de köprüler varmış burada. Üstelik binaların hepsi kubbeliymiş, oysa rüyasındaki kentte bir tane bile kubbeli yapı yokmuş. Yine de umudunu kaybetmemiş, belki kentin arkasında bulurum aradığımı diyerek kumlara bata çıka bütün sokakları tek tek dolaşmış. Ama vakit ilerledikçe emin olmuş ki, buranın o gizemli kızı gördüğü kentle hiçbir alakası yokmuş. Sonunda sadık bedevilerine dönmüş.

"Yanılmışız dostlar" demiş hayal kırıklığı içinde. "Yanılmışız, aradığımız yer Saklı Kent değilmiş."

Bedeviler aşk acısıyla kıvranan prenslerine destek olmak istemişler. Güzel sözlerle moral vermek için etrafını sarmışlar. Onlar veliahtlarının üzüntüsünü hafifletmeye çalışırken, Su Ülkesi Prensi'ni taşıyan tekne Batık Kent'e yanaşmış bile. Binaların terasları, tapınakların çatıları, saat kulesi hâlâ denizin üzerindeymiş ama kent olduğu gibi suların içindeymiş. Neyse ki deniz cam gibi berrak olduğundan, yukarıdan bakınca sokaklar, evler, bahçeler, köprüler, tapınak, kale ve meydan olduğu gibi görünüyormuş. Su Ülkesi Prensi teknenin güvertesinden eğilmiş büyük bir dikkatle altlarındaki sokakları incelemeye başlamış. Kenti sarmalayan surları görünce galiba aradığımı buldum diye sevinmiş, ancak kaleyi görüp suyun üzerinde kalan yedi burcu sayınca morali tümüyle bozulmuş. Çünkü rüyasındaki kalenin sadece beş burcu varmış. Ama hemen vazgeçmemiş, güneş batana kadar tekneden beline kadar sarkarak suların içinde Batık Kent'le rüyasında gördüğü yer arasında benzerlik bulmaya çalışmış. Fakat nafile, ortalık kararırken, son umutları da suya düşmüş. Bozguna uğramış bir yüz ifadesiyle doğrulmuş, adamlarına bakarak kederle şöyle demiş:

"Boşuna buralara kadar yelken açmışız. Rüyamda gördüğüm yer Batık Kent'e hiç benzemiyor. Aradığımız kent burası değil."

Baş Kaptan ve arkadaşları, hayal kırıklığına uğrayan prenslerinin yanına çöküp onun kederini paylaşmaya çalışmışlar. Denizciler prenslerinin üzüntüsünü paylaşırken Rüzgâr Ülkesi Prensi ve sadık muhafızları yel gibi esen atlarıyla Hüzün Kenti'ne ulaşmışlar. Sabahtan beri at sürmelerine rağmen yorgunluğa aldırmayan prens, siyah küheylanından atlayarak dalmış kentin sokaklarına. Yıllar önce bütün çocuklarını savaşta yitiren insanların harap olmuş evlerinin arasında dikkatle etrafına bakınarak ilerlemeye başlamış. Köprüden geçerken sesler duyar gibi olmuş. Kulak kesilmiş, duyduğu ses sanki bir ağıta benziyormuş. Ağıtın geldiği yöne yürüyünce bir meydan çıkmış karşısına ama ortalıkta kimsecikler yokmuş. İşte o anda anlamış duyduğunun bir ağıt değil evlerin pencerelerine çarpan rüzgârın uğultusu olduğunu. Biraz yürüyünce meydana ulaşmış. Bakışları kurumuş çeşmenin üzerindeki heykele takılmış. Kalbi sevinçle çarpmış. "Yoksa bu o mu? Aşk Tanrıçası'nın heykeli mi?" Ama heykelin üzerindeki zırhı, elindeki mızrağı görünce hayal kırıklığına uğramış. Bu Aşk Tanrıçası'nın değil o kıyıcı Savaş Tanrısı'nın heykeliymiş. Elbette Rüzgâr Ülkesi Prensi de hemen vazgeçmemiş, çitleri yıkılmış bahçelerde dolaşmış, çatısı çökmüş tapınaklara girmiş, surları dağılmış kaleyi gezmiş ama günün sonunda aradığı o gizemli kentin burası olmadığını anlamış.

Adım adım kendisini izleyen muhafızlarına dönmüş, derinden bir iç geçirerek şöyle demiş.

"Olmadı arkadaşlar, olmadı benim sadık yol arkadaşlarım, aradığımız kent burası değil. Benim rüyamda gördüğüm yerin Hüzün Kenti'yle hiçbir alakası yok."

Sadık muhafızları Rüzgâr Ülkesi Prensi'nin etrafını sararak hayal kırıklığını tamir etmeye çalışmışlar. Onlar veliahtlarına destek olurken, Dağ Ülkesi Prensi Ölü Kent'e ulaşmış. Surlara gelince çevik bir hareketle filinin sırtından inmiş. Dört cengâveri de onu izlemiş. Ama kente girmeleri için surları aşmaları gerekiyormuş. Prens surların üzerine uzanan kalın bir sarmaşık, belki bir ağaç gövdesi ararken Baş Cengâver'in sesi duyulmuş.

"Buradan saygıdeğer efendim, burada bir geçit var."

Prens bir çırpıda ulaşmış Baş Cengâver'in seslendiği yere. Yıllar önce salgın hastalığa yakalananlar dışarı çıkmasın diye kralın devasa kayalarla ördürdüğü surun yıkıldığı yermiş burası. Kayaların üzerine güçbela tırmanıp suru aşarak Ölü Kent'in sokaklarına inmiş. Daha adımını atar atmaz sokaktaki iskeletleri fark etmiş, içi sızlamış. "Zavallıları gömmek bile mümkün olmamış" diye mırıldanarak kentin derinliklerine dalmış. Ama iskeletlerden kurtuluş yokmuş; evlerin kapısı, bahçeler, hanın önü, kalenin etrafı, tapınağın basamakları her yer onlarla doluymuş. Oysa rüyasında gördüğü kentte ne ölüler ne de iskeletler varmış. Yine de arayışından vazgeçmemiş, ta ki kentte bir meydan olmadığını anlayıncaya kadar. Evet, kentin her sokağını, her binasını, her köprüsünü, her bahçesini dolaşmasına rağmen karşısına küçücük de olsa bir meydan çıkmamış. Birbirine açılan irili ufaklı, bazen iki insanın yan yana geçemeyeceği kadar dar, bazen üç at arabasını rahatlıkla yol alabileceği kadar geniş sokaklar, yüksek kaldırımlar, asma bahçeler varmış ama hiç meydan yokmuş. Ne meydan, ne çeşme ne de Aşk Tanrıçası'nın heykeli... Bu hakikati fark edince bütün gücü tükenmiş, tapınağın mermer basamaklarında darmadağın olmuş iki iskeletin yanına çökmüş. Vefakâr cengâverleri yanına gelmişler. Dağ Ülkesi Prensi ellerini yana açarak şöyle demiş:

"Görüyorsunuz işte, burası aradığımız kent değil. Burada ölümden başka bir şey yok. Burası lanetlenmiş bir yer, rüyalarımın prensesinin burada ne işi olur ki?"

Evet, beş prensin beşi de bir kez daha duygusal bir yıkıma uğrayarak öylece kalakalmışlar terk edilmiş kentlerin sokaklarında. Kalpleri keder ve acıyla doluymuş, sadece bedenlerinde değil ruhlarında da ağır bir yorgunluk hissediyorlarmış. Beşi de o gece hayal kırıklığına uğradıkları kentlerin yakınında uyumuşlar. Baş Kılavuz, Baş Bedevi, Baş Kaptan, Baş Muhafız, Baş Cengâver ve öteki adamları da endişeyle izliyormuş veliahtlarını. Akıllarını kaybetmiş olmalarından korkuyorlarmış. Ama bir yandan da, "Prensimiz zekidir, bu kadar yenilgiden sonra bu arayışın saçmalığını kavrar, artık saraya dönmeye karar verir" diyerek umutlanıyormuş. Ama ne gezer? Prensler ertesi sabah uyandıklarında, ne yüzlerinde bozgun, ne bedenlerinde yılgınlık, ne ruhlarında bıkkınlık varmış. Adamlarını yanlarına çağırmışlar ve inançla şöyle demişler:

"Aşk Tanrıçası yalan söylemez. Aşk Tanrıçası âşıkları asla yarı yolda bırakmaz. Ben o kentin bir yerlerde var olduğunu biliyorum. Rüyamdaki kızın da beni orada beklediğine eminim."

Kafilelerin başındaki adamlar artık dayanamamışlar.

"İyi de efendim, ülkemizde böyle bir kent yok" diyecek olmuşlar.

Prensler kurnazca gülümsemiş ve şöyle cevap vermişler:

"Haklısınız, bizim ülkemizde böyle bir kent yok ama dünyada dört kıta, dört ülke daha bulunuyor. Aradığımız kent neden onlardan birinde olmasın." Işıltılı gözlerini adamlarına inançla dikerek yinelemişler: "Yoksa Aşk Tanrıçası rüyamda o kenti bana niye göstersin?" Sonra uzaklara bakarak sözlerini sonlandırmışlar: "Eminim, o gizemli kent o dört ülkeden birinde, rüyalarımın gizemli prensesi de orada beni bekliyor. Eğer gidip onu bulamazsam sonsuza kadar o kentte kalacak."

13
Aşkın aşktan başka amacı yoktur

Beş prens rüyalarında gördükleri kenti bulabilmek için öteki kıtalara geçmeye karar verince yolları zorunlu olarak Araf'a düşmüş. Araf beş kıtanın kesiştiği bir yermiş. Kasabadan hayli büyük ama bir kent olamayacak kadar da küçük bir ülkeymiş. Ülke diyorum, gerçekten de beş kıtadaki beş devletten de bağımsızmış. İklim olarak da onlara hiç benzemezmiş. Ne Buz Ülkesi gibi soğuk, ne Kum Ülkesi gibi sıcak, ne Su Ülkesi gibi nemli, ne Rüzgâr Ülkesi gibi fırtınalarla dolu ne de Dağ ülkesi gibi engebelerle kaplıymış. İklimi ılıman, mevsimleri uyumlu, toprağı bereketliymiş. Devasa ağaçların gölgelediği kanallarından berrak sular akar, tarlalarında olgun başaklar boy verir, bahçelerinde yeryüzünün en lezzetli meyveleri yetişirmiş. Araf'ın ne bir ordusu ne de kentlerini koruyan kalın duvarlı surları varmış. Beş kıta birbiriyle savaşırken Araf'ta yaşayanlar kanlı çatışmalara katılmaz, bu barışçıl tutumları nedeniyle de her zaman savaş sonrası antlaşma görüşmelerinin değişmez mekânı olurlarmış. İşin aslı beş kıtanın kralları da sanki aralarında konuşmuşlar gibi yeryüzündeki bu cenneti korumak ister, Araf'takilere bulaşmaktan kaçınırlarmış. Araf'ın bütün bu nitelikleri, halkının barışseverliği öteki ülkelerdeki insanlarca bilinir, bu yüzden kendi iklimlerinden, kendi coğrafyalarından sıkıldıklarında buraya kafa dinlemeye gelirlermiş. Gelen konukların sayısı o kadar çokmuş ki, onları ağırlamak için kentin her yanında hanlar yapılmış. Bunlardan biri de Dostluk Denizi'ne bakan Mucize Hanı'ymış. Ülkelerinden ayrılan bizim beş âşık prensin beşi de bir akşamüstü işte bu Mucize Hanı'na inmiş.

Yirmi beş müşteriyi kapısında gören hanın sahibi çok sevinmiş bu işe. Ellerini ovuşturarak saygıyla konuklarını karşılamış. Onlarla tek tek ilgilendikten sonra prenslere değil ama kafile başındakilere kimsiniz, nereden gelip nereye gidiyorsunuz diye sormuş, Baş Kılavuz, Baş Bedevi, Baş Kaptan, Baş Muhafız ve Baş Cengâver birbirlerinden habersiz aynı cevabı vermişler:

"Genç efendimiz soylu bir beyin oğludur, ticaret için öteki ülkelere gidiyoruz, geçerken uğradık."

Beş farklı adamdan aynı sözcükleri duyan hancı, elbette kuşkulanmış ama konuyu şimdilik kurcalamamayı seçmiş. Elbette şaşkınlık içinde olan sadece hancı değilmiş, başta prensler olmak üzere beş ayrı kafiledeki yirmi beş erkek Mucize Hanı'nın kapısında karşılaştıklarından beri merakla birbirlerini süzüyorlarmış. Giysilerinden geldikleri ülkeleri tahmin etmelerine rağmen, öteki dört kafilenin neden kendilerininki gibi beş kişiden oluştuğunu, neden aralarında kendilerininki gibi yakışıklı bir gencin bulunduğunu, neden hepsinin başlarında tecrübeli bir adam olduğunu merak ediyor, bu benzerliğin ne anlama geldiğini anlamaya çalışıyorlarmış. Ama kimse saygısızlık etmiyor, nezaketle uzaktan birbirlerini selamlayarak, konuşmak için uygun zamanı bekliyorlarmış. İşte o uygun zaman akşam yemeğinde gelmiş. Aslında kafileler kendi masalarında oturmak niyetindeymişler, ancak hancı nedense onları bir araya getirmek istemiş.

"Ey saygıdeğer konuklarım, ey soylu beyzadeler, belli ki hepiniz başka bir ülkeden geliyorsunuz, belli ki hepiniz önemli ailelere mensupsunuz, belli ki yeni yerler, yeni arkadaşlar tanımak için can atıyorsunuz. İşte bunun tam sırası. Eğer siz kıymetli gençler aynı masaya oturursanız, hem yeni arkadaşlar edinirsiniz, hem ülkenizi tanıtırsınız hem de yolculuk yapacağınız yerler hakkında ilk ağızdan malumat edinmiş olursunuz. Eğer izininiz olursa, hepinizi aynı masada ağırlamak isterim."

Gidecekleri ülkelerde rüyalarındakine benzer bir kent var mı, sorusunun cevabını arayan prensler bu öneriyi duyunca çok memnun olmuşlar. Böylece öteki kıtalara gitmeden öteki ülkelerden gelen bu eğitimli gençlere akıllarındaki soruyu sorma fırsatı bulacaklar, aradıkları kente benzer bir yer varsa şimdiden öğreneceklermiş. Bu yüzden hancının teklifini kabul etmişler. Beş prensin beşinden de olumlu cevap alan yaşlı hancı çok memnun olmuş bu işe; Araf'ın en maharetli müzisyenlerini hana çağırmış, aşçıbaşının tepesinde dikilerek en lezzetli yemekleri yapmasını tembihlemiş, mahzene inip en lezzetli şarapları çıkartmış, masayı da bizzat kendi elleriyle hazırlamış. Böylesi şölenlere alışkın olan beş prens ölçülü bir samimiyetle birbirlerinin ellerini sıktıktan sonra oturmuşlar sadece kuş sütünün eksik olduğu sofraya. Sohbet masada da sürmüş ama gençlerin hiçbiri prens olduğunu açıklamamış, gerçek kimliklerini sahte isimlerin arkasına saklamayı tercih etmişler. Buz Ülkesi Prensi kızaklar için güçlü köpekler peşinde olduğunu söylemiş, Kum Ülkesi Prensi dişi deve almak amacındayım demiş, Su Ülkesi Prensi tekneler için sağlam kereste arıyorum diye bir yalan uydurmuş, Rüzgâr Ülkesi Prensi hızlı ve güçlü atlara ihtiyacım var diye geçiştirmiş, Dağ Ülkesi Prensi ise fillerin ömrünü uzatacak iksirlerle ilgilendiğini dile getirmiş. Yolculuk sebepleri o kadar tutarsız, o kadar basitmiş ki, daha sözler ağızlarından çıkar çıkmaz herkes karşıdakinin yalan söylediğini anlamış. Ama kimse kimsenin yalanını yüzüne vurmamış, fakat hepsi de bu güvenilmez adamlara karşı daha temkinli olmaya karar vermiş.

Masanın başında güya soylu gençlere hizmet etmeye uğraşan hancı da bu sofrada hiç kimsenin doğru söylemediğinin farkındaymış. Biraz uzaktan yemeklerin sunulmasını izlerken, "Şarap gerçeği ortaya çıkarır" diye mırıldanmış kendi kendine. "Az kaldı soylu gençler, çok az kaldı, şu bizim bağın şaraplarından içmeye başlayın o zaman göreceğim sizin ketumluğunuzu."

Hakikaten de Dostluk Denizi'nden gelen hoş kokulu akşam esintisi bedenlere ferahlık verip Araf'ın ünlü müzisyenlerinin enstrümanlarından yükselen ezgiler gönülleri şenlendirince, birbirinden lezzetli yemekler yenilip enfes şaraplar içilince masadaki soğuk hava dağılmış, çok geçmeden de gençlerin temkinliliği tümüyle ortadan kalkmış. Parlak dolunay hanın kırmızı kiremitlerinin üzerinden yükselip âşıkların kadehine düşünce de masadaki herkes sanki kırk yıllık ahbapmışçasına senli benli konuşmaya başlamış. Buz Ülkesi Prensi gökyüzüne bakarak şöyle demiş:

"Şu mendeburu görüyor musunuz, şu mendeburu. Evet işte karanlıkta yüzen şu gümüş şarlatandan söz ediyorum. Şairler, söz ustaları abartırlar, âşıkların dostu sayarlar onu. Sakın inanmayın, âşıkların başına ne geliyorsa işte bu dolunay yüzünden geliyor. Çünkü onun ışığının bulaştığı her şey sanki büyüleniyor, dokunduğu her nesne sanki bir büyücünün eli değmiş gibi müthiş bir cazibeye sahip oluyor."

"Onu bir de rüyada gör" diye desteklemiş Kum Ülkesi Prensi. "O zaman ne akıl kalıyor insanda ne de fikir."

"Hele bir de kız varsa rüyanda" diye eklemiş Su Ülkesi Prensi. "İşte o zaman feleği şaşıyor insanın."

"Kız mı?" diye mırıldanmış Rüzgâr Ülkesi Prensi. "Dolunayda yürüyen bir kız mı vardı?"

"Rüyanda dolunayda yürüyen bir kız mı gördün?" diye açıkça sormuş Dağ Ülkesi Prensi.

Böylece dört âşığın da gözleri Buz Ülkesi'nin veliahdına dikilmiş. Neler olup bittiğini anlamayan sevdalı prens derinden bir iç geçirerek şöyle demiş:

"Ah dostlar, ah! Yaramı deşmeyin. Evet, rüyamda dolunayda yürüyen bir kız gördüm. Ama ne kız!"

Dört prens de hayretten donakalmış. İlk toparlanan Su Ülkesi Prensi olmuş.

"Peki rüyanda bir de kent var mıydı?"

Buz Ülkesi Prensi'nin kaşları çatılmış:

"Sen nereden biliyorsun rüyamdaki kenti?" diye çıkışmış. "Kim anlattı benim rüyamı sana?"

Su Ülkesi Prensi ne diyeceğini bilemezken Kum Ülkesi Prensi hiddetle atılmış.

"Ne saçmalıyorsunuz siz! Bu anlattığınız benim rüyam. Siz kimden öğrendiniz benim rüyamı?" Bakışları gerideki masada yemek yiyen Baş Bedevi ve adamlarına kaymış. "Yoksa onlar mı boşboğazlık etti. Benim bedevilerden mi duydunuz rüyamı?"

Rüzgâr Ülkesi Prensi durur mu, o da katılmış tartışmaya. "Hey! O rüyayı gören benim bir kere, size ne oluyor?"

İşittikleri karşısında artık kendini tutamayan Dağ Ülkesi Prensi sağ yumruğunu öfkeyle masaya indirmiş.

"Yeter! Bu kadar palavra yeter. Hepiniz yalan söylüyorsunuz. Anlattığınız rüyayı sadece ben gördüm. Utanmıyor musunuz benim rüyama sahip çıkmaya?"

Masaya inen yumruk kadehleri devirince ortalık iyice kızışmış, prensler ayağa fırlayarak birbirlerinin yakasına yapışacak olmuş. Soylu efendilerinin kavgaya tutuştuğunu gören adamları da hemen fırlamışlar ayağa. Baş Kılavuz, Baş Bedevi, Baş Kaptan, Baş Muhafız ve Baş Cengâver kılıçlarını çektikleri gibi atılmışlar birbirlerinin üzerine. İşin buraya geleceğini hesap edemeyen hancı, telaşla girmiş aralarına.

"Aman soylu efendiler, ne yapıyorsunuz? Aman kıymetli gençler yakışır mı hiç size? Belli ki bir yanlışlık var bu işte. Belli ki birileri hata yapıyor. Bunu anlamak için kılıçlara sarılmaya ne gerek var! Hepimiz aklı başında insanlarız. Hele sizler eğitimli gençlersiniz. Oturup konuşalım, sakince anlatalım meramımızı, ancak böyle anlarız birbirimizi, ancak böyle çıkar hakikat ortaya."

Birbirlerinin yakasına yapışmış olan prensler bir an durmuşlar, ne yapıyoruz biz diyerek utanmışlar. İçlerindeki öfke tümüyle geçmese de hancıya hak vermişler.

"Peki o zaman" diye söylenmiş kavgayı başlatan Dağ Ülkesi Prensi. "Peki, oturup konuşalım ama önce ben anlatacağım. Elbette sizleri de dinleyeceğim, elbette herkes konuşacak bu masada ama önce bana kulak verin lütfen."

Gün görmüş hancı, "Eyvah şimdi ötekiler itiraz edecek, kavga yeniden alevlenecek" diye telaşlanmış ama kimse karşı çıkmayınca rahatlamış. Prensler adamlarına dönerek yerlerine oturmalarını işaret ettikten sonra kendileri de sakince iskemlelerine çökmüşler. Yeniden kılıçların çekilip, kan dökülmesinden endişe eden hancı da saygıyla sokulmuş yanlarına.

"Çok teşekkür ederim soylu gençler, kendinize yakışanı yaptınız. Ama bir ricam daha var sizden. Eğer uygun görürseniz ben de katılmak isterim konuşmanıza. Çünkü ben, sizin gördüğünüz rüyayı görmedim. Yani dışarıdan biriyim. Tam da böyle birine ihtiyacınız var. Tarafsız bir gözle kanaatini söyleyecek bir hakeme. Şerefim üzerine yemin ederim ki adil davranacağım, kimseye haksızlık yapmayacağım."

Kum Ülkesi Prensi şöyle bir süzmüş adamcağızı.

"İstersen yap" demiş sonra kararlı bir sesle. "Hanını başına yıkarız o zaman."

Yaşlı adam yerlere kadar eğilerek şöyle karşılık vermiş:

"Haksızlık yaparsam hanımı başıma yıkın genç efendim, size karşı gelirsem ellerim kırılsın. Ama benim gibi biri olmadan bu anlaşmazlığı çözmeniz çok zor."

Prenslere makul görünmüş bu öneri.

"Tamam, tamam" demiş Su Ülkesi Prensi. "Hadi gel, otur şu masanın başına."

Hancı hemen çökmüş gösterilen yere. Adamlarının yetiştirdiği kadehine şarap doldurmuş, prenslere bakarak saygıyla şöyle demiş:

"Ama önce şarabın sakinleştirici kudretine sığınalım genç efendilerim. Sığınalım ki öfke kör etmesin zihnimizi, nefret ele geçirmesin yüreğimizi, soylular gibi sakince konuşup mantıklı insanlar gibi çözüme bağlayalım husumetimizi. Hadi hakikate ve şerefe."

Beş prensin beşi de yüreklerinden kabaran düşmanlığı bastırarak hancıya uymuş. Altı kadeh birden aynı anda kalkmış havaya.

"Hakikate... Hakikate ve şerefe..."

Kırmızı sıvı ağızlarında buruk bir tat bırakarak bedenlerine yayılırken Dağ Ülkesi Prensi kadehini masaya koyup iç cebinden devletin altın mührünü çıkarmış.

"Bu Dağ Ülkesi Devleti'nin mührüdür" diyerek başlamış konuşmasına. "Madem hakikatten söz edeceğiz o zaman bir itirafla başlayalım. Ben sadece soylu biri değilim aynı zamanda bir prensim." Altın mührü tek tek masadakilere gösterdikten sonra bir kez daha yinelemiş: "Evet, ben Dağ Ülkesi'nin Prensi, tahtın tek vârisiyim."

Dört prensin dördü de mührü alıp dikkatle incelemiş, sonra onlar da başlamışlar itiraf etmeye. Önce Rüzgâr Ülkesi Prensi, ardından Su Ülkesi Prensi, sonra Kum Ülkesi Prensi ve nihayet Buz Ülkesi Prensi kim olduklarını açıklayarak devletlerinin altın mühürlerini göstermişler. Ardından Dağ Ülkesi Prensi gördüğü rüyayı ve yaşadıklarını en küçük bir ayrıntıyı bile atlamadan anlatmaya koyulmuş. Duyduklarının kendi hikâyelerine benzediğini fark eden öteki dört prensin yüreklerindeki öfkenin yerini büyük bir şaşkınlık almış. Ama kimse kimsenin sözünü kesmemiş, herkes büyük bir sabırla söylenenleri dinlemiş. Dağ Ülkesi Prensi'nin diyecekleri bitince sırasıyla Rüzgâr Ülkesi Prensi, Su Ülkesi Prensi, Kum Ülkesi Prensi ve Buz Ülkesi Prensi de rüyalarını ve âşık oldukları kızı bulma serüvenlerini anlatmışlar. Prensler anlatılanları dinlerken birbirlerine inanmaya, birbirlerini anlamaya başlamışlar. Beşinin birden farklı ülkelerin prensi olması, hepsinin aynı rüyayı görmesi, benzer olayları yaşayarak o büyülü kızı bulmaya çalışmaları, Aşk Tanrıçası'nın karşılarına çıkması ve hepsinin hüsrana uğramaları... Bu kadarı da fazlaymış, bu kadar da rastlantı olmazmış, kimse bu kadar yalanı söyleyemezmiş. Ve anlatılar tamamlanıp hakikat ortaya çıkınca masaya derin bir keder çökmüş. Beş prensin beşi de anlamış ki, kendi ülkelerinde rüyalarındaki kenti bulamadıklarına göre yeryüzünde böyle bir yer yokmuş. Dolayısıyla öteki kıtalara gitmelerine de gerek kalmamış.

"Boşa mı uğraştık yani?" diye mırıldanmış Buz Ülkesi Prensi. "Kral babamızın, kraliçe annemizin kalplerini boş yere mi kırdık?"

"Anlamsız bir çaba mıydı yani?" diye söylenmiş Kum Ülkesi Prensi. "Anlamsız yere mi terk ettik ülkemizi?"

"Bir hayal için miydi?" diye dövünmüş Su Ülkesi Prensi. "Halkımızın geleceğini tehlikeye atmamız bir hayal uğruna mıydı?"

"Bir saçmalığa mı kapıldık?" diye yazıklanmış Rüzgâr Ülkesi Prensi. "Bir saçmalık uğuruna mı bıraktık tahtımızı?"

"Belki de delirdik" diye tahminde bulunmuş Dağ Ülkesi Prensi. "Mantıklı biri yapar mı bizim yaptığımızı?"

Gelecekte yeryüzünü yönetecek beş âşık böyle söyleyerek derin bir karamsarlığa düşmek üzereyken hancının sesi duyulmuş:

"Aşkın aşktan başka amacı yoktur." Prenslerin gözleri yaşlı adama dikilmiş. "Aşkın aşktan başka kanıtı da yoktur. Evet, soylu prenslerim, aşkın bir tek kanıtı vardır; o da âşığın yüreğinde yanan ateştir. O ateş yandığı sürece zihin ve beden aşkın esiri haline gelir. O ateşin kavurduğu benlik, sevgiliye kavuşmak için ölüm dahil her türlü fedakârlığı göze alır, aşk da böylece hakikat olur. Aksi takdirde, yaşanan aşk değil şu denizden esen yel gibi hoş bir andır, gökyüzünü kaplayan şu ışıklı karanlık gibi geçici bir hevestir, içtiğimiz kırmızı şarabın zihnimizde yarattığı şu tatlı duygu gibi bir sarhoşluktur. Ama hakiki aşkın bunlarla hiçbir alakası yoktur. Hakiki aşk kalıcıdır, bunu sağlayan da kalbimizdeki o inançtır. İşte sizi harekete geçiren de o inançtı. Belli ki Aşk Tanrıçası'nın marifetiyle bir mucize gerçekleşti, belli ki bir gece hepiniz aynı rüyayı gördünüz, belli ki hepiniz aynı rüyadaki o kıza âşık oldunuz. Yani hepiniz o rüyaya inandınız. O inanç ki sizi görkemli saraylarınızdan, rahat yataklarınızdan, güzel hayatlarınızdan kopartıp yollara düşürdü. O inanç ki bütün çilelere, bütün tehlikelere, bütün zorluklara göğüs germenizi sağladı. Bunun ne kadar yüce bir duygu, ne kadar erdemli bir davranış olduğunun farkında mısınız? Hamuru bencillikle yoğrulmuş, çalışkanlıktan çok tembelliğe, yaratıcılıktan çok yıkıcılığa, erdemden çok bayağılığa, iyilikten çok kötülüğe meyilli olan biz insanlar için bu fedakârlık bir mucize değil mi? Görmüyor musunuz, bu mucizeyi yaratan içinizdeki aşktır?

Lütfen kendinize haksızlık etmeyin saygıdeğer prenslerim, hiçbiriniz boşuna uğraşmadınız, anlamsız yere yollara dökülmediniz, evet, bir hayalin peşinden koştunuz ama o sizin gerçeğinizdi. Hayır, bir saçmalık uğruna değil, ulaşılması imkânsız bir umut için tahtınızı terk ettiniz. Evet, yaptığınız bir tür delilik sayılabilir ama mantığı bencillik üzerine kurulmuş olan şu berbat dünyada yapılabilecek en güzel, en iyi, en doğru şey belki de bu deliliktir. O yüzden, lütfen pişman olmayın, lütfen kendinize kahretmeyin; çünkü yeryüzünde insanı, aşktan daha iyi eğiten bir öğretmen yoktur. Yolu aşktan geçmeyen insanlar asla olgunlaşamazlar."

Hancının kalbinden gelen bu sözcükler prensleri derinden sarsmış, masaya bir sükûnet hâkim olmuş.

"Güzel konuştun hancı" diyen Dağ Ülkesi Prensi'nin sesi bozmuş bu suskunluğu. "Çok güzel anlattın durumumuzu... Tamam, pişmanlık duymayalım, tamam, kendimize acımasızca davranmayalım, tamam, aşka haksızlık etmeyelim ama ne yapalım? Evet, aşk yüce bir duygudur, evet, aşk hayatımıza anlam katar, evet, aşk bize yaşadığımızı hissettirir, evet, aşk kendimizi tanımanın en iyi yoludur. Ama artık bizim gidecek bir yolumuz yok. Geldiğimiz ülkelerde rüyamızda gördüğümüz kente benzer bir yer bulamadık. Bu demektir ki, rüyamızda gördüğümüz, hepimizin aklını başından alan o sevgiliyi de bulamayacağız. O zaman ne için uğraşalım, kimi arayalım, neyin peşine düşelim?"

Son derece mantıklı olan bu sözlere öteki prensler de onay vermek üzereymiş ki, "Haklısınız, öyle bir kent yok" diyerek araya girmiş hancı. "Ama sizler ülkelerinizdeki bütün köylere, kasabalara, kentlere gittiniz mi? Çarşıları, işlikleri, tarlaları, evleri dolaştınız mı? Yani yeryüzündeki bütün genç kızlarla tanıştınız mı, onların yüzüne baktınız mı, onlarla konuştunuz mu?"

Dağ Ülkesi Prensi acı acı gülmüş.

"Bakmadık, bakamayız da çünkü bunu yapmaya ömrümüz yetmez. O kızı bu yolla bulamayız."

Güngörmüş hancı usulca başını sallamış.

"Ama başka bir yolla bulabilirsiniz."

Böyle söylemiş ve sözlerinin etkisini görmek istercesine susmuş.

"Neymiş o yol?" diye atılmış Buz Ülkesi Prensi.

Hancı sakin bir tavırla ellerini masanın üzerine koymuş.

"Aslında siz de biliyorsunuz ama hayal kırıklığınız o kadar büyük, yaşadığınız bozgun o kadar ağır ki kafanız karıştı, doğru düşünemiyor, gözünüzün önündeki çözümü göremiyorsunuz."

"Bilmece gibi konuşma be adam!" diye gürlemiş Kum Ülkesi Prensi. "Zaten canımız sıkkın, ne diyorsan açık söyle."

Yaşlı adam anlayışla süzmüş sabırsız âşığı ama kendi meşrebince konuşmaktan da geri durmamış:

"Söyleyin bakalım, siz bu kızı nerede gördünüz?"

"Rüyada" diye atılmış Su Ülkesi Prensi. "Deminden beri anlatıyoruz, dinlemiyor musun ihtiyar?"

Hiç sinirlenmemiş hancı.

"Evet, rüyanızda ama nerede?"

"Söyledik ya" diye gürlemiş Rüzgâr Ülkesi Prensi. "O eski kentte."

Tecrübeli adam oturduğu yerde toplanmış.

"Evet, bütün düğüm işte o eski kentte. Evet, saygıder prenslerim, yeryüzündeki bütün genç kızlarla tanışmanız mümkün değil ama rüyanızdaki kızı o kente getirmek mümkün."

Beş prensin beşi de boşa konuşuyorsun dercesine bıkkınlıkla başlarını sallamışlar. Dağ Ülkesi Prensi artık dayanamamış,

"İhtiyar, sen gerçekten de bizi dinlemiyorsun galiba" diye çıkışmış. "Öyle bir kent yok dedik ya. Olmayan bir kente o kız nasıl gelsin?"

Hancı kendinden emin bir sesle mırıldanmış.

"O kent şimdi yok ama olabilir. Öyle tuhaf tuhaf bakmayın yüzüme, evet, rüyanızdaki o kent gerçekten var olabilir ama siz yaparsanız."

Gençlerin dikkati yeniden yaşlı adamın üzerinde toplanmaya başlamış.

"Nasıl yani?" diye atılmış Buz Ülkesi Prensi. "Nasıl yapacakmışız o kenti?"

Hancı sakince omuz silkmiş.

"Bir kent nasıl yapılırsa öyle yapacaksınız. Bakın Araf'ın hemen arkasında bir ova var. Biz oraya Anlamsızlık Ovası diyoruz. Adı gibi bomboş bir yer, isterseniz oraya kurabilirsiniz kentinizi. Yeryüzünün hâkimi olan beş kralın beş veliahdısınız, kim itiraz edecek size?"

"Kimse itiraz edemez elbette" diyerek diklenmiş Dağ Ülkesi Prensi. "Nereye istersek oraya kurarız kentimizi ama asıl mesele, kız gelir mi oraya?"

Genç âşıkların sözüne kıymet verdiklerini fark eden yaşlı adam kesin bir tavırla şöyle demiş:

"Bunu anlamak için o kenti kurmanız gerekir. Bizzat siz demediniz mi, 'Artık bizim gidecek bir yolumuz yok. Ne için uğraşacağız, kimi arayacağız, neyin peşine düşeceğiz?' diye. İşte size amaç, işte besleyeceğiniz umut, işte yapmanız gereken iş. Rüyanızda gördüğünüz kenti yapın, belki kız oraya gelir."

Nasıl ki dağılmış közler, yardımsever bir rüzgârın yardımıyla bir araya gelir de ocak şenlenirse, hancının sözleri de yeniden tutuşturmuş beş prensin kalbinde küllenmeye başlayan alevleri.

"Evet, neden olmasın?" diye söylenmiş Buz Ülkesi Prensi. "Kızı orada gördüğümüze göre, o kenti kurarsak, belki gerçekten de gelir."

"Belki değil mutlaka gelir" diye onaylamış Kum Ülkesi Prensi. "Çünkü kadınlar bir yuva ister. Yuvasız aşk mı olur?"

"O kızın yuvası da, işte o kuracağımız kenttir" diye tamamlamış Su Ülkesi Prensi. "Orayı kurarsak gelir."

"Belki de başından beri Aşk Tanrıçası'nın bize söylemek istediği buydu" diye desteklemiş Rüzgâr Ülkesi Prensi. "Kızı bulacağınız tek yer o kenttir. Ama önce onu inşa etmeniz gerekir diyordu."

Dağ Ülkesi Prensi hepsinin ortak kararını şu sözlerle dile getirmiş:

"O zaman rüyamızdaki o kenti mutlaka inşa etmeliyiz. Hayali bir kenti gerçeğe dönüştürsek rüyamızdaki sevgiliyi de gerçeğe dönüştürebiliriz."

Evet, beş prensin beşi de sonunda yaşlı hancının önerisini kabul etmiş. Kadehler yeniden kaldırılmış, kahkahalar ortalığı çınlatmaya başlamış, yaşadıkları bozgun yerini taptaze bir umuda bırakmış. Çünkü aşk sevgiliye kavuşmak değil, sevgiliye kavuşmak için verilen mücadeleymiş, yapılan uğraşmış, çekilen çileymiş. Aşkı kıymetli kılan da işte buymuş. Çünkü sevgiliye ulaştığımız an, onunla diz dize oturduğumuz an, onun gözlerine baktığımız an, ellerini ellerinize aldığımız an, seni seviyorum dediğiniz an, Aşk Tanrıçası kum saatini tersine çevirirmiş, böylece aşk ağır ağır bitermiş. Ama sevgiliye ulaşmak için büyük emekler harcarsanız, büyük acılar çekerseniz, büyük fedakârlıklarda bulunursanız, yani sevdayı hayatınızın amacı haline getirirseniz, aşk sizi hiçbir zaman terk etmezmiş. Beş prensin beşi de bir kez daha bu duyguyu hissediyormuş işte. İlk rüyayı gördükleri andaki gibi taptaze bir heyecanla ürperiyormuş bedenleri, tatlı bir doygunluk içinde yüzüyormuş gönülleri, çünkü artık ne yapacaklarını biliyorlarmış, çünkü yeniden bir amaca sahip olmuşlar, çünkü sevgiliye kavuşmak için artık yeni bir nedenleri varmış.

14
Çünkü Anlamsızlık Ovası'na bir Aşk Kenti diktiniz

Beş prensin rüyalarında gördükleri kenti Araf'ta kuracakları haberi babalarının kulaklarına ulaşmakta gecikmemiş. Beş ülkenin beş kralı, evlatlarının bu çabalarını manasız bulsalar da asla itiraz etmemişler. Tam tersine, prenslerinin delice bir hevesle tehlikeli serüvenlere atılmaktan vazgeçmelerine çok sevinmişler. Üstelik biricik oğullarının artık nerede olduklarını bilecekler, onlara haber yollayabilecekler, hatta onları görmeye bile gidebileceklermiş. İşte bu yüzden kesenin ağzını açmışlar. Her kral ülkesindeki en maharetli ustaları, en yetenekli mimarları, en tecrübeli inşaat ustalarını, en becerikli kalfaları, ahşaptan harikalar yaratan marangozları, cama hayat veren vitray sanatçılarını, doğayı cennete çeviren bahçıvanları, duvarlara seyretmeye doyulmayan hikâyeler çizen ressamları, yekpare mermerlerden muhteşem tanrılar yontan heykeltıraşları ve yüzlerce ameleyi oğullarının yanına yollama kararı almışlar. Yeryüzünün beş hâkiminin bu cömertliği Araf Ülkesi'nin yöneticilerini de ziyadesiyle memnun etmiş; her yana tellallar çıkartarak Anlamsızlık Ovası'na bir Aşk Kenti'nin yapılmasından büyük bir memnuniyet duyduklarını, genç prenslere ellerinden gelen her türlü yardımı yapacaklarını cümle âleme ilan etmişler. Böylece Aşk Kenti'nin kuruluş çalışmaları başlamış.

Öncelikle beş prens, kenti kuracak olanların sorumlularını başlarına toplamışlar; rüyalarında gördükleri surları, tapınağı, tiyatroyu, kaleyi, saat kulesini, binaları, bahçeleri, sokakları, köprüleri, meydanı, Aşk Tanrıçası'nın heykelinin bulunduğu çeşmeyi en ince ayrıntısına kadar anlatmışlar. Genç âşıklar yeniden yaşıyorlarmış gibi o ânı anlatırken sanatçılar, zanaatkârlar, mimarlar, ustalar, ameleler büyük bir dikkatle onları dinlemiş; yazabilenler not almış, çizebilenler resmetmiş, okuması yazması olmayanlar ise akıllarına nakşetmiş. Ardından söz istemişler: "Kent nasıl aydınlanıyordu?" "Surların taşları ne renkti?" "Tiyatronun sahnesi hangi yöne bakıyordu?" "Tapınak duvarları mermerlerle mi kaplıydı?" "Sokak taşlarının büyüklüğü ne kadardı?" "Bahçelerde hangi çiçekler vardı?" "Vitraylarda hangi renkler kullanılmıştı?" "Kale burçlarının yüksekliği ne kadardı?" "Çan nasıl bir ses çıkarıyordu?" "Çeşmenin havuzu var mıydı?" Daha bunlar gibi onlarca soru sormuşlar. Çünkü işin şakaya gelir yanı yokmuş. Eğer yaptıkları kent, prenslerin anlattıklarına benzemez ise kabak onların başına patlarmış. Beş veliaht anlayışla dinlemişler rüyalarındaki kenti kuracak adamların sorularını, ardından da hiç üşenmeden hepsini tek tek cevaplamışlar. Günlerce süren bu konuşmaların, tartışmaların, bazen gergin, bazen keyifli geçen sohbetlerin ardından, mimarlar kalemlerine sarılmış, ustalar önlüklerini sırtlarına geçirmiş, ameleler malalarını kapmış, yontucular keskilerini kavramış. Böylece Aşk Kenti'nin yapımı başlamış. Beş prens ve yirmi sadık adamı da kollarını sıvayarak bizzat girişmişler işe. Anlamsızlık Ovası'na herkesten önce geliyor, ortalık kararınca herkes gittikten sonra ayrılıyorlarmış. Bir mesele, bir engel, bir sıkıntı çıkar çıkmaz hemen yetişiyor, sanatçılarla, ustalarla, amelelerle akıl akıla, omuz omuza, sırt sırta vererek sorunları gideriyorlarmış. Onların böyle canı gönülden işe sarılması çalışanları etkiliyor, prensler hakkındaki olumsuz düşüncelerini değiştiriyormuş. Hakikaten de çalışanların çoğu önceleri böyle bir kent kurmayı, boş bir uğraş, saray çocuklarının şımarıklığı sayıyorlarmış ama prensleri yakından tanıdıkça, tutkularını gördükçe, çabalarına tanık oldukça bu düşüncelerinden sıyrılmışlar, onlar da genç âşıkların hayaline inanmaya başlamışlar. Hal böyle olunca Aşk Kenti'ni yaratmak da zahmetli bir mecburiyetten çıkıp zevkli bir gönüllülüğe dönüşmüş. Çünkü bu kenti kurmaya çalışan herkesin başından geçen bir aşk hikâyesi, bir gönül kırıklığı, bir hicran yarası varmış.

Harçlar karıldıkça, taşlar döşendikçe, ahşaplar yontuldukça, demirler yerleştirildikçe, camlar takıldıkça, ağaçlar dikildikçe, kapılar yerleştirildikçe, farklı dillerde söylenen aynı sevda türküsü gibi Aşk Kenti'nin ilk yapıları yükselmeye başlamış. Her şey güllük gülistanlık değilmiş elbette, sık sık kazalar oluyor, çalışanlar zarar görüyormuş, bilhassa surların duvarlarını örerken çok insan yaralanmış, kalenin burçlarını dikerken beş duvar ustası hayatını kaybetmiş ama kimse çalışmaktan vazgeçmemiş. Elbette prensler de yaralanmış, taze tenleri güneşte kuruyup sertleşmiş, elleri nasır bağlamış, kasları güçlenmiş, hiç alışık olmadıkları bu ağır çalışma koşulları onları da yormuş fakat gözlerindeki umut, zihinlerindeki iyimserlik, kalplerindeki inanç hiç kaybolmamış. Hep birlikte inanılan bir ideal gibi taş üstüne taş konularak duvar duvar, bina bina, sokak sokak büyümeye başlamış kent.

Bu durum prensleri çok mutlu ediyormuş ama aslında kafaları biraz da karışıkmış. Çünkü aşkın iki yüzü varmış, bir tarafı iyilikle, fedakârlıkla, aydınlıkla örülüyken, öteki tarafı kötülük, bencillik ve karanlıkla kaplıymış. Aşk Kenti yapılırken de aynı kötülük rüzgârları esmiş, aynı bencillik duyguları uyanmış, aynı karanlık düşünceler kendini göstermeye başlamış. Bir gece beş prensin beşi de işleri sona erip uyumak için kaldıkları binaya döndüklerinde birer gölge düşmüş üzerlerine. Başlarını kaldırıp seslenmişler kapıdaki gölgenin sahiplerine.

"Kimsin, ne istiyorsun?"

Kapıdaki beş gölgeden beş farklı ses yükselmiş.

"Merak etmeyin soylu efendim, benim, Baş Kılavuz."

"Endişelenmeyin yüce prensim, benim, Baş Bedevi."
"Tasalanmayın yakışıklı prensim, benim, Baş Kaptan."
"Kaygılanmayın akıllı prensim, benim, Baş Muhafız."
"Korkmayın kıymetli prensim, benim, Baş Cengâver."

Evet, beş sadık adam böyle seslenmişler gelecekte yeryüzüne hükmedecek beş veliahda. Beş veliaht usulca doğrulmuşlar yataklarında ve çağırmışlar en zor anlarda bile onları yalnız bırakmayan adamlarını yanlarına.

"Gel bakalım benim sadık dostum. Gel ve anlat, gecenin bu vaktinde seni kapıma diken sıkıntıyı."

Beş tecrübeli adam, saygıyla girmişler beş prensin odasına; el bağlamışlar, boyun eğmişler ve şöyle demişler:

"Benim yüce gönüllü prensim, sizi tatlı uykunuzdan mahrum ettiğim için bağışlayın lütfen. Ama Mucize Hanı'nda öteki dört prensle karşılaştığınız andan itibaren zihnimi kurcalayan bir mesele var. Bir türlü cesaret edip söyleyemesem de aklımdan hiç çıkmayan bir mesele. Şöyle ki, benim akıllı efendim; bize anlattığınız üzere, hepiniz, yani beş prens de aynı rüyayı gördünüz. Hepinizin rüyasında da bir tek kız vardı. Hepiniz bugüne kadar aynı kızı bulmak için uğraştınız. Biz de elimizden geldiğince size yardım ettik, fakat ne yazık ki kızı bulamadık. Şimdi de o kız gelsin diye bir kent kuruyoruz. Umarım o yaşlı hancının dedikleri çıkar, umarım rüyanızdaki kız yaptığımız kente gelir. Ama asıl mesele o zaman ortaya çıkacak. Hiç düşündünüz mü, kız geldiğinde ne olacak? Siz beş kişisiniz o ise tek."

Prenslerin beşi birden derinden bir iç geçirmişler.

"Düşündüm tabii sadık dostum" demişler kederli bir sesle. "Bunun için endişelenmiyor muyum zannediyorsun? Ama elimden gelen bir şey yok. Ne olacağını ben de bilemiyorum. Önce şu kenti tamamlayalım, rüyamızdaki kız gelsin ondan sonra düşünürüz." Beşi birden bir an suskun kalmışlar, ardından kendilerinden emin bir gülümseme yerleştirmişler sıcaktan çatlamış dudaklarına ve şöyle noktalamışlar sözlerini: "Açıkçası, o güzel sevgilinin benden başka birini seçeceğini düşünmüyorum. Öteki prensleri gördün, tamam, hepsi yakışıklı, hoş çocuklar, zekiler, fedakârlar, cesurlar ama hiçbiri o kızı benim sevdiğim kadar sevmiyor. Evet, yüzlerine bakınca hissediyorum bunu. Bu sebepten, rüyalarımdaki sevgili onlarla değil, kesinlikle benimle evlenecek."

Beş sadık adamın korktuğu tam da buymuş. Prenslerinin kendilerine duydukları o büyük güven, rüyalarındaki kıza kavuşacaklarından emin olmaları, yani bir hüsranı akıllarına bile getirmemeleri. "Eyvah" diye geçirmişler içlerinden. "Eyvah, o kız bizim prensi seçmezse kıyamet kopacak. Bu, öyle belalı bir iş ki sonunda kan dökülecek, belki yeryüzünde yıllardır süren barış bozulacak, insanlık bir felakete sürüklenecek." Fakat bu düşüncelerini soylu efendilerine söylememişler. "Siz öyle diyorsanız, öyledir kıymetli prensim" diyerek ayrılmışlar beş çılgın âşığın odasından. Ertesi sabah sanki bu konu hiç konuşulmamış gibi, sanki akıllarında böyle bir soru, yüreklerinde böyle bir endişe yokmuş gibi hepsi yeniden işe koyulmuş. Yine istekle sarılmışlar kalemlere, fırçalara, küreklere, kazmalara, malalara, keskilere... Yüzlerce insan dişini tırnağına takarak günlerce, haftalarca, aylarca, yıllarca çalışmışlar. Kimse bıkmamış, kimse yılmamış, kimse ayrılmak istememiş denemez ama çoğunluk kendi yazgısı bilmiş bu kenti, kendi gayesi, kendi mutluluğu. Bu yüzden büyük bir sabırla, büyük bir hevesle, büyük bir fedakârlıkla sürdürmüşler bu hummalı çalışmayı. Günler, haftalar, aylar, mevsimler, yıllar ardı ardına akıp gitmiş. Ve sonunda bu insanüstü çaba sonuç vermiş; işe başladıkları günün beşinci yılında kentin yapımı sona ermiş. Evet, tam beş yıl sonra o amansız uğraş, o devasa çalışma, o dur durak bilmeyen koşturmaca, o devasa inşaat tamamlanıvermiş. Hayır, sadece binaların kaba yapıları bitmemiş, kapıların üzerindeki çizimlerden vitrayların yerleştirilmesine, demirlerin oya gibi işlenmesinden mermerin ince ince yontulmasına, bahçelerin çiçeklendirilmesinden gümrah ağaçların her yanda boy vermesine kadar bütün ayrıntılarıyla Aşk Kenti ortaya çıkmış. Bir sabah vakti farkına varmışlar kentin tamamlandığının. Ama bunu anlayan kişi, ne beş prensten biri ne de sadık adamlarından en açıkgöz olanıymış. Bunu fark eden kişi, onlara bu kenti kurmalarını öneren yaşlı hancıdan başkası değilmiş. Beş yıldır hiç aksatmadan her hafta başı inşaat alanını gezmeyi alışkanlık haline getiren ve her defasında bütün ayrıntıları hafızasına kaydeden bu dikkatli insan, son kez geldiğinde daha sokağa girer girmez anlamış kentteki değişikliği. Sadece gözleriyle görerek, elleriyle dokunarak, kentin o tuhaf kokusunu içine çekerek değil, yüreğinde hissetmiş o tamamlanmışlık duygusunu. Yine de baştan sona dolaşmış sokakları, kapıları açmış, binalara girmiş, serin bahçelerde oturmuş, kalenin burçlarını dolaşmış, Aşk Tanrıçası'nın parmaklarından akan suyla yüzünü yıkamış, çanın sesini duymuş. Yeniden kente girdiği noktaya gelince artık dayanamayıp seslenmiş yaptıkları kentin tamamlandığından habersiz olanlara:

"Yeter! Bırakın artık çalışmayı. Yeter! Kent tamamlandı. Yeter! Durun artık! Yeter, durmazsanız bozarsınız yaptığınızı."

Hancının gür sesi kentin sokaklarında yankılanmış ve prenslerin kulaklarına kadar gitmiş. Elbette hiçbiri inanmamış hancının sözlerine. Yaşlı adam artık sıkıldı, bir an önce bu devasa yapının bitmesini istiyor diye düşünmüşler. Ama saygı gereği yine de konuşmak istemişler onunla. Yanına yaklaşıp "Sözlerin hiç mantıklı değil ihtiyar" diye uyarmışlar. "O rüyayı biz gördük, sen sadece anlattığımız kadarını biliyorsun. Bu kenti biz kuruyoruz, sen sadece her hafta gezdiğin kadarını görüyorsun. Nereden anladın kentin tamamlandığını?"

Hancı anlayışla gülümsemiş ve şöyle demiş:

"Derya içinde olan balıklar deryayı bilmezler. Çünkü kendilerini deryadan ayrı saymazlar. Siz öyle bir daldınız ki bu kentin yapımına, etinizle, kanınızla, bütün ruhunuzla öyle bir girdiniz ki işin içine, adeta onun bir parçası oldunuz; o kadar yaklaştınız ki amacınıza, yaptıklarınızı göremez oldunuz, tamamladığınız yapıyı fark edemez hale geldiniz. Evet, siz bu kentin surlarına, köprülerine, sokaklarına, tapınağına, tiyatrosuna, kalesine, evlerine, bahçelerine, bahçelerindeki ağaçlara, meydanlarına, meydanlarındaki heykellere dönüştünüz. Oysa ben dışarıdan biriyim. Yakından da baksam hep dışarıdaydım, asla bir parçası olmadım bu kentin. Parçası olmadığım için de sizden daha iyi görebiliyorum, sizden daha kolay kavrayabiliyorum, sizden daha kolay hissedebiliyorum. Evet, sevgili prensler, sizi tebrik ederim, o zorlu uğraşı başarıyla bitirdiniz, rüyanızdaki kenti tamamladınız. Öyle bakmayın yüzüme, eğer bana inanmıyorsanız kurduğunuz bu kenti dolaşın. Beş kapıdan size ait olandan içeri girin, sokak sokak, bina bina gezin, köprülerden geçin, bahçelerde oturun, kalın surlara bakın, kaleyi inceleyin, taş duvarlarına dokunun, çan sesini bir kez daha duyun, çeşmede yüzünüzü yıkayın ama yetmez, meydana gelince el ele tutuşun, bir çember oluşturun, gözlerinizi kapatın, hiçbir ses duymamaya çalışın, hiçbir koku etkilemesin sizi, bütün düşünceleri aklınızdan uzaklaştırın, sadece gördüğünüz o rüyayı yeniden yaşamaya çalışın. İşte o zaman anlayacaksınız o büyülü kızın geleceği gizemli kenti tamamladığınızı.

Bilge adam böyle deyince beş prensin beşi de başlarını çevirip beş yılda yarattıkları kente bakmışlar. Evet, tıpkı rüyalarında gördüklerine benziyormuş her yer ama yetmemiş hep birlikte sokaklara dalmışlar, adım adım her binayı, her bahçeyi, her köprüyü, tiyatroyu, tapınağı, kaleyi, meydanı, çeşmeyi incelemişler. Evet, galiba o kentin içindelermiş. Ama emin olamıyorlarmış, bir şeylerin eksik kalmasından, yarattıkları kentin rüyalarındakine benzememesinden, daha doğrusu rüyalarının gerçeğe dönüşmemesinden, o büyülü kızın bu yere gelmemesinden korkuyorlarmış. Yaşlı hancının söylediği gibi Aşk Tanrıçası çeşmesinin önünde el ele tutuşarak bir çember oluşturmuşlar. Gözlerini kapamışlar, sesleri işitmez, kokuları duymaz olmuşlar; bugünden, şu andan tümüyle kopmuşlar. Sadece bedenleri ve benlikleri kalmış. Ele avuca sığmaz genç bedenlerinde bir doygunluk varmış, gönüllerinde bir dinginlik, zihinlerinde bir tamamlanmışlık. Sanki bütün tasaları sona ermiş, bütün kaygıları bitmiş, bütün endişeleri ortalıktan kaybolmuş. O anda duymuşlar hancının sesini:

"Anladınız değil mi?" diyormuş yaşlı adam. "Kent tamamlanmış. Hiçbir eksiği kalmamış, değil mi?"

Prensler, kendilerini o tatlı rüya anından kopardığı için kızmışlar hancıya ama kenti tamamladıkları müjdesini verdiği için de minnet duymuşlar.

"Evet, sonunda başardık" demiş sevinçle Buz Ülkesi Prensi.

"Evet, o gizemli kenti kurduk" demiş neşeyle Kum Ülkesi Prensi.

"Evet, burası rüyamızdaki o kent" demiş mutlulukla Su Ülkesi Prensi.

"Evet, rüyamızın yarısını gerçekleştirdik" demiş kıvançla Rüzgâr Ülkesi Prensi.

"Evet ama hâlâ büyük bir eksiğimiz var" demiş tereddütle Dağ Ülkesi Prensi. Ve sonunda hepsi birbirlerine bakarak hep bir ağızdan şöyle demişler:

"Evet, başardık ama o büyülü kız hâlâ gelmedi kurduğumuz kente. Hâlâ kavuşamadık o ulaşmaya çalıştıkça ulaşamadığımız sevgiliye."

Yaşlı adam inançla süzmüş genç âşıkları ve kendinden emin bir sesle şöyle demiş.

"Ama gelecek, çünkü Anlamsızlık Ovası'na bir Aşk Kenti diktiniz. Çünkü artık hiçbir engel kalmadı. Artık hiç kuşkum yok, rüyalarınızın kızı buraya gelecek. Fakat şimdi değil, bakın güneş hâlâ tepemizde, dolunay henüz belirmedi mavi gökyüzünde. Evet, o kız bu kente gelecek, ama gün geceye döndüğünde, güneş ışıklarını çektiğinde, karanlık vefalı bir dost gibi bizi sarıp sarmaladığında, dolunay bu kentin karanlık sokaklarını aydınlattığında. Evet, artık eminim, o büyülü kız bu gizemli kente gelecek ama geceyi beklemeniz gerek."

15
Özgürlük yoksa aşk da yoktur

Gecenin ortasında kadim bir kentte yürüyorlarmış. Kalesi, tapınağı, saat kulesi, sarayı, garnizonu, tiyatrosu, kütüphanesi, taş binaları, mis kokulu bahçeleri olan yüksek surlarla çevrili görkemli bir kent. Surlar öyle sağlammış ki, bırakın kazma kürekle sökmeyi, top atsalar yıkılmazmış. Alacakaranlıkta bir dağ silsilesi gibi yüksek ve aşılmaz görünüyormuş bu duvarlar. Bütün kent gölgeler içindeymiş; ne bir lamba varmış ne de bir meşale; sadece gökyüzündeki dolunay aydınlatıyormuş sokakları. Evet, beş ayrı kıtadaki, beş ayrı prens, bu kez rüyalarında değil, duvarından penceresine, sütunundan kapısına, köprüsünden bahçesine kadar kendilerinin kurdukları kentte yürüyorlarmış. Üstelik bu kez tek başlarına değil beşi birden ilerliyormuş alacakaranlık sokaklarda.

Yaşlı hancının uyarısıyla kentin tamamlandığını anlayan prensler, çalışanların hepsini kentin dışına davet etmişler. Mimarları, harç ustalarını, duvarcıları, marangozları, demircileri, vitray sanatçılarını, bahçıvanları, ressamları, heykeltıraşları ve amelelerden oluşan yüzlerce insanı yüksek surların hemen önünde toplamışlar. Aralarında hitabet yeteneği en güçlü olan Su Ülkesi Prensi'ne konuşma yetkisi vermişler. Beş prensin beşi de siyah mermerden bir setin üstüne çıkmış, Su Ülkesi Prensi onların arasından seslenmiş meraklı kalabalığa.

"Ey taşın dilinden anlayan ustalar, ey ahşaba hayat veren marangozlar, ey demiri kız saçı gibi büklüm büklüm ören demirciler, ey mermeri dantel gibi işleyen yontucular, ey duvarları rengârenk bahçelere çeviren ressamlar, ey Aşk Kenti'nin vefakâr kurucuları, size güzel bir haberimiz var! Bugün mutlulukla çıkıyoruz karşınıza. Çünkü o an geldi. Evet, beş yıllık emeğimiz, beş yıllık uğraşımız, beş yıllık çalışmamız sonunda meyvesini verdi. Prenslerin bana verdiği yetkiyle açıklıyorum ki, rüyalarımızın kenti tamamlandı."

Bu sözleri duyan kalabalık önce sessizce dalgalanmış, ardından bir alkış kopmuş, sevinç çığlıkları göklere yükselmiş. Heyecanlı topluluk biraz durulunca Su Ülkesi Prensi yeniden başlamış konuşmaya:

"Evet, bir zamanlar Anlamsızlık Ovası'nın bulunduğu boşlukta artık bir kent var. Zekânızla, yeteneğinizle, marifetinizle, alın terinizle kurduğunuz bir kent. Tanrıların biz beş prense gösterdiği muhteşem bir kent. Sönmek bilmeyen tutkularımızın, imkânsız umutlarımızın simgesi olan gizemli bir kent. Nedeni aşk, anlamı aşk, adı aşk olan bir kent.

Sizler sadece iyi zanaatkârlar, yetenekli sanatçılar, çalışkan ameleler değil aynı zamanda bizim gönül yoldaşlarımızsınız, aşkın ve âşıkların dostlarısınız. Bu gece gerçekleşecek olan rüyamızın bir parçasısınız. Bakın, gerçekleşen demiyorum, gerçekleşecek diyorum, çünkü biz bu beş yılda sadece rüyamızın geçtiği mekânı yaratabildik ama o hayallerimizin hakikate dönüşmesi için çok daha fazlası gerekiyor. Hâlâ yapılacak işler var. Fakat bundan sonrası bu kent ile bizim aramızda. Çünkü rüyalarımızda sadece o ve biz vardık.

Sevgili kader arkadaşlarımız, kıymetli dostlarımız, şu andan itibaren özgürsünüz. Bugün yeryüzünün beş hükümdarının o dillere destan cömertliğiyle tanışacaksınız. Bugün çabalarınızın karşılığı misliyle ödenecek. Bugün hepiniz varlıklı insanlar olacaksınız. Bu kente emeği geçmiş hiç kimse evine yoksul dönmeyecek. Şimdi gidin ve bu büyük başarınızı kutlayın. Bu gece Araf'ta sizler için büyük bir şölen, görkemli bir eğlence var. Gidin ve tadını çıkartın. Ne yazık ki biz aranızda olamayacağız. Çünkü kurduğumuz kente kalmak zorundayız. Dolunayın ışığı üzerimize düşmeden kalan işlerimizi bitirmek zorundayız."

İşte böyle söyledikten sonra çalışanları Araf'a yollamışlar, kendileri de kentin beş farklı kapısına yönelmişler. Evet, tıpkı rüyalarındaki gibi onlar da sadece beş kapı açmışlar kente. Ama kapılara yönelmeden önce hepsi de bir süre yalnız kalmak istediklerini söyleyerek meydana açılan sokağın başında buluşmak üzere ayrılmışlar. Sonra beşi de beş farklı kapıdan geçerek girmişler içeriye. Buz Ülkesi Prensi kuzeydeki Buz Ülkesi Kapısı'ndan, Kum Ülkesi Prensi güneydeki Kum Ülkesi Kapısı'ndan, Su Ülkesi Prensi, batıdaki Su Ülkesi Kapısı'ndan, Rüzgâr Ülkesi Prensi kuzeybatıdaki Rüzgâr Ülkesi Kapısı'ndan, Dağ Ülkesi Prensi doğudaki Dağ Ülkesi Kapısı'ndan.

Zaman hızla akıp dolunay gökyüzündeki tahtını ele geçirince de meydana açılan sokağın başında buluşmuşlar, şimdi de Aşk Tanrıçası heykelinin bulunduğu çeşmeye doğru yürüyorlarmış işte. Birbirlerine gülümsüyor, dostça şakalaşıyor, arkadaşça davranıyorlarmış ama aslında hiçbiri rahat değilmiş. Hepsinin içinde derin bir endişe varmış. Ya yanılmışlarsa, ya rüyaları gerçeğe dönüşmezse, ya o büyülü sevgili yaptıkları kente gelmezse? O zaman ne işe yararmış burası? Araf varken böyle bir yere kimin ihtiyacı olurmuş? Akıllarından geçenler o kadar mantıklıymış ki yüreklerini koyu bir karamsarlık sarmış. Fakat hızla uzaklaştırmışlar bu kötümser düşünceyi zihinlerinden, çekilen onca çileden, yapılan onca yolculuktan, göğüs gerilen onca tehlikeden sonra hiçbiri kızın gelmeyeceğine inanmak istemiyormuş. Ama başka bir ihtimal daha varmış onları mutsuzluğa sürükleyen. Sadık adamlarının hatırlattığı o uğursuz hakikat. Diyelim ki bu gizemli kenti kurmaları işe yaradı, diyelim ki o büyülü kız bu gece geldi, diyelim ki o tuhaf rüyaları gerçek oldu, tamam ama sonunda kim mutlu olacakmış? Öyle ya kız tek başınaymış, halbuki onlar beş kişiymiş. Nasıl olacakmış bu iş? Genç âşıklar bu konuyu düşünmek istemiyorlarmış.

Şu anda tüm dikkatlerini yaşanacaklara vererek her türlü olumsuzluktan arındırmaya çalışıyorlarmış zihinlerini. O yüzden hiçbiri gönlünden geçenleri söylemiyor, yüzlerine taktıkları memnuniyet maskesiyle adım adım ilerliyorlarmış yarattıkları kentin yaz çiçeklerinin kokularıyla dolu alacakaranlık sokaklarında.

Meydana yaklaşınca beş prensin beşi de aniden durmuş. Hepsinin aklından aynı düşünce geçmiş: "Sokağı dönünce Aşk Tanrıçası'nın mermerden soğuk heykelini mi göreceğiz, yoksa rüyamızdaki o büyülü anla mı karşılaşacağız?" Bu kısa tereddütten sonra cesaretlerini toplayıp yeniden yürümeye başlamışlar, sokağın köşesini dönüp küçük meydana ulaşınca da oldukları yerde öylece kalakalmışlar. Çünkü gündüz gözüyle bakıldığında hiçbir olağanüstülüğü olmayan bir heykel değil, tıpkı rüyalarındaki gibi güzeller güzeli Aşk Tanrıçası onları süzüyormuş suların içinden. Bu çeşmenin yapımına bizzat katılmış olmalarına, yontucuya yapacağı heykeli bizzat tarif etmelerine rağmen bir an gerçekten de Aşk Tanrıçası'yla karşılaştıklarını zannetmişler. İlk şaşkınlıkları geçince çekingen bir tavırla mabudeye yürümüşler. Özgürlük simgesi geniş alın, aydınlık iri gözler, isyankâr minik bir burun, iştahlı kalın dudaklar, bereketli iri memeler, doğurgan bir karın, uzun bacaklar, her kıvrımından, her oylumundan dişilik fışkıran uyumlu bir beden. Tanrıça'nın sağ elinin parmaklarından akan incecik suyu görmüşler. Ay ışığında gümüşten bir iksire dönüşen suyu görünce tıpkı rüyalarındaki gibi dillerinin damaklarının kuruduğunu hissetmişler. Susuzluklarını gidermek için çeşmeye yaklaşmışlar, Tanrıça'nın sağ elinin ince uzun parmaklarına dudaklarını dayayarak kana kana içmişler. Suyu içtikçe bedenleri dinçleşmiş, zihinleri açılmış, gözleri ışıkla dolmuş. Çeşmeden uzaklaşırken tuhaf bir mutluluk içinde şöyle düşünmüşler: "Bu ışık, bu renkler, bu sesler, bu kokular, bu tatlar, hepsi aynı o geceki gibi, daha da önemlisi, rüyamdaki gibi hissediyorum. Galiba oluyor, galiba bu gizemli kenti kurmamız işe yaradı, galiba o sevgili gelecek." Bunları düşünürken beşinin de bakışları beş burçtan oluşan kaleye takılmış. İşte tam o anda, kalenin saat kulesindeki çan boğuk boğuk çınlamaya başlamış. Devasa çanın çıkardığı ses daracık sokakları tek tek dolaşarak kentin bütün binalarına yayılmış. Tıpkı rüyalarında olduğu gibi kentten hiç kimse bu sese bir tepki vermemiş. Prensler aynı şaşkınlık, aynı merakla bakmışlar çevrelerine. Ancak bırakın uykusu kaçmış bir insanı, ne yaramaz bir kedicik, ne huzursuz bir köpek, ne iri gözlü bir gece kuşu görmüşler.

Çan sesi kesilince, tıpkı rüyalarındaki gibi ince bir rüzgâr okşamış genç yüzlerini, saçları usulca dalgalanmış, hoş bir serinlik yayılmış tenlerine ve enfes bir koku sarmış etraflarını. Hevesle kokunun geldiği yönü bulmaya çalışmışlar. Ama ne bir ağaç, ne bir çiçek, ne bir insan görmüşler. Meydana açılan sokağın girişi bomboşmuş. Belki de bu evlerin kalın duvarlarının arkasındaki bahçelerin birinden geliyor bu koku diyerek sokağın başına yönelmişler. İşte o anda fark etmişler, tıpkı rüyalarındaki gibi ışıklar içinde süzülen o muhteşem hayaleti. Kızdan yayılan ışık hepsini büyülemiş, akıllarını başından almış, ruhlarını altüst etmiş, o benzersiz duygu bir kez daha ele geçirmiş benliklerini. Tek kelime etmeden, nefes bile almadan, öylece kalmışlar, ardından engel olamadıkları bir güç onları ay ışığının altında kutsal bir varlık gibi usulca salınan genç kıza yöneltmiş. Ancak bu kez rüyalarındaki o saf, o tertemiz, o masum hisler yokmuş içlerinde. Sanki zorlu bir kavgaya hazırlanıyormuş gibi gerginmiş hepsi. Kızın bir kez daha kaçacağından, belki de zorlu rakiplerinden birinin onu ellerinden alacağından endişe ediyorlarmış. Rahatsız etmemek, korkutmamak, ürkütmemek şöyle dursun, aksine sanki hazineden en büyük payı almak isteyen açgözlü define avcıları gibi büyük bir hırsla atılmışlar üzerine. Kararlılıkla üzerine gelen beş erkeği gören kız şaşkınlık içinde bir an öylece kalmış, sonra paniğe kapılmış, sokağa dalarak koşmaya başlamış. Prensler durur mu, onlar da peşinden... Sadece kızın peşine düşseler iyi, beş yıldır omuz omuza, yan yana çalışarak kardeşçe bir çabayla bu kenti kuran, bunca zaman içinde çok da iyi arkadaşlara dönüşen beş âşık koşarken birbirlerini iteklemeye, çelme takmaya, düşürmeye çalışmışlar. Sanki o iyi huylu, vicdanlı ve nazik prensler gitmiş, yerlerine benlikleri kabalık ve kıskançlık tarafından ele geçirilmiş zorba adamlar gelmiş.

Böylece o gizemli kentin dar sokaklarında amansız bir sürek avı başlamış. Prensler çevikmiş, güçlüymüş, atikmiş ama birbirleriyle dalaşarak koştukları için yeterince hızlı ilerleyemiyorlarmış. Bazen içlerinden biri canını dişine takıp öteki rakipleri geride bırakarak, kızı saran ipekten tülü yakalayacak gibi oluyormuş ama rüzgâr aniden hızlanınca yeryüzünün o en zarif hayaleti bir anda uzaklaşıyormuş ondan. O itiş kakışa, o vurdulu kırdılı koşturmacaya rağmen hiçbir prens bırakmıyormuş kızın peşini. Yaralı bir ceylanın peşine düşen kan kokusu almış vahşi kurtlar gibi inatla sürdürüyorlarmış bu acımasız takibi. Ama koşu uzadıkça mutsuzluğa kapılır gibi olmuşlar. Tıpkı ilk rüyada olduğu gibi kız kapılardan birine ulaşır da kendini kentin dışına atar diye kaygılanmışlar. Ki, bu kaygılarında hiç de haksız sayılmazlarmış. Nitekim rüyalarının prensesi hızla Buz Ülkesi Kapısı'na yaklaşmaya başlamış bile. Onu elli arşın kadar geriden izleyen prenslerin dördü de Buz Ülkesi Kapısı'nı görünce telaşlanmışlar ve birbirleriyle dalaşmayı bırakarak adımlarını biraz daha hızlandırmışlar. Aralarında endişelenmeyen tek âşık, Buz Ülkesi Prensi'ymiş. Bunun nedeni de çok geçmeden anlaşılmış. Prenslerin endişeyle izledikleri kız Buz Ülkesi Kapısı'nın önüne gelince aniden durmuş, bir an ne yapacağına karar verememiş, sonra dönüp hızla yaklaşan prenslere bakmış ve kentten dışarı çıkacağına yeniden kentin sokaklarında koşmaya başlamış. Önce bu davranışa bir anlam veremeyen dört prens Buz Ülkesi Kapısı'nın önüne gelince görmüşler gerçeği. Kapı olduğu gibi örülüymüş. Çünkü Buz Ülkesi Prensi, kız rüyasındaki gibi kaçmasın diye Buz Ülkesi Kapısı'nı tuğlalarla kapatmış. Prensler rahat bir nefes alırken zavallı kız canını dişine takarak Kum Ülkesi Kapısı'na doğru koşmayı sürdürüyormuş. Avlarının öteki kapıya yöneldiğini gören prensler bütün güçlerini toplayarak yeniden başlamışlar takibe. Rüzgârın üzerinde adeta uçarcasına ilerleyen genç kız ise kısa sürede Kum Ülkesi Kapısı'na ulaşmış. Peşindeki prensleri yine bir tasa almış, acaba âşık oldukları kız o kapıdan kaçıp gidecek mi diye. Aralarında endişelenmeyen tek kişi Kum Ülkesi Prensi'ymiş. Çünkü o da kız kaçmasın diye Kum Ülkesi Kapısı'nı olduğu gibi kapatmış. Bu kapıdan da çıkamayacağını anlayan kız elbette pes etmemiş, bir çemberi andıran kentin dar sokaklarından Su Ülkesi Kapısı'na yönelmiş, prensler de arkasından. Ama Su Ülkesi Kapısı'nda da sonuç değişmemiş; çünkü Su Ülkesi Prensi de önceki iki âşık gibi çıkışı tümüyle kapatmış. Kızın morali bozulsa da inancını yitirmemiş, adımlarını iyice açarak bu defa Rüzgâr Ülkesi Kapısı'na koşmaya başlamış, prensler de peşinden. Rüzgâr Ülkesi Kapısı'na yaklaşan kız ne yazık ki yine aynı hüsranı yaşamış. Kapının olduğu yerde tuğlalarla örülü kırmızı bir duvar varmış. Son bir umut, Dağ Ülkesi Kapısı'na yönelmiş, elbette prensler de onu izlemişler. Beşinci kapıya koşan kızın tedirginliği açık bir korkuya dönüşürken peşindeki erkekler artık daha rahat davranıyorlarmış. Sadece Dağ Ülkesi Prensi değil, hepsi de çok iyi biliyormuş ki, Dağ Ülkesi Kapısı da tuğlalarla örülüymüş. Gerçekten de rüyalarının biricik sevgilisi o zarif kız Dağ Ülkesi Kapısı'nın önüne geldiğinde buradan da çıkış olmadığını anlamış. Daha da kötüsü yolun burada sona erdiğini fark etmiş, yani artık ne koşabileceği bir sokak, ne kurtulabileceği bir geçit, ne saklanabileceği bir bina varmış. Zavallıcık çaresizlik içinde devasa surların önünde öylece kalakalmış. Kızın artık kaçabilecek bir yeri bulunmadığını gören prensler de yavaşlamışlar. Derin derin soluyarak adım adım yaklaşmaya başlamışlar. Bir yandan kıza bakıyor, bir yandan da birbirlerini kolluyorlarmış. Öfkeyle alev alev yanan gözler, kenetlenmiş çeneler, sıkılmış yumruklar, her an kavgaya hazır beş genç beden. Hepsinin de aklında aynı soru varmış. Kıza ilk kim ulaşacak, kızı ilk kim yakalayacak, daha da önemlisi kız kimi seçecek? Oysa zavallı kızın kimseyi seçecek hali yokmuş;

karanlık gecenin ortasında, bu çıkmaz sokakta adım adım üzerine gelen beş erkeğe baktıkça korkudan titriyor, yere çömelmiş, başını ellerinin arasına alarak boş yere kendini korumaya çalışıyormuş. Kızın bu halini gören prenslerin bir an aklı karışmış, bir an vicdanları uyanmış, bir an ruhlarına iyilik hâkim olmuş. "Ben ne yapıyorum?" diye düşünmüşler. "Biz ne yapıyoruz? Rüyamda gördüklerim bunlar değildi, hissettiklerim bunlar değildi. Hayalim bu değildi, aşk bu değil, bu bir savaş. Bu sevgi değil, zorbalık." Evet, bir an o saf hallerine dönmüşler, ilk masumiyetlerine yeniden kavuşmuşlar. Ama sadece bir an, sonra yine alev alev yanan öfkeli gözlerle birbirlerini süzmüşler, yine dişlerini kenetlemişler, yine yumruklarını sıkmışlar ve şöyle düşünmüşler: "Hayır, zayıflık gösterirsem, onlardan biri alacak kızı. Hayır, ben vazgeçersem prensesime el koyacaklar. Hayır, onlara kaptırmayacağım rüyalarımın sevgilisini." Böyle düşündükten sonra da adımlarını iyice hızlandırarak ele geçirecekleri sevgiliye doğru kararlılıkla ilerlemeye başlamışlar. Ama kalın surların dibinde korkuyla titreyen kıza yaklaştıkça omuzları, kolları birbirine değmeye, ayakları birbirine çarpmaya başlamış, yeniden birbirlerini iteklemeye, çelme takmaya, yere düşürmeye çalışmışlar. Öyle bir kargaşa çıkmış ki zavallı kız onların güçlü ayaklarının arasında kalmış. Çünkü rakiplerinden kurtulan her prens kıza dokunmak, elinden tutup götürmek istiyormuş, elbette hiçbiri bunu yapmaya fırsat bulamıyormuş. Ne zaman ki prenslerden biri kızın elinden tutsa, omzundan yakalayacak olsa yahut koluna yapışmayı denese, öteki âşıklardan birinin sert müdahalesiyle yere savruluyormuş. Olan da genç kıza oluyor, zavallıcık, beş erkeğin arasında oradan oraya savruluyor, narin bedeni aldığı darbelerle yara bere içinde kalıyormuş. Fakat gözlerini hırs ve kıskançlık bürümüş prensler bunun farkında bile değillermiş, yıllardır arzuladıkları sevgiliye sahip olmak için acımasızca birbirlerine saldırıyor, rakiplerini alt etmek için ellerinden gelen her çabayı gösteriyorlarmış. Bu vahşi arbede biraz daha sürse, artık nefes almakta bile zorlanan kızın hayatını kaybetmesi işten bile değilmiş ki birden bütün gürültüleri bastıran bir ses duyulmuş:

"Yeter! Yeter! Bu yaptığınız alçaklık!"

Ses o kadar güçlüymüş ki kenti saran surlar sarsılmış, binaların pencereleri titremiş, sokağın zeminindeki taşlar yerinden oynamış. Prensler birbirlerini bırakıp sesin geldiği yöne dönmüşler ve karşılarında hancıyı görmüşler.

"Ne yapıyorsunuz!" diye gürlemiş yaşlı adam. "Bu mu sizin sevginiz? Bu mu sizin aşkınız? Bu mu sizin sevdanız?"

Beş prens hiddetle bakmışlar adama.

"Haddini bil" diye gürlemişler hep bir ağızdan. "Sana ne be adam! Sen kim oluyorsun da karışıyorsun işimize? O bizim sevgilimiz. O bize ait."

Yaşlı hancı kendinden beklenmeyen bir çeviklikle yaklaşmış öfkeden gözü dönmüş gençlere ve şöyle demiş:

"O sizin sevgiliniz mi? O size mi ait? Emin misiniz?"

Prensler yaşlı adamın bu cüretkârlığına daha fazla dayanamamışlar.

"Elbette bizim, ne diyorsun sen?" diye bağırmışlar. "Kes artık, bak hâlâ karşımıza geçmiş konuşuyorsun!"

Hancı hiçbir şey söylemeden sağ elini prenslerin ayaklarının dibinde yarı baygın yatan kıza uzatmış ve şöyle demiş:

"Artık özgürsün, artık ait olduğun yere gidebilirsin."

Yaşlı adam sözünü bitirir bitirmez genç kızın ışıktan bedeni bembeyaz kanatlara dönüşmüş ve prenslerin şaşkın bakışları altında onlarca güvercin gökyüzüne uçmaya başlamış. Beş prensin beşi de hayretler içinde kalmış. Gördüklerine inanamıyorlarmış, güvercinler dolunayın ışığında kayboluncaya kadar izlemişler onları, sonra yaşlı adama çevirmişler bakışlarını ama karşılarında hancı değil Aşk Tanrıçası duruyormuş. Prenslerin terli bedenleri korkuyla ürperirken yeryüzünün gelmiş geçmiş en güzel dişisi hayal kırıklığı içinde başını sallamış.

"Size güvenmiştim, bakışlarınızdaki o tertemiz ışığa, aklınızdaki erdeme, kalbinizdeki masumiyete inanmıştım. Olabilir sanmıştım, bu defa bencilliğinizi kırabilir, yıkıcılığınızı yenebilir, öfkenizi engelleyebilir, şefkatle, merhametle, sevgiyle, şu hiçliğin ortasında anlamlı bir hayat yaratabilirsiniz sanmıştım. Yanılmışım!

Hatırlayın, tapınağıma gelmiştiniz. Size beş kelamdan bahsetmiştim. Hatırlayın! Aşka ulaşmak için, kararlı davranmanızı, cesurca hareket etmenizi, tutkunuzu yitirmemenizi, iyilikten ayrılmamanızı ve ne pahasına olursa olsun özgürlüğü çiğnememenizi söylemiştim. Haksızlık etmek istemem, bu beş kelamdan dördünü yerine getirdiniz. Kararlı davrandınız, cesurca yaklaştınız, tutkunuzu yitirmediniz, iyi gençler oldunuz, zaten bu yüzden de beni kendinize inandırdınız ama özgürlük olmadan öteki dört kelamın hiçbir anlamı yok. Onların dördü de beşinci kelam için yaratılmıştır. Özgürlük yoksa kararlılık felaketle sonuçlanır; özgürlük yoksa cesaret zulmün kapısını açar; özgürlük yoksa tutku büyük bir zindana dönüşür; özgürlük yoksa iyilik en korkunç kötülükleri uyandırır. Siz aşkı hükmedilecek bir ülke zannettiniz, sevgiliyi ise bir savaş ganimeti. Oysa aşkın bunlarla alakası yoktur. Sevmek için insanın hür olması gerekir, anlayın artık, özgürlük yoksa aşk da yoktur.

Beşinize bir tek sevgili gönderdim ki asıl seçicinin kadın olduğunu öğrenin diye. Çünkü kadın istemezse, birleşme olmaz. Kadın özgür olmazsa aşk yaşanamaz. Rüyanızda hepinize bir kent gösterdim ki onu gerçek kılın, bire bir aynısını kurun ve adını Aşk koyun diye. İstedim ki, aşk için gösterdiğiniz kararlılık, cesaret, tutku, iyilik ve özgürlük isteği, bütün insanlığa misal olsun. İstedim ki insanlık artık sevmeyi becersin. Evet, siz o kenti kurdunuz ama bütün kapılarını kapattınız, onu bir Aşk Zindanı'na çevirdiniz. O zindanın duvarlarının arasına hayatta en çok sevdiğiniz, en çok emek verdiğiniz, uğruna saltanatınızdan vazgeçtiğiniz, ölümü göze aldığınız insanı kapatmak istediniz. Bu nasıl bir acımasızlıktır, bu nasıl bir adaletsizliktir, bu nasıl bir aptallıktır. Evet, aptalsınız çünkü o sevgiliyle birlikte kendinizi de zindana kapattığınızın farkında değilsiniz.

İnsan denen mahluk noksandır, zihni paramparça, gönlü kara deliklerle kaplıdır. Bunun değişmesi için tek umudum sizlerdiniz; beş kıtanın, beş ülkenin beş prensi, gelecekte yeryüzünü yönetecek beş hükümdar. Siz temiz kalpli, iyi düşünceli, benlikleri henüz kirlenmemiş, sevme yeteneğini henüz yitirmemiş masum çocuklardınız. Size inandım, çünkü başarabilirdiniz. Değişim sizinle başlayabilirdi. En azından bunun mümkün olabileceğini kanıtlayabilirdiniz. Aşk bunun için iyi bir nedendi. Ama yapmadınız, belki de yapamadınız, belki de içinizde yok, belki de lanetlisiniz. Aşk adına yapıp yapabileceğiniz en muhteşem eser, işte bu zindan. Herkes sizi bu eserinizle tanıyacak, bu eserinizle anacak, artık bu eserinizle yaşayacaksınız. Evet, artık kendinizle sonsuza kadar gurur duyabilirsiniz. Çünkü sadece aşkı değil umudu da yok ettiniz..."

Aşk Tanrıçası bunları söylemiş ve sonra geldiği gibi kaybolmuş. Prensler yıkılmış bir halde öylece kalakalmışlar. Gökyüzünde yıldızlar yer değiştirmiş, dolunayın ışığı solmuş ve Dağ Ülkesi Prensi sessizliği bozarak şöyle demiş:

"Bir rüya gördük, bir hayalin peşinde koştuk ve hüsrana uğradık. Büyüklerimiz bizi uyarmıştı, onları dinlemedik, yıllarımızı belki de hiç olmayan bir sevgilinin peşinde heba ettik. Ama olan oldu, zararın neresinden dönersek kâr. Artık saraylarımıza dönelim, kral bizi bekliyor. Ülkemizin bize ihtiyacı var. Artık bırakalım bu anlamsız arayışın peşini, kurtulalım şu anlamsız sevdadan, çıkalım bu karanlık kentten."

Böyle söyledikten sonra ötekilerin ne diyeceğini bile beklemeden, daha bugün tuğlayla ördüğü kapıya yönelmiş. Kapının önündeki ahşap basamakların altından aldığı keski ve çekiçle duvarı sökmeye başlamış, çok geçmeden ilk tuğlayı da çıkarmış. Onu yere koyup ikincisine yönelirken bir de bakmış ki, az önce çıkardığı tuğla eski yerinde duruyor.

"Nasıl yani?" diye homurdanmış. "Nasıl geldi bu tuğla yerine?"

Birkaç adım uzaktan kendisini seyreden prensler ne diyeceklerini bilememişler ama Dağ Ülkesi'nin veliahdının onları bekleyecek hali yokmuş. Bir kez daha söktüğü tuğlayı çıkarıp yere koymuş, ötekini sökmek için dönmüş ve bir kez daha duvarı eksiksiz olarak karşısında bulmuş.

"Şimdi gösteririm ben sana!" diyerek aceleyle basamakların altına eğilmiş, bu kez bir balyoz çıkarmış. Balyozun sapını iki eliyle sıkıca kavrayarak var gücüyle indirmiş duvara. Hırsını alamamış, ardı ardına üç kez vurmuş önünde bir set gibi yükselen kırmızı tuğlalara. Bir daha, bir daha, bir daha. Ancak ne bir tuğla parçası yerinden oynamış ne de duvarda bir hasar meydana gelmiş. Nefes nefese haykırmış:

"Neler oluyor? Neden bu duvarı yıkamıyorum?"

Ama sorusuna kader arkadaşları değil, gizemli kentin sokaklarında ardı ardına yankılanan balyoz sesleri yanıt vermiş. Evet, arkadaşlarının ördüğü duvarı yıkamadığını gören dört prens, telaşla kendi ülkelerinin adını taşıyan kapılara koşmuşlar. Onlar da balyozlarını kaparak kapılara ördükleri tuğlaları kırmaya çalışmışlar. Fakat sonuç değişmemiş, onca balyoz darbesine rağmen bırakın duvarı yıkmayı tek bir sıva parçası bile sökememişler. Elbette yılmamışlar, avuçlarına kan oturuncaya kadar, omuzları ağrıdan tutuluncaya kadar balyoz sallamayı sürdürmüşler. Ama nafile, kapıları kör duvar haline getiren tuğlalar asla parçalanmıyormuş. Gökyüzündeki dolunay ağır ağır sönerken, nihayet pes etmişler. Bitkin bedenlerini yorgun ayaklarının üzerinde sürükleyerek meydana gelmişler. Susuzluktan bitap düşmüş halde çeşmeye yönelmişlerken bir de ne görsünler: Tanrıça'nın parmaklarından süzülen o ışıltılı, o tatlı su artık akmıyormuş. Bu kadarına dayanamayan Dağ Ülkesi Prensi balyozunu kaptığı gibi Aşk Tanrıçası'nın o muhteşem vücuduna indirmek istemiş ama Rüzgâr Ülkesi Prensi ona engel olmuş

"Ne yapıyorsun?" diye gürlemiş. "Aklını mı kaçırdın? Tanrıça'yla mı dövüşeceksin?" Çekip almış balyozu elinden. "Boşuna uğraşma, ona zarar veremezsin. Boşuna uğraşma, o duvarı yıkamazsın. Sadece sen değil hiçbirimiz yıkamayız, anla artık, dünyanın bütün orduları da gelse kimse bizi buradan çıkaramaz."

Öteki kader arkadaşları itiraz edecek olmuş ama Rüzgâr Ülkesi Prensi kendinden emin bir şekilde açıklamış:

"Boş hayallere kapılmayın arkadaşlar. Aşk Tanrıçası o sevgiliyle birlikte kendimizi de zindana kapattığımızı söylemedi mi? Sizce bunun manası nedir? O sözlerle ne demek istedi o kudretli tanrıça?" Sonra acı bir gülümsemeyle başını sallamış. "Hakikat şu ki, hepimiz kendi yarattığımız zindanda yaşamaya mahkûm edildik. Bunu ne kadar çabuk kabul edersek o kadar iyi. Anlayın artık, yeryüzünde bu kapıları açabilecek ne bir güç var ne de bir kudret..."

Rüzgâr Ülkesi Prensi'nin buruk sesi gizemli kentin sokaklarında yankılanırken, kuru çeşmenin içinde dikilen Aşk Tanrıçası'nın heykeli sanki canlıymış gibi kederli gözlerle onları süzüyormuş...

8 Temmuz 2022, Şişli / İstanbul

YAPI KREDİ YAYINLARI / YENİLERDEN SEÇMELER

Nezihe Meriç
Oradan da Geçti Kara Leylekler

Jean Bertrand Pontalis
Bir Adam Yok Oluyor

Michael Greenberg
Geri Dön Günışığım

Orhan Pamuk
Veba Geceleri

Faruk Duman
Seslerde Başka Sesler
Nar Kitabı
Av Dönüşleri

Cevat Çapan
O Geniş Boşlukta
Bir Başka Coğrafyadan

Tuncer Erdem
Ben, Bozkır Yeli

Filiz Özdem
Bütün Ateşler Söndüğünde

Prof. Dr. Jeroen Poblome, Judith Desmyttere, Bahattin Öztuncay, Jan Baetens
Kaplumbağa Geldi Bir Gün Tek Başına

Diane Cook
Yeni Yaban

Hulki Aktunç
Sen Buranın Kışındasın - Günlükler (1964-1967)
İskandil - Günlükler (1968-1969)

Hazırlayan: **Asuman Susam, Duygu Kankaytsın**
İncelikler Tarihi - Gülten Akın Şiiri

Paul Valéry
Sabit Fikir

Selçuk Demirel
Birdenbire İstanbul

André Gide
Günlük (1887-1925) 1. Cilt

Derya Bengi – Erdir Zat
100. Yılında Cumhuriyet'in Popüler Kültür Haritası – 2 (1950 – 1980) / "Belki Duyulur Sesim"
100. Yılında Cumhuriyet'in Popüler Kültür Haritası – 1 (1923 – 1950) / "Her Savaştan Bir Yara"

Kerem Eksen
Ölümden Uzak Bir Yer

YAPI KREDİ YAYINLARI / YENİLERDEN SEÇMELER

YAPI KREDİ YAYINLARI / YENİLERDEN SEÇMELER

Alberto Manguel
Hayali Yerlerden Yemek Tarifleri

Ethan L. Menchinger
İlk Modern Osmanlı - Ahmed Vâsıf'ın Fikri Gelişimi

Hazırlayan: Ayşe N. Sümer
Semahat Arsel - Kuşaktan Kuşağa

Dag Solstad
On Birinci Roman, On Sekizinci Kitap

Margit Schreiner
Sevmek Dedikleri

Makbule Aras Eyvazi
Başa Dönemeyiz

Doğan Yarıcı
Miyop

Cem Gürdeniz
Kültürü ve Görgüsüyle Denizcilik

Şiir Erkök Yılmaz
Uyuyamamak
Dört Oyun - Bir Darbe Masalı, Antika Bir Oyun, Komşuculuk, Hayat Öpücüğü

Isaac Bashevis Singer
Bir Dans, Bir Sıçrayış - Toplu Öyküler 2
Ay ve Delilik - Toplu Öyküler 3

Daniel M. Davis
Tedavi Harikaları - Bağışıklık Sistemi ve Yeni Sağlık Bilimi

Burak Aziz Sürük, Cengiz Çakıt
Telezzüz
Telezzüz - Savour the Flavour - Inspirational Delicacies fromTurkish Cuisine

Nursel Duruel
Geyikler, Annem ve Almanya 40 Yaşında

Javier Marías
Kurt Mıntıkası
Vahşiler ve Duygusallar

Claudio Magris
Enstantaneler
Krems'te Bükülü Zaman

Franz Kafka
Milena'ya Mektuplar

Hazırlayan: Şeyda Postacı
Psikanaliz Defterleri 8 - Çocuk ve Ergen Çalışmaları / Utanç ve Suçluluk

Anne Glenconner
Nedime - Tacın Gölgesindeki Olağanüstü Hayatım

YAPI KREDİ YAYINLARI / YENİLERDEN SEÇMELER

YAPI KREDİ YAYINLARI / YENİLERDEN SEÇMELER

Süreyya Berfe
Yavaş Yavaş Bilemiyorum

Orhan Duru
Düşümde ve Dışımda
Kazı
Yeni ve Sert Öyküler

Bige Örer, Ahu Antmen, İz Öztat, Fatih Özgüven, Paolo Colombo, Seza Paker
Füsun Onur: Evvel Zaman İçinde

Cem Behar
Kadîm ile Cedîd Arasında - III. Selim Döneminde Bir Mevlevi Şeyhi: Abdulbâki Nâsır Dede'nin Musıki Yazmaları

Mehmet Can Doğan
Şiirin Retoriği

Vénus Khoury-Ghata
Marina Tsvetayeva ya da Alabuga'da Ölmek

Peter Ackroyd
Bay Cadmus

Bram Stoker
Dracula

Edip Cansever
Tragedyalar

Celia Paul
Otoportre

Herman Koch
Hendek

Thomas Bernhard
Boris İçin Bir Şölen • Av Meclisi • Minetti. Sanatçının Yaşlı Bir Adam Olarak Portresi - Oyunlar 1

Aslı Akarsakarya
Buraya Kısıldık Sanırım

Philippe Blanchon
Gertrude Stein

Mualla Anhegger Eyüboğlu
Topkapı Sarayı'nda Padişah Evi – Harem

Metin Arditi
Babam Omuzlarımda

James Wood
İyi Bir Hayat

Frédéric Gros
İtaat Etmemek

Eylem Ata Güleç
Uzak Değil

May Sarton
Kürklü Kişi

YAPI KREDİ YAYINLARI / YENİLERDEN SEÇMELER

YAPI KREDİ YAYINLARI / YENİLERDEN SEÇMELER

Dorothy Baker
Cassandra Düğünde

Kerem Işık
Dünyanın Güçlü Tarafı

Nurullah Ataç
Ne Yalan Söyleyeyim - Salon Dergilerindeki Yazılar

David Sylvester
Francis Bacon'la Söyleşiler

Fahri Güllüoğlu
Laytmotif

Gültekin Emre
Sürgülü Kapı

Manuel Benguigui
Alman Koleksiyoncu

Robert Creeley
Aşk İçin

B. Nihan Eren
Hayal Otel
Vénus Khoury-Ghata ek: Mandelştam'ın Son Günleri

Jean-Claude Grumberg
Yüklerin En Değerlisi

Talat Parman
Ergenlik ve Ötesi
Ergenlik ya da Merhaba Hüzün
Psikanalizi Yazmak

Mehmet Rıfat
Büyütücü Mercek - Proust Üstüne Yeni Yazılar

Eugéne Ionesco
Yalnız Adam

YAPI KREDİ YAYINLARI / YENİLERDEN SEÇMELER